転生したら
悪役令嬢だったので
引きニートになります 5
~大切なものを守るためなら悪女になってみせます~

転生したら悪役令嬢だったので引きニートになります5

～大切なものを守るためなら悪女になってみせます～

藤森フクロウ

illustration 八美☆わん

CONTENTS

ICHIJINSHA IRIS NEO

Characters

登場人物

アルベルティーナ・フォン・ラティッチェ

乙女ゲーム『君に恋して』の悪役令嬢――に転生した現代日本人。絶世の美少女で、王家の色といわれるサンディスグリーンをその瞳に宿す。重度のファザコンを患った世間知らずのヒキニート。

グレイル・フォン・ラティッチェ

アルベルティーナの父。亡き妻クリスティーナを深く愛しており、忘れ形見の愛娘を溺愛している。大貴族の公爵家当主であり、サンディス王国の元帥。アルベル以外には冷酷無比。娘を守り壮絶な最期を遂げる。

キシュタリア・フォン・ラティッチェ

膨大な魔力を秘めているため、公爵家に引き取られたアルベルの義弟。世間知らずな義姉の面倒を見ているうちにその気持ちが愛だと気づく。幼馴染トリオでは最も過激で、アルベルが一生ラティッチェ家に残ることを望む。

ジュリアス・フラン

なんでもそつなくこなす、眼鏡が標準装備のスーパー従僕。時折アルベルに慇懃無礼。護衛も兼ねているので、かなりの実力者。現代知識をぽろぽろ出すアルベルに協力的な、幼馴染トリオの参謀。紅茶を淹れるのが得意。

ミカエリス・フォン・ドミトリアス

ドミトリアス伯爵。実直で不器用な苦労人。
困窮していた幼少期を支えてくれたラティッチェ親子に恩義を感じており、初恋の相手アルベルを想い続ける。剣術は超一流、幼馴染トリオの良心。

ジブリール・フォン・ドミトリアス

ドミトリアス伯爵令嬢、ミカエリスの妹。アルベルを姉と慕う元気な美少女で若き社交界の華。お姉様大好き。お姉様は憧れ。お姉様は正義。その拳は男性陣こと幼馴染トリオを震えさせる程度に強烈。

ラティーヌ・フォン・ラティッチェ

グレイルの再婚相手、キシュタリアの実母。

クリスティーナ・フォン・ラティッチェ

フォルトゥナ公爵家出身のアルベルの実母。故人。

レナリア・ダチェス

『君に恋して』の本来の正ヒロイン。可憐で素朴な美少女だが、中身は転生者でありアルベルに敵意を抱く危険な存在。好感度アップアイテム『お菓子』に『愛の妙薬』を入れて、男達を弄ぶ。財力と権力がある美形の男が大好き。

ジェイル

犯罪組織『死の商人』の幹部。暗殺を得意とする手練れだが、今は騒動を起こすレナリアのお目付け役。

ゼファール・フォン・クロイツ

クロイツ辺境伯。グレイルの弟。兄と面立ちが似ているが柔和な雰囲気の美丈夫。強力な魔物が多いクロイツ領地の運営、軍や政の執務など、多忙を極める苦労人。

ジョセフィーヌ

ゼファールの部下の上級騎士。実はアルマンダイン公爵家の令息。茶目っ気があってオネエ口調。

ヴァニア卿

王宮宮廷魔法使いでアルベルの主治医も務める。研究大好き。古文書や遺跡の書物に目がない。

アンナ・ホワイト

アルベルの侍女。メイドの鑑のような女性で、影のようにお嬢様に付くアルベル過激派。

セバス・ティアン

公爵付きの執事。ジュリアスと同じく戦える使用人。愛らしく健やかに育ったお嬢様が癒し。

レイヴン

アルベルの従僕である異国風の少年。戦闘能力は抜群だが、感情の機微に疎い。純粋に主を慕っている。現在は公爵家の『影』として働き、アルベルを陰ながら護衛している。

クリフトフ・フォン・フォルトゥナ

フォルトゥナ伯爵。アルベルの伯父。極度のシスコンでありクリスティーナ激似のアルベルにメロメロ。

ガンダルフ・フォン・フォルトゥナ

フォルトゥナ公爵家当主、隻眼の王宮騎士団長。アルベルの母方の祖父で、グレイルと仲が悪い。威圧感があり、アルベルに滅茶苦茶怖がられている。

オーエン・フォン・マクシミリアン

ラティッチェ公爵家の分家である侯爵家。グレイルを盾に、息子のヴァンを婚約者にするようアルベルに迫った。

サンディス王国

サンディス王家を頂点とし、下に四大公爵家のラティッチェ、フォルトゥナ、アルマンダイン、フリングスを従える、大国というよりやや小さめの中堅国。王族はサンディスグリーンと呼ばれる深い緑色をした『王家の瞳』を持っていることが多く、血族限定の非常に強力な結界魔法とそれの補助をする魔道具を用い過去多くの戦争を退け耐え抜いてきた。

そのため王位は『王家の瞳』、および結界魔法の使える王印の持ち主に限定されている。

この作品はフィクションです。
実際の人物・団体・事件などには関係ありません。

転生したら悪役令嬢だったので引きニートになります5～大切なものを守るためなら悪女になってみせます～

プロローグ　愚か者たち

「どういうことよ！」

苦労して収集した情報を書き起こした書類を投げつけられた。

部屋中に紙が散らばる。その一枚一枚が価値ある情報であるというのに、彼女は理解できていない。

何度言ってもすぐに忘れるし、妄想としょっちゅう混同するレナリア。

仕方ないので、あまり形では残したくないので報告書にしたが、その内容が気に食わなかったらしく怒りをあらわに部下に八つ当たりしている。

「アルベルティーナが王族!?　しかも王太女って……王太子はルーカスでしょ!?　なんであの悪女がそんなエラそうな立場にいるのよ！　こんなの知らないわ！　ゲームではこんなのなかった！」

また妄言が始まった。

きんきんと耳障りな声を聞かされたジェイルは、くすんだ赤茶の髪を無造作にかき混ぜる。

彼は犯罪組織『死の商人』の幹部。暗殺を得意とする手練《てだ》れだが、今はレナリアのお守りをさせられている。

レナリアは見目の良い男と見ると見境なく閨《ねや》に誘う。随分と奔放な自称聖女様である。あれが本物の聖女なら、場末の娼婦《しょうふ》すら女神だろう。

重罪人として指名手配されているレナリアは、社交界どころか町中にすら出られない。

美しいドレスも宝石も手に入れられず、羨望を受けて持て囃《はや》されることがない。その苛立《いらだ》ちをぶつけるように、暇さえあれば男を漁《あさ》っている。

ルーカスの寵愛《ちょうあい》を一身に受けていた時の栄華が忘れられないのだろう。

学園という狭い世界であったが、彼女は一度はヒエラルキーの最高層に君臨していたのだ。

（あー……そういや、あの愛の妙薬ってサカるんだよな。やっぱ野郎の効果が出やすいけど、女でも影響出るしな……アイツ、グレアムで遊ぶ時もワザと自分で食ってたし。まさか自分には影響ないと思ってんのか？）

グレアムはレナリアが学園にいた頃に誑《たら》し込み、『愛の妙薬』の中毒になった宰相子息だ。

金蔓《かねづる》になるのと見目の良さでレナリアがキープしていたが、薬の影響で正気でいるほうが少なくなると、あっさり捨てられた。

都合のいい男がおらず持て余しているのだろう。レナリアに近づくと、相手をしろとしつこい。

昨日は仕方なく相手をしたが、あの節操のない女のことである。いつ病気が出るか分からない。適当に見目の良い部下をしばらく宛《あて》がっておこうとため息をつく。

できるだけ無能で、見てくれだけが取り柄は誰だったかと思考を巡らす。

あの女は、自分が主導権を握りたがる。何人も薬で廃人にしているのだ。

レナリアは愛の妙薬が麻薬のようなものだと知らないはずがない。それを知って、恐れるどころか中毒症状になってレナリアに縋《すが》って、犬のように薬を請う姿を笑いながら楽しんでいる。

(つーか、ルーカスって王子サマは王太子じゃないし、今じゃ廃嫡寸前だろ？　どっかの誰かさんのせいで)

レナリア曰《いわ》く『悪役令嬢アルベルティーナ』とやらは、空前絶後の悪女らしい。

だが、少なくともジェイルの元にはその手の情報は入っていない。

話題の悲劇の王女様の情報は高く売れる。国内だけではなく、国外からも情報を求められている。

個人的な人柄を知る情報としては人見知りであるとか、花や読書が好きであるとか、愛用はローズブランドだとかいうもの。

ヴァユの離宮という王族の中でも特に高貴な女性しか使用できない場所で過ごしている。そこで静かに実父を失った悲しみに暮れているそうだ。

男関係に派手どころか、使用人や護衛の騎士以外の若い異性は義弟、幼馴染《おさななじみ》の伯爵くらいしか出入りをしていないと聞く。最近、分家が頻繁に周囲をうろついている情報もあった。

(調べろって言われちゃいるが、あの女の情報はだんだんハズレが増えてきている。『クロウリー』って暗殺者を連れてこいって言われているが、そんなのウチにはいねえ。一番の暗殺者って意味なら、ダンテだが特徴が合わん……それに、あいつはプライドが高い……)

レナリアが望むクロウリーとやらは月狼族という少数民族の特徴を持った青年とのことだ。

白髪で色黒の肌と金の目をした背の高い男。だが、二十代前半から十代後半だと聞いた。実を言うと、ジェイルも月狼族の血を引いている。肌が褐色だし瞳も金。だが、純血ではない。混血か、先祖返りの一種だ。

クロウリーも月狼族の可能性が高い。

月狼族は生まれついての戦闘民族。

夜に溶けるような肌に、満月を連想させる瞳、猛獣のごとき身体能力。

同族ですら、弱ければ追放する。血の覚醒がなければ、弱者として切り捨てられるのだ。そして、同族と名乗ることすら許さない。

能力主義、そして秘密主義で個人主義。

たまに奴隷市で商品として並ぶ。どこかで拾われた月狼族は高く買取される。

大抵が年端もいかない子供か赤子、もしくは戦いを求めた戦闘狂だ。前者なら色々と仕込みやすいし、後者であれば暗殺者でも戦奴でも暴れられる場所を与えれば喜んで行く。

基本身体能力がずば抜けているので高級奴隷として扱われる。

(仕事とはいえ、あの金食い虫をいつまでとっときゃいいんだ？)

また金切り声でヒステリーを起こしたレナリア。

レナリアはジェイルの好みではない。良く言えば清楚《せいそ》で華奢《きゃしゃ》、悪く言えば凡庸で貧相なレナリア。

ジェイルはもっと女性的で出るところが出て、締まるところが締まった妖艶な美女が好きだ。

顔立ちも整った彼は当然、色々な女性の元を渡り歩いてきた。ジェイルにしてみれば、レナリアは盛りのついたチンクシャ娘なのだ。

駆け引きも楽しまず、安直にいつも自分の享楽だけを求めてきて面白みのない相手である。

本人の前で言えば、間違いなく怒り散らすだろう。

(そういや、いたな。この手のことを丸め込むのが得意なの……ダメだ、あいつは使える奴だし、滅《め》茶苦茶《ちゃくちゃ》面食いだし旨《うま》みのないチンクシャの相手をしろとか言ったら俺がぶっ殺される)

そのあとも三人ほど候補が出たけれどレナリアにくれてやるには惜しい者ばかり。

ばたばたと足音が聞こえてきたと思ったら、レナリアがノックすることもなくドアを開け放った。

「ジェイル、あんたアルベルティーナを殺してきてよ。凄腕《すごうで》なんでしょう?」

「お前、その依頼料払えるのかよ? 言っとくが、王族のお姫様だぞ? 喪中でほぼ離宮に籠《こも》り切り。厳重警戒の要人だ。その辺の貴族とは比べ物にならないからな」

つい最近、レナリアが愛の妙薬を手に入れるためにかなりの金銭を手放したのを知っている。

その愛の妙薬で男を誑し込んでは金を吸いつくしてはいるが、浪費癖の激しいレナリアは常に自転車操業だ。懐に余裕などないのはジェイルも良く知っている。

押し黙ったのを確認しジェイルは話題を変える。

「レナリア」

「何よ⁉」

「新しい男が欲しいか?」

「つまんないのだったらすぐ殺すわよ」

レナリアの理想はグレイルだった。

いくら与えてもグレイルと常に比較し、グレイルのほうが美形だった、声が良かった、頭が良さそうだった、金持ちそうだったとあげつらって八つ当たりをするのだ。

手に入らなかった分、執着が激しい。

先ほどまでレナリアに怒鳴り散らされていた男に金貨入りの袋を投げる。

「ザーヘランの一座がくる。案内してやれ」

「はっ」

「ざーへらん？　なによ、それ。聞いたことないわ」

それだけ言ってサンダルを足に引っかけて、半裸のままジェイルは外に出る。これ以上あの癇癪《かんしゃく》には付き合い切れない。

ザーヘランは闇商人だ。非合法のオークションを開催する。麻薬や武器、そして奴隷。中には眉唾物もあるが、掘り出し物もある。

これ以上、組織の人間を斡旋《あっせん》してやる義理はない。奴隷を購入させて、しばらくそれで暇をつぶさせればいい。醜悪な奴隷より美麗な奴隷のほうが当然値も張る。

その闇オークションには、サンディスの国内外の富豪や王侯貴族が参加する。わざわざ、お忍びでいらっしゃるやんごとない身分の方々。需要があるから、なくならない。

一応は薄暗い場所で、偽名を名乗り仮面をつけてはいる。それでも、知り合いであれば声で気づかれる可能性は十分ある。だが、同じ穴の狢《むじな》だ。暗黙の了解である。

数日後。ジェイルの読み通り、レナリアは紹介したオークションを大いに楽しんだらしい。ことあるごとにまた行きたいと駄々をこねた。

楽しみたかったら金を集めておけと言えば「それもそうね」と頷《うなず》いた。買った奴隷のあとに、もっといいものが出て悔しい思いをしたらしい。

アルベルティーナの襲撃を失敗して以降、ずっと燻《くすぶ》って不貞腐《ふてくさ》れていたことが多かったレナリア。

ザーヘランのオークションで味をしめたのか、後ろ暗い夜会に精力的に出るようになった。

一か月もしないうちに朝帰りまでするようになった。その分、自分や部下の拘束時間の余計な労働は減った。レナリアには、こちらの情報は大して握らせてはいない。

最近、レナリアはとある男に入れ込んでいる。

その若い男はレナリア好みの美形で金を持っているようだ。

闇オークションや裏の人間御用達《ごようたし》の社交場で会う人間なんてろくなもんじゃないとジェイルは思っている。聞いた話だけで胡散臭《うさんくさ》さが漂っていた。

「すごく素敵なのよ。仮面をつけていても、すっごい美形なの」

夢見るような表情でレナリアが言った。うっとりと、恋する乙女のようだ。

ついていかせた部下に聞けば、ずっとあの調子らしい。また面倒なことにならなければいいが。

レナリアの価値は情報だ。

レナリア曰く、彼女は『ヒロイン』で『世界に選ばれた存在』らしい。

そして彼女はそれを世界の真実だと言わんばかりだ。まるで狂信者のごとく信じて疑わず、自分の正統性を主張する。レナリアにとって、何をしようと正義は自分にだけある。

いかれている。異常者にしか思えない。

ジェイルは組織に属す者であるし、それ以上にあのお方のために、この異分子を見極めなければならないのだ。

すべてはあのお方、そして——そこまで考えて今はその時ではないと振り払う。ジェイルは駒だ。忠実で有能な一手としている。

監視対象のレナリアはおつむの足りない小娘に見えた。いつでも始末できるが、ジェイルの一存で消してよい存在ではない。

近くにいればいるほど、それほどの価値があるとは思えない。

盤上を見極めているのはあのお方。すべてを俯瞰《ふかん》しているだろうあのお方の意思に、ジェイルが口を挟むのは愚行だ。

だが、プロフェッショナルとして任務は完遂する。それが自分に課したジェイルの掟《おきて》だった。


ヴァン・フォン・マクシミリアンの機嫌が良かった。

ずっと憧れだったオートクチュール専門店で新しいインバネスコート、クラバット、トラウザーズ、そしてベストの注文をしたのだ。布地から仕立てまですべてオーダーメイド。支払いは後日ということになっている。

ヴァンの脳裏に浮かぶのはヴァユの離宮にいる貴婦人。あの人は非常に美しかった。ならば、それに並び立つに相応《ふさわ》しい装いが必要だ。これは未来の夫として、必要な出費だ。

先日会いに行ったアルベルティーナは、記憶より一層に麗しかった。

出会いというにはいささか情緒がないがヴァンとアルベルティーナの初対面は王城だった。以前フォルトゥナ公爵に連れられていた時、一目見てヴァンは恋に落ちた。

恋は心を奪われるという。まさに、その通りだった。あれ以上に惹《ひ》かれる人など、一生現れないと確信できた。

ラティッチェの悲劇の姫君と言われていたアルベルティーナ。

マクシミリアン侯爵家はラティッチェ公爵家の分家であったが、かの姫君とは全く接点がなかった。

彼女はどんな催し事にも出席せず、社交界でも謎多き人物だった。王家からの誘いですら足を運ぶことがなかった。

高貴でありながら醜さ故社交界に現れないと聞いていた。実際会ってみれば、あまりの美貌に数日間顔から熱が引かなかった。脳裏に浮かぶ美しい面影に思いを馳《は》せるたびに、今の自分に宛がわれた婚約者はぱっとしない子爵の成金女ということに苛立った。

裕福とは言っても所詮は子爵家。侯爵家と並べば、当然身分は下がる。持参金でマクシミリアン侯爵家に近づいてきた下級貴族。ここ十年以上、領地の鉱山業が振るわない。そのせいで格下の女が婚約者になってしまった。

婚約者に不満を持つヴァンは、何とかしてあの姫君とお近づきになれないかと悩んだ。

だが、王族の一人になることが確定した彼女に、ラティッチェ分家とはいえヴァンは近づけなかった。父親のオーエンですら、面会できなかった。彼女の身柄は王家と、フォルトゥナ公爵家預かりだった。


だが、転機が訪れた。

アルベルティーナの父親が魔物の襲撃により亡くなった。

大破した謁見の間で、父の亡骸《なきがら》に縋る彼女を見た。

ラティッチェ公爵家当主が亡くなったことにより、貴族たちは浮き足立った。

アルベルティーナは王族に現れる特別な瞳の持ち主で、立太子が有力視されていた。だが、その最大の障壁であった公爵が死んだのだ。

ラティッチェ公爵家に残ったのは実子のアルベルティーナと、養子のキシュタリアのみ。そして、キシュタリアはかなり遠い零細分家で妾の子だった。グレイルがいなければ、成人間近とはいえまだ学生の彼を押しのけて入ることができるのではないか。

だが、キシュタリアはなかなか隙を見せない。葬式でも、社交でも、分家の集まった先々でさまざまな場面で貶《おとし》めようとするがさらりとかわす。

なかなか馬脚を現さない卑しい血の青二才は、身の程を弁《わきま》えない。

このままでは、キシュタリアが当主の座に収まってしまう。

手っ取り早いのは婚姻。

それは誰しもが思った。王家に迎えられるアルベルティーナは、ラティッチェの財産を引き継ぐ正統性を持っている。

結婚適齢期で、あの美貌。婚約者もおらず、アルベルティーナを溺愛していたグレイルが死去したためつけ込める可能性はぐんと上がった。

水面下で彼女と接触を取ろうとする人間や、自分こそ婿入りしたいと激しい争いが起きた。そして、その中でマクシミリアン侯爵家は勝ち上がったのだ。

分家でも古い歴史とその血統の正しさが認められたのだ。

その間、父のオーエンが色々と忙《せわ》しなく動いていた。昼夜問わず外出が増えていて、妙にせかせかとしていた。なんだか陰気そうな魔法使いを召し抱え、何かを大事そうに持っていた。

書斎の奥に隠しているようだが、あの部屋には鍵があるから入れない。随分大事そうに特殊な南京《なんきん》錠《じょう》付きの戸棚にしまっていた。

「喜べ、ヴァン。お前は王配になるんだ。王太女殿下の夫として、この国の頂点に立つのだ。アルベルティーナ殿下が、我が侯爵家を推薦してくださることになった」

興奮冷めやらぬ様子でオーエンが伝えてきた。

驚いたが、後日ヴァユの離宮から手紙が届いて本当だと確信した。

オーエンも喜んだが、ヴァンはもっと喜んだ。奇跡が起きたのだ。ヴァンは確信した。

(やはり自分たちは運命で結ばれるべき恋人なんだ!!)

手紙を持って離宮へ行った。初めて近くで会った姫君は酷《ひど》く驚いたのか、素っ気なかった。

興奮のあまり強引に手を引っ張ってしまったのを、侍女にガミガミと怒られた。未来の王族に向かって失礼な女だが、アルベルティーナのお気に入りのようなので我慢した。

つれない姫君。なんとかその頑《かたく》なさを解きほぐそうとしたが、叩《たた》き出すように冷たく追い出された。

先触れを忘れたくらいで、そこまで怒ることなのだろうか。

(緊張しているんだな。社交界も知らず婚約者もいなかったと聞くし、俺がリードして差し上げよう！)

思い出す姫君は、喪に服しているせいか全体的に黒く地味だがとても上等そうな生地と仕立ての衣装だった。見たことのない繊細な刺繍《ししゅう》やレースのドレスを纏《まと》っていた。自分の服は汚れてはいないが、ありきたりの貴族服。このまま並んだら明らかに見劣りがする。

屋敷に戻り従僕やメイドに衣装棚をひっくり返させた。どれもこれもぱっとしない。これではお茶会もできないしデートに誘えない。

それでも一張羅を選んで、再び会いに行った。

今度は使用人が止めてきた。先触れすらないのに来てはならないとうるさい。恋人に会いに来て何が悪いのだ。喪が明けたら婚約するのだから、ヴァンは未来のこの離宮の主人でもある。

なかなか通さないお局《つぼね》メイドに苛立ち、可愛《かわい》らしい若いメイドを捕まえて暇を潰そうとした。

しかし、結局はキシュタリアが来て醜態を見せる羽目となった。

そして、アルベルティーナの顰蹙《ひんしゅく》を買ってしまった。

(全部あの妾の子のせいだ！　あんなのがラティッチェを名乗るなんて！)

父親に問い詰めても、まだそこまで手が回っていないようで苦い顔をしていた。

「ええい！　先走りおって！　フォルトゥナ公爵家に睨《にら》まれているんだ！　少しは頭を使わんか！」

今更そんなことを言われて、頭を殴られたような衝撃だった。そして、酷く失望した。

ラティッチェは数ある貴族の中でも四大公爵家随一の勢力だ。筆頭貴族であり、王家に勝るとも劣らない力を持った大貴族。なのに、こちらが機嫌を窺《うかが》わなければならないのか？

「お前が殿下に暴力を振るったと王家と元老会から叱責が来よった！　何をした！　お陰で謹慎を言い渡されたんだぞ！　これでは社交もできん！」

「暴力なんて振るってない！　ちゃんとエスコートした！」

「それだけじゃない！　離宮に押しかけたそうだな！　先触れなしに！」

「俺は婚約者になるんですよ！　手紙まで貰《もら》った！　なのになぜ！」

「相手は王太女殿下だ！　子爵の小娘とはわけが違うんだぞ！」

今の婚約者は急に行こうが、予定を取りやめようが何も言わなかった。

あれは子爵家だが、アルベルティーナは王族なのだ。つい、失念していたのだ。舞い上がっていた。

「しかもワシに黙って随分と衣装を仕立てたらしいな！　まだ早い！　アルベルティーナ殿下から支度金を貰っとらんのだ！」

「そんなものカルラにでも言っておけばいいでしょう」

「馬鹿者！　あの子爵家に気づかれてみろ、すぐに婚約時に前借した持参金を返せと言ってくる！　いいか、時期が来るまではバレてはならん！」

あの成金は金にうるさい。形だけの貴族だけあって、本来の貴族としての余裕や優雅さが足りない。

こっちが婚約してやっただけありがたいと思えばいいものを、今になって金を返せなどというつもりなのか。ヴァンは未来の王族だというのに。

傍から見れば、婚約者のカルラ・ポーター子爵令嬢は気位だけは高い爵位が上の婚約者に蔑《ないがし》ろにされているうえ、やたら金銭援助を要求されているのだから文句の一つも言いたくなるところだ。

だが、ヴァンは最初からカルラもその実家のポーター子爵家も見下していた。だからこそ、当たり前のことすら理解していないのだ。

（ふん、まあいい。姫殿下の喪さえ明ければどうにでもなることだ。あんな持参金小金だ。ラティッチェ公爵家は領地も資産も莫大《ばくだい》だ。殿下は後継者として学んでいないだろうから俺が王配になり、そして公爵家当主として役目を果たさねばなるまい）

そして、もちろんそこには夫としての役目もあるだろう。

あの花も恥じらうような目の眩《くら》むほどの美貌。華奢であり女性的な曲線を描く体。清楚と妖艶が交じり合う、少女から女性へと変わる寸前の危うい芳しさ。

ごくり、と思い出すだけで生唾を飲み込む。

約束された地位、莫大な財産、誰もが羨む美貌の妻――すべてが手に入る。

ヴァンの妻に、あの美しい人がなる。緩やかに波打つ黒髪に、初雪より汚れない肌、尊い色を宿した瞳、長く弧を描いた睫毛《まつげ》、薔薇《ばら》色の頬、淡く色づいた唇、どんな極上の楽器より可憐《かれん》な声――全部全部。

オーエンの叱責や怒りすら霞《かす》むほど、ヴァンはその恋にのめり込み酔いしれていた。

その安易な思い込みが、己の首をさらに絞めるとも知らずに。

一章　駒選び

お父様の行方を知り、悍《おぞ》ましい契約をしてしまった。そのせいで、失礼極まりない男と縁ができてしまった。

憎たらしいオーエン・フォン・マクシミリアン。そしてその馬鹿息子のヴァンは相変わらず間を置かずコンタクトを取ろうとする。

他にもわたくしを利用とする二人の王妃、貴族、そして元老会。

こんな連中にラティッチェを奪わせない。わたくしの家族と思い出を汚させない。だから決断した。

その決心から数日――わたくしは考えていた。

やはりといいますか、自分には味方が少ない。というより、信用できる人が少ないのだ。

好意をもって近づいてきてくれるが、信用しきれない。また、利用する気で近づいてくる人間が圧倒的に多くて、身動きがとりづらい。

今後、動こうとすればますます後者は増えるだろう。

わたくしは、どうも周りから軽んじられている気がするのです。

今まで社交界にも顔を出さず、人脈も心許《こころもと》ないわたくしの足を掬《すく》おうする人間、そして取り入って操ろうとする人間は多いでしょう。

ほとんどをフォルトゥナ公爵がシャットアウトしてくれていますが、それは期限付きですわ。わたくしは王太女となってしまった以上、どうしても避けられないことが増えていきます。

わたくしは権力があっても、政治的な意味で発言権が弱いのです。

若く、実績がないから。そして、周りはわたくしが能力を持ち、実権を握ることを望まないのです。

王家の張りぼて人形として、自分が権力を使用するための器として欲しがっているのです。

王配の座を巡る争いも、口では可哀想《かわいそう》だと言いながら政治から遠ざけ、わたくしの権利を好き勝手に使いたいだけなのでしょう。それは元老会も貴族も変わらない。

わたくしの愛するラティッチェもまた、奪われようとしている。

お父様がいなければ、ラティッチェの威光を十分に使うことすらままならないのです。もし奪われてしまえば、わたくしはますます身動きが取れなくなる。なんとしてでも、キシュタリアに実権を握って押さえてもらわねばなりません。

そのためにできるだけ早急に、マクシミリアン家の排除が必要です。とどめはさせずとも、たとえわたくしが強く推挙しようとも不適格であるようにしなくては。

わたくしに足りないものは、わたくし自身のカリスマ。

家柄や血筋ではなく、わたくし自身の能力。

アルベルティーナというものについた『王太女』や『悲劇の姫君』でもない、わたくし自身を支える手駒と、支持者たち。

軽い神輿《みこし》のままではダメ。

周囲にバレないようにわたくし自身を高めなくてはダメなのです。

布石の一つとして、公共事業で貧民層の救済をします。幸いなことに、あまり手が回っていないようです。ジュリアスの様子からするに、悪い企画ではなかったと思うのですが……それなりの額を王太女として下りている費用から充てましたが、一般的にはこれは普通なのでしょうか？　基準が判《わか》らないです。

正直、宝飾品や装いにお金をかける気にもならないですし……わたくしはとりあえず民を味方につけようと思います。もともと同情票は多いはずですわ。

それに、離宮の噂《うわさ》を聞く限り他の王族は謹慎中や、そもそも華やかな催し以外にはあまり興味のない方が多いようなのです。

つまり、地味な公務は疎かになっています。

メザーリン妃殿下も、オフィール妃殿下も貴族相手のお茶会や夜会は積極的です。ですが、ちょっと前のお父様ぷんぷんカーニバルでぶった切られ、離反や脱落があり一枚岩とは言いがたいです。足並みが揃《そろ》うにも時間がかかるでしょう。

あちらがもたついているうちに、お手紙の返事が決まればよいのですが。

レイヴンならきっと大丈夫よね？　再教育とやらを短期間でクリアした猛者です。

わたくしの信用できる人の中で、貴族に顔が利くのはキシュタリア、ミカエリス、ジュリアスの三人。彼らが協力の申し出を受けてくれるかによって、今後の状況は大きく変わります。

貴族の戦い方はわたくしにはいまいちわからないです。

ですが、それ以外の人たちをかき集めていこうと思うのです。

一人一人の力は小さくとも数の暴力代表の民衆、そして己の能力で独自の立場を確立した魔法使いの中でも権威を持つ王宮魔術師。

貴族に軽んじられやすい彼らですが、特別な知識と能力は重宝されています。

わたくし、そんな彼らの気を引けそうなブツをゲットしました。

アンナに人払いを頼み、本を取り出す。この前、隠し通路に倉庫がありました。日本語表記です。びっくりですわ。

どうやら、日本語はこの国では古代語の一つであるそうです。

ですが、日本語はひらがな、カタカナ、漢字が入り乱れており非常に厄介ですわ。古代語でも特に難しい分類で未《いま》だに解き明かされておりません。

ファンタジーなこの世界ですが、翻訳魔法はないのです。精神干渉魔法やスキルは存在するそうですが、翻訳スキルはないのです。

そのせいで翻訳が後回しにされている古代語なのです。

学者たちを苦しめる悪魔の言語とすら言われる、超絶嫌われ者ですわ。わたくしの魂の母国語なのですが……。

何故《なぜ》この文字があるかといえば、古代――といっても、この国々が成り立つ前に『賢者』と呼ばれる偉人がいたそうです。その偉人は異世界から来た『渡り人』でした。地方によって『越境者』や

『稀人《まれびと》』など様々な呼び名があります。賢者は、異世界から来た人でした。非常に強力な魔力と多彩なスキルを持つ、ファンタジーあるある俺TUEEEな方だったんでしょう。

その方は、その知識と膨大な魔力とスキルにより様々な魔法を生み出し、文明を生み出し、国や都市を発展させました。魔王を倒しちゃったり、すっごい精霊や神様と契約しちゃったりなどとまさにてんこ盛りです。

そして、その方は男性だったようで色々な種族の姫や巫女《みこ》などを娶《めと》り、それ以外にもたくさんの女性と浮名を流しながら生涯を終えたそうです。

リア充ですわね、わたくしとは無縁ですわ。ファザコン拗《こじ》らせた喪女へ当てつけですか。

英雄色を好むとは言いますが、わたくしは一途《いちず》な方のほうが好きですわ。

お父様みたいに、格好よくって、強くって、とても優しい紳士的な男性がいいですわ！！！

やはりお父様はわたくしの理想なのですわ!!

うぐ……いくら情報のためとはいえ、リア充野郎の日記を読むのはきついですわ。黒歴史はないかしら。あ、やっぱり奥様に浮気がバレてシバかれていますのね。

神話でもあった主神もそうですけれど、国一番の勇士といい、栄華を極めた皇帝など力ある殿方は次から次へと新しい女性に手をつけ、ご自分のハーレムを築かなくては気が済まないのかしら？

わたくしは赤裸々な賢者の日記を書き写しながら、翻訳したものも書き記していきます。

歴史上の人と言われる賢者様の名はスズキ・タロー。きっと偽名を名乗っていたのですわ……おそらくわたくしと同じくらいの世代のはずなのです。文体や言葉の使い方がかなり近い雰囲気なのですわ。

もしも同じ日本人でも時代が違いすぎたら文学常識から違い、圧倒的ジェネレーションギャップの前に敗退していたでしょう。

俺様感満載暗黒歴史書とも言える日記ですが、一部のマニアにはそれは受けるでしょう。見ていて痛々しい中二病がチャレンジメニュー並みに盛られていますが。

歴史に影響を残した英雄や魔法使いの中でも、五指に入る方なのですわ。このスズキ・タロー氏は。

この方、色々な偽名を使って色々な土地で伝承を残していたようです。

素晴らしい称《たた》えるべき偉業もありますわ。

たとえ！

浮気が原因で奥様に首から下を除毛されてしまっていても！

賢者の隠居の原因が、娘の『パパと同じ桶《おけ》で洗わないで！』発言よる消臭洗剤の開発のためでも！

息子との軋轢《あつれき》の原因が、目玉焼きは固焼きか半熟かによる味覚的好みの相違であっても！

頬にある傷の原因が、実は魔王との戦いではなく酔っぱらって転んだものであっても！

……こう考えると、やっぱり歴史上の偉人であろうと普通の人の子ですのね。

なんだか歴史書で学んだ高潔なイメージが砂になりましたが、親しみやすさは湧きました。ほんのちょっと匂う程度に、多分。

何故、離宮の地下にこんな本があるかといえば、過去何人か渡り人がいたのでしょう。

そして、彼らは同族にだけ分かるように文字という形で残したのです。

渡り人は、大きく分けて二つ。異世界転移型と異世界転生型です。

差はそのまま移動してくるか、生まれ変わってこちらに来るかですわね。

異世界転生型には生まれ持って記憶を持ち合わせているタイプと、何かの拍子に前世の記憶を思い出したタイプ。

スズキ・タロー氏は異世界転移型、わたくしは異世界転生の思い出しタイプですわ。

渡り人は定期的にこの世界に現れるそうですが、異世界者特典というべきか大抵が膨大な魔力やら、特殊な能力を持ち合わせていることが多かったそうです。また、世紀単位で進んだ文明を知ることもあり、時に壮絶な争いの原因にもなったそうです。

古代文明時代には、それらの能力目当てに強引な召喚が行われていたみたい。

酷《ひど》いところでは、適当な話で丸め込んで渡り人を戦争兵器として扱っていた国もあったそうです。

最初は正義感や義憤により協力したものの、真実を知り召喚した魔法使いや国家を恨んで滅ぼしてしまった渡り人もいたそうです。

……わたくし、お父様の娘でよかったですわ。

お父様のご威光に守られていたからこそ、能力持ちの珍獣扱いは避けられたのですね。

渡り人なんて聞いたこともなかった。ラティッチェの蔵書にすらなかったのですわ。きっと、時代に埋もれた渡り人も多かったのでしょう。わたくしの場合、同意も何もなく気づいたらアルベルティーナでした。

偉人の異世界人の中には神様との逸話が多くありますのに……。

うーん、わたくしが渡り人だということはバレたくないので、この文字が云々《うんぬん》というのはぼかして書きましょう。

基本的な大陸の文字や古代語や魔導語や精霊言語は読めますもの。

ちなみに大陸文字は貴族の一般教養、魔法使いは魔導語や精霊言語も必修ですわ。

古代語は歴史書を読むために必須でしたわ。辞書片手にカルマン女史に教えていただきましたわ。

前世の頭脳だったらドロップアウトしていましたが、さすがというかお父様の遺伝子の賜物か、アルベルティーナの頭脳は優秀でした。

わたくしの前世の記憶はかなり飛んでいる。魔法のない世界で、地球という星の日本人。黒目黒髪がポピュラーなほぼ単一民族といえる島国。技術の国で、魔改造が大好きな凝り性。味覚が繊細で、美味《おい》しいものが大好き。

でも、わたくしの前身である人格の個人情報はほぼ覚えていない。

オタクな成人女性で、喪女なのは覚えています。ですが、氏名や地元、誕生日や家族構成、友人関係などがすっぽりと抜け落ちています。逆に、そのおかげで別の記憶を際立って覚えているのです。

好きだった料理とか、ゲームとか、本とか。男性とご縁がなかったこととか！

学校行事でこういうことがあったとか、前の世界の常識とか。

……改めて思いますが、酷く偏っていますのね。

ですが、その記憶のおかげでわたくしは『アンダー・ザ・ローズ』をはじめとした、ローズ商会を作ることができました。

恐らく、記憶の混同の原因は誘拐の精神的ショックと前世を思い出した時の記憶の濁流、人格統合の弊害ですわね……というより、それ以外ありませんわ。

幸い、弱っていた元のアルベルティーナの精神にたまたまわたくしが勝ったので今の人格に落ち着きました。ですが、あの最強悪女に前世知識が加わったらヒロインと攻略対象者たちに圧倒的な死亡フラグですわよね。

性格が変わったのも、記憶が曖昧なのも、トラウマ幼女の恐怖の発作でかなりかすみました。あの鋭いお父様やジュリアスですら、中身が変わったと思っていませんもの。性格がだいぶ変わったとは言われていましたが、取り替えっ子説は出ませんでした。

まあ、肉体は間違いなくアルベルティーナですものね。

それは置いておくとはしましょう。

とりあえずは、味方を増やさねばなりません。コネ作りに手段を選んでいられないのです。できれば権力に興味があって、ゴリゴリ迫ってくるのはパスです。こちらが手玉に取られかねない。そこで注目なのが、放置されがちな王宮魔術師たちです。彼らはその知識と技術を持って、地位を築いた方々。権力より研究に興味のある方が多く、そういった方こそ実力派なのですわ。

遺跡発掘ブームの時代では古代語の解明にも精力的でした。今では廃れています。

そのため難解古代語から失われた魔法や魔道具を解析したくとも、研究費が下りず大抵の王宮魔術師たちは足踏みしています。

研究には莫大《ばくだい》なお金がかかるのです。古文書や遺物の使用許可や貸出料、もしくは買い取りが必要となります。王侯貴族というお金と権力がたっぷりある人間が後押ししなくては、難しいのですわ。とはいえ、先人の知恵、そして残してくださったものを勝手に拝借するのは気が引けます。

——そこに何かあるのですか？

（……レイヴンは、あの倉庫の扉さえ分からないと言っていた。わたくしが開けて、出入りする際に招き入れなければ感知することすらできなかった）

あの空間は長らく使われていなかった。恐らく『渡り人』だけに見え、感知するものなのでしょう。過去の同郷たちが、未来の同郷へ残したもの。残っていたのは、非常に運が良かったのでしょう。遺跡の上にお城を作ったから、あの地下エリアで隠し通路と遺跡の通路が重なってしまったと考えるのが妥当でしょう。

（王族に渡り人が多いなど聞いたことがありませんし、偶然そうなったのかしら？）

中には知らずに近づいて、王城ではなく遺跡側の罠《わな》を発動させてお陀仏《だぶつ》なパターンもあるかもしれません。行方不明者がいると聞きますし……。

ですが、前世日本人のわたくしには便利。ありがたく、使わせていただきますわ。

（レナリアも転生者……なのでしょうね。重罪人として逃げ回っていると聞きます。王城にあるうえ、サンディス王家と縁のない彼女が入ることは不可能。それに、おそらくレナリアの手に渡れば犯罪流用される可能性のほうが高いですわ）

お父様を殺した、カイン・ドルイット。

その裏にはレナリアがいるでしょう。逃がさない。あの女も。

あのような外法を使うからには、ろくでもない人間とつるんでいる可能性のほうが高い。学園の時からそうだった。彼女は、この世界を軽んじている。

『君に恋して』についても知っているのでしょう。だからこそ、ハーレムルートなんて非常識な事を成し遂げようとしたのです。

ゲームは学園生活だけでしたが、卒業後の彼女はどうするつもりだったのでしょう。

浮名を流し切った未婚の令嬢など、王族どころか貴族ですら受け入れがたいはず。正当な継嗣を産むことが重んじられる以上、女性の貞淑は高貴な立場の義務と使命でもあるのです。

レナリアはここに生きて住まう人々をキャラクターと一括《ひとくく》りにして、玩具《おもちゃ》のようにとらえている。すべてはゲームなのだから、どう弄んでいいと思っているのです。

和解はできない。相容《あいい》れない。彼女の方法は好かない。

「でも……手段は選んでいられないわ」

ぽつり、と自分に言い聞かせるように呟《つぶや》く。

今まで避けていたことがある。ヒロインの行いへの干渉です。ヒロインがやるべきこと、やるだろうことに関しては一切手を触れませんでした。

キシュタリアやミカエリスは、自分の命が惜しくて嫌われない程度に仲良くしようとは思っていました。何故か過保護なほど大切に扱われていますが、誑《たぶら》かしたりはしませんでしたわ。

色仕掛けとか……できない！　できないのです！　やらないではなく、できませんでした。

恐怖とか、恐怖とか、常識とか羞恥心とかで！

貴族のお嬢様の貞操観念はオリハルコンですわ。ぎっちりとコルセットのように厳しく締められております の。

原作のアルベルティーナみたいに……あ、あのようにしな垂れかかるなんて、そんな破廉恥な……っ！　服を寛《くつろ》げ、はだけさせるなんて！

ゲーム画面では「声優さんの本気ヤバすぎ……神絵師スチルすごい！」と暢気《のんき》に構えておりましたが、あれはわたくしには無理ですわ!!

あれは前世の平凡日本人であった頃なら、開襟やノースリーブ、膝の出るスカートも平気でした。十代ならまだ……あれは時代とその国の文化的にＯＫだったから平気でした。

ですが、この世界に来て令嬢教育を受けた身としては無理。

手段は選ぶつもりはありませんが、わたくしが失敗してコケる可能性が超絶大。

ギャンブルは敵です。やらねばならぬのなら、限界まで成功率を爆上げドーピングが必須。

必要ならなんだってする。復讐《ふくしゅう》を成し遂げるためなら、すべてを捧《ささ》げる覚悟はあるのです。

最悪、アンナやジュリアスに頼んで演技指導をしてもらいます。破廉恥だと怒られてしまうかもしれませんが、腹を括ります。

あの厳しいジュリアスにも『やればできる子』と言われていますし、わたくしの基本スペックは高いはずなのです。体はアルベルティーナなのですから！

「……大きくなったね、レイヴン」

「そうでしょうか」

「うん、ミカエリスより背が高いよね？　どういう伸び方したんだってくらい伸びてるよね？」

「……普通に訓練して、食べて、寝て生活をしていただけですが」

「気にしないで。ちょっと驚いただけ。これはすぐ読んだほうがいいもの？」

「早めの開封がいいでしょうけれど、始末はキシュタリア様の判断でなさいますようお願いします」

「わかった。そうする」

「では、後日お迎えに上がります」

「ああ、わかった」

アルベルティーナがやる気を出していた頃、キシュタリアを見下ろすほど背の高くなったレイヴンが手紙を渡していた。

渡されたほうのキシュタリアは、唐突に自分の机に影が差したかと思えば真っ黒な巨躯《きょく》が見下ろしていたのだから驚いた。

しかも、それがかつて義姉の従僕をしていた小柄な少年。雨季のタケノコも真っ青な伸びっぷりだ。

（……気配もなかったから、暗殺者かと思った）

キシュタリアには狙われるような理由は幾多とあった。

名家への恨み、妬みや嫉《そね》み。ラティッチェ当主を狙う分家たちや、グレイルに恨みを持つ者たちがラティッチェを潰そうとしている可能性もある。

手紙を渡し終えたレイヴンは、猫のようなしなやかな身のこなしで消えていった。

足音一つ立てず、まるで最初からいなかったように。

ラティッチェ公爵邸のタウンハウスは、当然ではあるが厳重な警備がある。それをあっさりと潜り抜けてやってきた手腕。さすが、若くしてアルベルティーナ付きとなっただけある。

キシュタリアの手にある、見知った薔薇《ばら》の封蝋《ふうろう》だけがレイヴンがここにいたのだと訴えているようだった。


ミカエリスは行く先々で引き留められて辟易《へきえき》していた。もともと、縁談目当てに引き留められることは多かったが最近はさらに多い。ようやくタウンハウスに戻れたのは深夜だった。

原因は解っている。有名税のようなものだがこうも続くと煩わしい。

日が暮れると声をかけてきた貴族たちのタウンハウスや、郊外近くの屋敷にと引き留められた。酒や女を引き合いに出されることもあるが、やんわりと角の立たないように断っていたらこんな時間になってしまった。

従僕と古参のメイドを残し、残りは下がらせた。自室に入りシャツを寛げようとした時、何か空気の揺らぎのようなものを感じた。違和感を確認するより、腰にまだ佩《は》いていたミスリルの剣を抜き放つのが早かった。

死角といえる背後に立っていたのは、背の高い黒ずくめの男だった。

「文をお預かりしております」

「……そうか」

首筋に剣を突き立てる寸前なのに、黒衣の男は動じない。

何を考えているか分からない静謐《せいひつ》さを含んだ、黒曜石のような瞳。無機質でどこか冷然とした眼差《まなざ》しは、人というより人形のようだった。

ほんの僅かに揺らすだけでも、ミカエリスのミスリルの刃《やいば》は男の頸動脈《けいどうみゃく》へ埋まるだろう。だが、瞳孔も呼吸も乱れた気配はない。

動揺が一切見られないのが一層不気味さを際立たせた。

侵入者は手に持った封筒をさも大事そうに差し出す。

そして、そこに捺《お》されている封蝋に、ミカエリスは静かに目を剥《む》いた。動揺で手が震えかけて、慌てて剣をどかしたほどだった。

(アルベル……!)

この封蝋は彼女個人のものだ。瑞々《みずみず》しさを感じさせる鮮やかな赤色の封蝋。

ほんのり輝きの入ったワックス。独特の艶は、彼女しか使わない――というより、彼女用の特注品はローズ商会で極秘に作られている。そして、一般販売されていない。

少なくとも、ミカエリスはアルベルティーナの手紙以外にこの薔薇色の封蝋を見たことがない。

使用人に捺させるのではなく、彼女自身が捺す封蝋は必ずどこか甘さがある。

慎重になりすぎて、少しぶれたり斜めになったり、どこか捺し方が弱かったりしているのだ。たまにアンナやジュリアスなど、信用ある者が代行するときっちりしっかり捺されている。

彼女が封蝋を捺しているところを見たことがあるが、失敗や汚れで封筒を何枚もダメにして残りが少なくなってしまうと代わってもらうようだ。失敗し続けてドツボに嵌《はま》っていることがある。一度、遠征しているグレイル宛の手紙でその状況に陥っていた。

アルベルティーナは封筒や便箋も拘《こだわ》るのだ。そして、特注の紙が多いからそうなる。

文通をよくするアルベルティーナだが、いつまで経《た》ってもあまりこれは上達しない。際立ってへたくそではない。よく見れば気づく程度。だが妙な凝り性を発揮するとそうなる。

そして、ミカエリスはそれを見極められる程度には文通をする仲だった。

「返事はすぐに書いたほうがいいか？」

「いえ、後日お時間をいただきたいのだと。他にご予定が――」

「優先順位がある。問題ない」

勲章を授与され、陞爵《しょうしゃく》の話が出てからどっと夜会やお茶会の紹介状、そして縁談の申し出が増えた。

だが、王都を離れていた間のアルベルティーナの動向は気がかりだったのだ。大体は収めてきたもののの、後始末を部下と父に任せて戻ってきたのだ。

アルベルティーナは周りを気にして強がって元気に振る舞っている。それがまた痛々しくて仕方がない。そして、ジブリールから妙な噂を聞いたのだ。

色々と気がかりはたくさんあるが、彼女から連絡を取ってきたのなら乗らない手はない。

いい加減、レイヴンも学習した。

普通に声をかけているつもりでも、長年の経験で培った気配のなさと、ここ数か月で劇的に伸びた身長のせいで非常に警戒される。

なので、最後の手紙——ジュリアス宛《あて》の手紙は正面から渡すことにした。

したのだが。

「誰だ、貴様は」

ノックをして名乗り、了承を得て部屋に入ったのに開口一番吐き捨てられた。

目の前にいるジュリアスは、アルベルティーナには絶対見せないであろう凶悪な顰《しか》め面になっている。苛立《いらだ》ちと怒りを隠そうともせず、声と表情で物語っている。

「……レイヴンです」

「俺の知っているレイヴンは、アルベル様よりチビだ」

「伸びました」

「死ね」

訳が分からない。レイヴンは困惑して首を傾《かし》げた。

ジュリアスは優秀な人で、こんな支離滅裂な会話をしない人間だ。ついでに言えば、露骨に本性や本心を出さない。

ジュリアスがレイヴンに辛辣に当たるのはよくあることだった。従僕時代から、アルベルティーナに気に入られているレイヴンにやたら厳しかったものである。

だが、ここまで強く当たられたことはない。

「で？　つまらない要件なら追い出すぞ」

「アルベル様からのお手紙をお持ちしました」

もともと顰めていたジュリアスの顔が、ますます歪《ゆが》んだ。元が美形な分、その凶悪さに拍車がかかる。心なしか怒りより不愉快で嫌そうな顔になった気がする。

レイヴンは人の心の機微を察するのは苦手だ。敵意や殺気や気配を読み取るのは得意だが、複雑な心理は推し量れない。

「……時折、離宮に何かいると思っていたがお前だったのか」

ジュリアスはまたレイヴンを頭の先からつま先までじっくり見ると、鼻を鳴らして手を出す。

手紙を受け取る意思はあるようだ。

レイヴンが差し出した手紙をジュリアスはその場で封を切り、便箋を広げる。

ジュリアスにしてはずいぶん時間がかかっている。何度も内容を読み込んでいるようだ。

「アルベル様に伝えろ——必ず行く、と。それから、無理はしないように」

レイヴンに言伝しつつ、ジュリアスの視線は便箋に注がれたままだ。

執着じみた丹念さで、一文字一文字から何かを読み取ろうとしている。

勘の鋭いジュリアスは、アルベルティーナの手紙から何かを感じているのかもしれない。

だが、レイヴンの重視することはそれではない。彼の最優先はアルベルティーナの命を遂行し、速やかに結果を伝えることである。


音もなくレイヴンが戻ってくると、従僕の時の一礼をして「すべては滞りなく」と恭しく跪《ひざまず》きます。

わたくしの頼み事を完遂したと報告をしてくれました。まずは一安心ですわ。

三人ともそれぞれ守りが堅いタイプだから、変に怪しまれてしまったらどうしようかと少し心配していたの。わたくしには優しい方々ですが、警戒心が強いのよね。

「そう、ありがとう」

「三人ともいらっしゃるとの返事でした」

「忙しいのに……いえ、呼びつけたのはわたくしでしたわね。ご苦労様、レイヴン。貴方《あなた》はどこで休むの？」

「身を隠せる場所で」

「そう、よかったら、今後は私の隣の部屋を使って。ちゃんとしたベッドのほうがいいでしょう」

「ですが」

「護衛として、気になる？　なら扉は開けておいたほうがいいかしら？」

すり、と寄ってきたチャッピーの頭を撫《な》でる。

膝の上ではぷすぷすと奇妙な寝息を立てて、ハニーが眠っている。

チャッピーもハニーも脱走癖があるため、ケージやベッドに戻してもすぐさまわたくしのベッドに上ってくるのです。可愛《かわい》らしいけれど、ダメなのよね。そして、大抵要領の悪いチャッピーがアンナやベラにどやされている。

「そんなことをしては、間違いなくジュリアス様に怒られます」

「大丈夫よ、わたくしがいいと言ったんだもの」

「お嬢様ごと怒られます」

何故ですの。レイヴンは実力もあるだろうし、信用に足る護衛ですし傍《そば》に置くべきですわ。一度は、お父様のお眼鏡に適《かな》いわたくしの専属となった数少ない従僕です。

確かに背の高く精悍《せいかん》になったレイヴンをベビーピンクのフリルたっぷりのシルクの羽毛布団に埋もれさせるのはギャップがある光景でしょう。

でも、そんなに怒られることかしら。

「せめて鍵は必要かと」

「でも、何かあった時にレイヴンが入れなくなってしまうわ。かといってバルコニーは寒いでしょう？」

「あの程度、蹴破れます。そもそも野外で休眠を取れていましたから、そこまで気になさることでは……」

それはいいのかしら？　蹴破るのはいいけど、野宿は良くないわ。まだまだ成長期のはずよ、レイヴンは。

アンナはレイヴンがわたくしの傍にいることを推奨しています。信用できる護衛として。

とりあえず、鍵はつけて何とか隣室で寝かせることには成功しました。

翌朝、アンナが何故か嬉《うれ》しそうでした。なんでも、ジュリアスの反応が楽しみだそうです……何故ですの。何か空気がギスる気配を察知しました。

わたくしの中ではレイヴンは可愛い弟のような、小さなレイヴンのままなのです。

前は小柄なピンシャーのようなイメージでしたが、今はブラックのドーベルマンですわね。もしくは猟犬系の野性味としなやかさを感じます……あの黒衣のせいかしら？

きっと今までの従僕の御仕着せもサイズが合わないわね。新しく仕立て直さなくてはなりませんわ。

護衛であれば騎士服？　あの黒衣だと影として動くならともかく、今後表に出てもらうにはダメよね。

まだ身長、伸びたりするのでしょうか。

羨ましいやら、悔しいやら、嬉しいやらで複雑ですわ。

冴《さ》え冴《ざ》えとした月が雲に覆われる。

じっとりとした夜の闇は纏《まと》わりつくようで、違和感や不都合なものを隠してくれる気がした。

今夜——あと数時間で約束の時間になる。
ついにこの時が来ました。

手紙から数日後の、草木も眠る深夜。

街の喧騒《けんそう》からも遠いヴァユの離宮は、僅かな風音と揺れてこすれた枝葉の音のみが聴こえるだけ。

その一室でひそやかに招かれた客たちが、それぞれ一人掛けのソファに座っていた。良く磨かれた黒檀《こくたん》のテーブルの上には真っ白なクロスがかかっている。席の前に置かれたティーカップから立ち上る湯気は、芳しい香りを放っている。

ラティッチェ公爵家子息、キシュタリア・フォン・ラティッチェ。

ドミトリアス伯爵、ミカエリス・フォン・ドミトリアス。

フラン子爵、ジュリアス・フラン。

いつもなら軽口の一つも叩《たた》くのだが、今日に限っては誰もが口を噤《つぐ》んでいる。

こんな時間に呼び出されても、文句一つない——むしろ、こんな時間でないと取れないのは解《わか》っている。

人目を避けるには、普通の人なら眠っているだろう時間帯を選ばなくてはならないのも。

通ってきた通路も、本来なら緊急脱出用の隠し通路というべきもの。本来なら、万一のために秘匿されるべきもの。そして、そこまでして呼びつけたのが事の重大さを伝えていた。今回の呼び出しは、万一に相当する事柄の可能性があるのだ。

僅かな音と共に、現れたのはアルベルティーナだった。

喪に服すことを表す真っ黒なドレス。基本的に暗いドレスが多かったが、今夜のドレスはまさに漆黒だった。だが、フリルブラウスにバッスルビスチェを合わせたものであり華やかで妖艶である。このまま夜会に繰り出しても、浮くことのない豪奢《ごうしゃ》さ。

だが、同時に普段のアルベルティーナの好む装いとは違う。黒いドレスは解るが、そのドレスの趣が違う。彼女はもっと大人しく清楚《せいそ》なデザインを好むはずだ。喪に服していない時も、柔らかく淡い色合いを好んでいたため、大きな違和感を覚えた。

黒髪も左右から編み上げ、後頭部で綺麗《きれい》にまとめたシニヨンになっている。

彼女を彩るものは金細工一つ、宝石一つないが、その美貌こそが最も比べるものもないほどに圧倒的だった。

そして何よりも、その表情だ。

ここ最近はすっかり気落ちしており、憔悴《しょうすい》や悲哀の色が濃かった。精神的に追い詰められ暗い表情を無理に隠していた。優しげで儚《はかな》げで——非常に危うかった。

しかし、今は深い緑の瞳に静かでありながら、激情を燃やしている。

優美に弓なりの弧を描く口元や、柔らかく細められた目は微笑《ほほえ》んでいるのに、その奥に宿るものはすべてを呑《の》み込まんばかりの劫火《ごうか》、もしくは激流か。それでいて侵しがたい強さを秘めている。

だけれど、その姿に強烈な既視感がある。

「お待たせして、ごめんなさいね。では、お話をしていいかしら？」

青白い火花が散った。

閃《ひらめ》きと、違和感、そして懐かしさ。

優雅であり恐怖そのもの――魔王の娘がそこにいた。

「貴方がたには、わたくしの婚約者になっていただきたいの」

おっとりと微笑みながら、とんでもない発言を落とした。

「もうご存じとは思いますけれど、わたくしは喪が明けたらどこの誰とも知らない権力欲の塊と派閥争いと忖度《そんたく》の結果で選ばれた男が宛がわれる予定なの」

何でもないようにころころと笑う。でもその目は凍てついている、その下には抑圧された感情が渦巻いている。

知っている。彼女がそれを口にするのも恐れていたのも、知っている。

「わたくしはね、食い荒らされるつもりはないの。わたくしの身に流れる血筋を使って、王家に取り入るのはまだ我慢できたわ。でもね、ラティッチェ公爵家への干渉は許せないの。それだけはダメ。わたくし一人ならよかった。王家だけならよかった。でも、ラティッチェだけは触れさせたくはないの。だからね、貴方がたにはわたくしの大切なモノに集《たか》る虫たちを始末してほしいの――方法は問わないから、他の候補者たちを潰して構わないし、なんだったら始末してもいいの」

歌うように可憐《かれん》な声が願いを口にする。

その柔らかな声音に反し、その言葉は重く絶対的だった。彼女の中で、確定事項だった。

「褒美は……色々考えたけれど、わたくしは立場ばかり高くあっても、実権はないわ。確定してあげられるものはない。失敗してしまえば何もない。もちろん、ラティッチェもあげられない。ラティッチェは、キシュタリアに任せると決めているから」

申し訳なさそうにするが、譲る気配はない。

三人が一様に口を噤んでいても、ソファに座ってティーカップを細い指で傾ける。

一人饒舌《じょうぜつ》に喋《しゃべ》っていて喉が渇いたのだろう。少し冷めた紅茶が揺れ、小さく白い喉が鳴る。

「だからね、わたくしをあげるわ。確実にあげられるものは、それしかないの。わたくしにまつわるもの、わたくしのすべて、ラティッチェ以外のすべてをあげる」

豊満な胸元に手を置いて、優しいくらいに穏やかな声で条件を提示した。

誰かが息を飲んだが、それが誰だかわからない。自分かもしれないし、他の誰かもわからない。

ただ、アルベルティーナ以外であるのは確かだった。

アルベルティーナは微笑んでいる。そして、ちょっとだけ小首を傾げた。ほんの少し目を見張った、いつもの窺《うかが》う時の彼女の癖だ。

「ただ、この話を受ける、受けないにかかわらずスクロールで契約をしてもらうわ。他所《よそ》に話されては困ってしまうの。でも、急な話でしょう？　一週間後に答えを――」

「受けるよ。僕は受ける。というより、僕には恩恵がありすぎる」

アルベルティーナが言い終わるより早く、食い気味に被《かぶ》せたのはキシュタリアだった。

キシュタリアの反応は少し予想外だったのか、アルベルティーナが目をぱちくりさせて「まあ」と小さく呟いて、その声を恥じるように口元を隠した。

「あら、いいの？　ただでさえ、元老会や分家から圧力をかけられているのに」

「それならなおさらだよ。ラティッチェの実子を得るほど、奴らを黙らせるにいい手段はない。僕にはデメリットがないほどだ。当然、一枚といわず何枚でも噛《か》ませてもらう。その方が断然動きやすくなる」

キシュタリアがきっぱりと言うと、アルベルティーナは納得したのか「そう」とあっけないほどあっさりと受け入れた。

気を取り直したようにすぐににっこりと不自然なほど、自然な完璧な笑みが美貌を模《かたど》る。

「ありがとう、協力してくれて」

心の中にぷつ、ぷつと切れ目のような、不自然な点が浮かび上がる。

キシュタリアは魔法紙を渡され、それに目を通す。契約にあたり条件がいくつも書いてある。こんな物の作り方、いつの間に覚えたのだろうかと不吉な違和感が拭えない。

こんなことを求めてくるような人ではなかった。

(これはアルベルなのだろうか……いや、アルベルだ。何故こんなに張り詰めているんだ？　こんな彼女、一度も見たことない)

アルベルティーナを模した人形のようだ、と。

いつもの彼女は朗らかで、穏やかでこんな破裂寸前の風船——むしろ、暴発寸前の魔法のような空気を纏っていなかった。

先日、ヴァンがいた時も何か様子がおかしかった。でも、ここまで異常ではなかった。あの時は、まだいつもの良く知る義姉だった。

(でも、酷く追い詰められているようではあった)

猛烈な嫌な予感を押し殺しキシュタリアは契約内容をしっかりと読み込む。

だが、自分の内心を悟らせないように抑えつけた。あくまで表面上はゆったりとして見えるだろう。恐怖と焦燥をアルベルティーナに感じるなんて、今までなかった。

優雅に足を組み替え、熟読する振りをしてジュリアスとミカエリスを盗み見た。

二人とも表面上は、キシュタリアと同じく焦った様子は微塵《みじん》も見せていない。

だが、ジュリアスはいつもの食えない笑みが掻《か》き消えているし、ミカエリスの手はよくよく見れば腕をきつく握りしめている。

キシュタリアだけではない。二人も、違和感を覚えている。不協和音のような歪《いびつ》な何かを感じ取っている。

「キシュタリアは受けるそうだけれど、二人はどうする？　時間が欲しいなら、一週間だけ待つわ。キシュタリアも、気が変わったら言ってね」

キシュタリアは横に首を振る。

アルベルティーナのにこやかさがキシュタリアたちの鋭敏な直感や本能に、危険信号をともしてくる。

三人の警戒を他所に、ミカエリスとジュリアスに向き直ったアルベルティーナ。

アルベルティーナが口を開く前に、ジュリアスの指が素早く契約書を引き抜いた。

「私も乗りますよ。契約書を見せていただけますか？」

「せっかちね。契約書は逃げなくてよ」

「これは失礼。手癖が悪いので」

全くもって気持ちの籠《こも》っていない謝罪である。ジュリアスらしいと言えばらしい。

アルベルティーナはほんの少しだけ眉を下げて、ジュリアスのことを見ている。ジュリアスはにっこりと強い笑みで、その視線を跳ねのけた。

「少し気になる点があります。変更はできますか？」

「協力者全員の同意があれば構いません。作り直しをします」

「それは結構。婚約者候補となる我々で話し合い、後でアルベル様へお伝えしたほうが良いかと思います。深夜とはいえ、必ず集まれるとは限りません」

「それもそうね……でも、ミカエリスは？　まだ答えを聞いていないわ」

最後になったミカエリスは、少し硬い顔で腕を組んでいた。だが、アルベルティーナの視線を受けてややあって頷《うなず》いた。

「私も、乗る。だが王都を離れる予定なので、その前に契約したい」

「まあ、領地にお戻りになりますの？　それとも、何かありましたの？」

「……私の領地ではないが、グレグルミー地方へ遠征しなくてはならないのです」

「遠征？　魔物でも出たの？」

「国境沿いで紛争が起きている。砦《とりで》が一つ危ういので、増援部隊として出兵することとなりました。最近、国境沿いや蛮族と呼ばれる法規を守らない一部の少数民族の動きが活発化しているのです。あそこの領主はあまり荒事が得意ではないのです。かといって砦に蛮族が居座っても困るので、私に白羽の矢が立ちました」

目を大きく見張ったアルベルティーナの顔が僅かに強張《こわば》る。

それに気づいたミカエリスは立ち上がって、とっさに彼女の手を取った。

大丈夫だ、と安心させるように微笑みかける。

「小競り合いのようなものです。問題はありません——この手の対処は、ラティッチェ公爵から手ほどきを受けています。剣術ほどではありませんが、指揮も得意な方ですから」

「……そう、分かりました」

する、と華奢な手がミカエリスから離れる。

アルベルティーナが合図をすると、音もなくアンナが黒い箱を持ってきた。

それを受け取ったアルベルティーナは、三人に見せるように開ける。

並んでいるのはミスリル銀の台座に乗ったサンディスライト。アンナとレイヴンにはすでに渡したので、残りは六つしかない。

「これはサンディスライトです。ただの魔宝石ではなく、王配用の特注品です。わたくしの魔力を込めれば、行きで通った隠し通路の出入りが可能となります。何か人目を忍ぶ用事がある時は、使ってください。できれば何らかの形で先触れを出していただけると助かるわ」

万一のための伝令役としてもなれるように。それがないことが一番だが、予防線は多い方がいい。

ジュリアスが少し怪訝《けげん》そうな顔をした。

「何故、六つあるのですか？」

「これはラウゼス陛下からの下賜品よ。内密のものだから、元老会やフォルトゥナ公爵家すら知らないわ」

「……陛下もご存じなのですか？」

「ええ、信用できる者だけに預けなさいと言われたわ。サンディスライトはわたくしの魔力と相性がとてもいいの。王配ではないけれど、通路を使うためにアンナとレイヴンにも渡してあるわ。万一があった時のために二人にはこのことも、全部話してあるわ」

アルベルティーナの手に触れるもの、目に触れるものさえも管理されている。

虎の子といえる魔石だが、その分周りに知られる可能性も低い。また、三人にとってもこの通路がおいそれと使えるものではないと安心材料となる。

あの通路は、アルベルティーナの私室——寝室にまで容易に行けるようになっている。

「王族……または、結界魔法の持ち主に反応するのかもしれないわ」

「なるほど……だから王族専用の離宮だったのでしょうね」

ジュリアスは納得したように手を伸ばし、一つひょいと取ってみせる。

だが、あの通路は長らく使われた様子がなかった。長らく換気のされていない独特の淀《よど》みや埃《ほこり》っぽさがあったし、外の出口も誰かが最近出入りした形跡がごくわずか。レイヴンが使っているようだが、それでも片手で足りるほどだろう。

そして知っている者が途絶えていたのだろう。あの手のものは特殊な隠蔽を施した文書や口伝による継承が多い。偶然でもなんでもアルベルティーナが見つけたのは僥倖《ぎょうこう》だ。

「一等品ですね、文句なしの。色、艶、輝き、大きさ、濃度、どれをとってもそうそう出るものではありません」

「魔力を通すと、ミスリルの部分は変わるそうよ。持ち歩きやすいモノに変えてみたら？」

ジュリアスが冷静にサンディスライトを検分すると、もう一本別の手が伸びる。

「へえ、面白いね」

次に手に取ったのはキシュタリアだ。魔力を込めるが、ややあって怪訝そうな顔をした。

「……変わらない。というか、魔力が通らない」

アルベルティーナが思わず狼狽《ろうばい》したように「え？」と呟いた。

だが、キシュタリアは半ば予想していたのだろう苦笑にとどめている。だが、それを引き継ぐようにジュリアスが指輪を見つめながら口を開いた。

「通路と同じように、通せる魔力に縛りがあるのでは？　恐らく、アルベル様ならば可能かと」

「そうだったの？　ではわたくしが形を作りますわ。どんな装飾品がいい？」

「指輪。手袋で隠せるし、チェーンをつければ首から下げられる」

アルベルティーナは頷くと、キシュタリアの手にそのまま自分の手を乗せて魔力を通す。

手をどければサンディスライトとミスリルが連理のように波打つデザインとなっていた。

滑らかな曲線は一粒のサンディスライトから延びているようにも、その曲線に守られているようにも見える神秘的なデザインだ。

普通の職人でも魔法使いでもこのように形作るのは難しい。魔力操作もデザイン力もかなり玄妙な匙《さじ》加減が必要だ。

左手の薬指に通すとするりと嵌る。

ぴったりと指に嵌った指輪に目を細めるキシュタリア。

ミスリルが変形するとは言ったが、サンディスライトも見事に変わっている。歪さはなく、ショーケースに収まっていそうなほど精巧な作りだ。

「金属どころか宝石までこんなにできるんだ。アルベルは、本当にこの魔石と相性がいいんだね」

「そうなのかしら？　普通に思い通りになってくれたみたいだけど……なんだかとても形を変えやすかったわ。キシュタリア、このデザインでいい？　嫌なら別の形に直すわ」

「ううん、これがいい。これなら偽造できないし、せっかくアルベルから貰《もら》った婚約指輪だし」

そう言ってキシュタリアは少し体を屈《かが》めて、指輪を注視していたアルベルティーナの隙をついて額にキスを落とす。

きょとんとしたアルベルティーナは、何をされたかややあって理解した。当惑したようにキシュタリアを見る。

「よろしくね、可愛い婚約者さん。…………さて、その刺すような視線はやめてくれないか、ジュリアス」

背後から恨みがましさを感じるほど強烈な視線が注がれている。

ちょっとだけ名残惜しそうにしたキシュタリアだが、ひとまずジュリアスに譲ることにしたようだ。

ちらりとミカエリスを見れば、まだ口を引き結んでいる。

生真面目で堅物なあの騎士伯爵は、この案はいささか受け入れがたいのか。

「解っているならそろそろ交代してください」

ぴしゃりとした物言いのジュリアスに「ハイハイ、どきますよ」と手をひらひら振りながら、立ち上がるキシュタリア。

「意外な顔していますね。まあ、詰めの甘さは感じますが、求めるところは理解しました。ですが、私はこの契約にあたりアルベル様にお願いしたいことがあります」

「なにかしら？」

不思議そうなアルベルティーナに対するジュリアスは不気味なほどいい笑顔だ。

アルベルティーナは小首を傾げているが、それを見ていたミカエリスが不安を覚える。キシュタリアも微妙な顔をしていた。

「養子先の斡旋《あっせん》です。私は身分が低い。貴女《あなた》が望んでくださっても、私が求めても、子爵では他の候補者に見劣りしてしまいます。新興貴族で勢いはあっても、格式や伝統がない家柄は軽く見られてしまうんです」

それは至極もっともだ。

だが、それ以上に婚約者候補二人はジュリアスの望むことを察知してぴしりと固まる。

アルベルティーナは少し不安そうに、ジュリアスの言葉に頷いた。貴族や王族の婚姻は利害関係を重んずるが、当然ながら釣り合う格や伝統も求められる。

不釣り合いな場合は格上が大きな不都合を抱えているか、格下のほうが非常に裕福であったりすることが多い。

それを鑑みないで行った恋愛結婚は、のちに大きな禍根を残すことすらある。

「わたくしが紹介できるようなお家《うち》、ありまして？」

「ありますよ、ええ。アルベル様が頼めば、最低でも伯爵家、上手く行けば公爵家です」

にこにこと愛想がよさそうで、一切の妥協を許さなそうなジュリアス。さすがのアルベルティーナも「まさか……」と予想がついたようだ。

「ええ、フォルトゥナ家へ口利きを頼みます」

「四大公爵家よ？　クリフ伯父様は、その、受けてくださるかもしれない。でも、フォルトゥナ公爵は……」

常日頃からアルベルティーナをわかりやすく溺愛している伯父はともかく、その父――アルベルティーナにとっては実の祖父のはずだがフォルトゥナ公爵は自信がないようだ。

アルベルティーナにとって悪い思い出が多く、苦手な人物だ。そして遣《や》る瀬無い感情から結構きつく当たってしまっているという自覚もある。

アルベルティーナは期待に応えられないかもしれないと匂わす。だが、ジュリアスはよほど自信があるのか怯《ひる》む気配はない。

「ええ、まずはクリフトフ様から引き込みましょう。手紙を用意してください。あと、相手への餌としていくつか了承していただきたいことがあります」

「いいわよ。わたくしにできることなら、好きなようになさって」

条件を聞く前から了承するなと言いたいところだが、アルベルティーナは懐に入れた人間にはままあることだ。

そこはいつも通りと安心していいのか悪いのか分からない。

「貴女様にしかできないことですよ。月に一度はフォルトゥナ公爵と会っていただきます。きちんとした時間を取り、ごく個人的な茶会や、席を設けていただく形となります」

「……そんなことで、あの熊公爵が動くかしら」

「お任せください」

その程度で、と言いたげな王太女殿下。だが、自信たっぷりに笑みすら浮かべるジュリアスは勝算があるのか、しっかりと頷いた。

アルベルティーナはその一度にどれほどの価値があるかを理解していないのだろう。

四大公爵の一人であり、祖父のガンダルフにとってどれほどの意味を持つのかも。

「でも……条件があるわ。わたくし、あの方と二人きりは無理よ。必ず、貴方も同席して。ダメならキシュタリアやミカエリス、ジブリールを代理人として必ず手配してくださる？」

「畏《かしこ》まりました。このジュリアス、必ずやフォルトゥナの一人となって見せます」

優雅な一礼。恭しいがその瞳の奥には闘志と決意が激しく燃え盛っていた。

完全に腹をくくっているし、あの男はやると言ったらやる。それをよく知るキシュタリアとミカエリスはフォルトゥナ公爵家に合掌したくなる。

特大の爆弾を発射した当の本人は「他には？」とすでに次に進もうとしていた。

「貧困街の再開発、あれを私もフラン子爵として強めに噛ませていただいても？」

「どうしたの？　今更。ええ、貴方に渡したのよ。貴方の好きに、有益に使って」

「ありがとうございます」

「あ、あとね。ちょっとお願いがあるの。大きな病院も作りたいわ。資金は足りるかしら？　無理なら、わたくしのラティッチェの個人資産を動かせるかしら？」

アルベルティーナの立場なら、本気になれば個人資産どころかラティッチェの全資産を動かせる。

病院の一つや二つではなく、大都市クラスの病院すら建設できるだろう。

アルベルティーナ・フォン・ラティッチェ・サンディス。公爵家と王家の名において命ずれば動かないわけがない。ましてや、自立性の強いラティッチェの使用人や商人、職人にとってアルベルティーナの偉功は絶大な信頼と、恩義が付随している。

彼女が一声吠《ほ》えれば、同調する者は多数いる。

「病院、ですか」

「ええ、………きっと戦争が起きるわ。小競り合いじゃすまない。医療設備や、薬剤設備の拡充が必要となるの。もともと、貴族は魔法に頼りがちだし平民のための治療施設が少なすぎるわ。今からでは遅すぎるくらいかもしれない。でも、早く取りかかって損はないはず。あっという間に怪我《けが》人が溢《あふ》れるわ。民間にも正しい衛生観念や、医療の知識が必要となるわ」

「すぐには難しいですね。ですが、貧困街の再開発と併せれば……」

「なるべく急ぎたいの。最近、ゴユラン国との国境沿いで出兵が増えています。緊張が高まっているのでしょう」

アルベルティーナの耳にすら、戦争の話は来ているのか。

僅かに走った苦い感情をすぐさま切り替えて、ジュリアスの優秀な頭脳は算段を立てる。医療という専門知識の場は、一朝一夕で用意できるものではない。

ジュリアスはアルベルティーナの望みを、的確にくみ取っていた。アルベルティーナが作りたいのは田舎の小さな診療所とはわけが違う規模だ。

もともと貧困街の救済計画は十分資金が足りていた。だが、追加で医療施設となるとまた莫大な資金が必要となるし、動くだろう。

「お願いします。実は残りの王太女の費用も使い道ができてしまって」

「何をするおつもりで？」

「王宮魔術師さんたちを、古文書と研究費で一本釣りしようかと。少々知識人が必要ですの。ああいう人たちって、パトロン不足でしょう？」

一瞬、明らかにジュリアスが止まった。

だが、そのすぐさま目まぐるしく何か思考を巡らせたのが分かった。

今、王宮魔術師たちは混乱している。今までカリスマと畏怖をもってまとめていたグレイルがいなくなり、うまく仕事を割り振って予算を寄越してくれる人もいなくなった。

貴族たちはとにかく王配椅子取りゲームにお熱であり、レナリアが脱走したのを棚に上げ、カインが逃げ出した挙句謁見の間で暴れた責任を理由に叱責されていた。

サンディス王国の王宮魔術師たちには研究はそこそこで王侯貴族に取り入る腰ぎんちゃくタイプと、純粋に魔法や魔道具にのめり込んだバリバリ魔術オタクタイプの二つに分かれている。

当然、今回の被害者も実際実力があるのも後者。

そして虚勢でなんぼの華麗で陰険なお貴族権力合戦が理解できない。社交が苦手なオタクな王宮魔術師たちはかなり居心地の悪い立場となっている。

そこで、グレイルの血を引いた王太女殿下が「予算あげるから、こっちにおいで」と手招きしたら？　ダッシュで行くだろう。専門外でも、アルベルティーナは魔石の家庭用魔道具でかなり羽振りよく資金を与えた。その恩恵に与った魔法使いたちはこのパトロンを放すまいとずっとローズ商会に籍を置いている。待遇の良さは有名だ。

また、魔法使いとしてアルベルティーナの魔力や魔法属性も魅力的だ。

潤沢な資金、確かな家柄と後ろ盾、変人にも優しい――あの癖の強いヴァニアにすら一度も怒鳴らないし、いまだに離宮に出禁させていない大らかで高貴な姫様だ。

「……あとできっちり聞かせてください。長くなりそうなので、また今度」

「ごめんなさいね。急に……少し、気になることがあるのよ」

「承知いたしました」

予想外のところから攻めていく。やはりアルベルティーナの視点はどこかおかしい。

（だが、悪くない。貴族たちは互いを監視し合っているが、民衆や王宮魔術師などには目を向けていない――権力はないが、彼らの実力は本物だ）

目の前にずっといた使い勝手のいいフォルトゥナ公爵家をあまり頼らなかったことも、ジュリアスにとっては都合がいい。

アルベルティーナは気づいていないが、フォルトゥナ公爵はずっと気にかけている。あまりに不憫《ふびん》な孫娘。大きな軛《くびき》。贖罪《しょくざい》の機会を窺っている。

その華奢な背に圧《の》しかかったあまりに大きな役目を、望まずに得た立場を理解していた。

鉄壁に見えたフォルトゥナ公爵のあまりに不器用な姿。手持ちのカードを確認せずとも、つけ入るに十分だった。

大勝負の予感にぞくぞくと背筋に快楽が這《は》い上がる。武者震いのような興奮だ。それを押し隠しながら、ジュリアスはサンディスライトを見つめる。

「貴方はどんな形にする？」

「私も指輪で。分かりやすいように念のためデザインは違うもので」

「そうね、ジュリアスは――こんなのはどうかしら？」

そう言って重ねた手を開くと、そこには象嵌《ぞうがん》の指輪があった。精緻で複雑な文様をミスリルの銀とサンディスライトの緑がぐるりと一周している。瀟洒《しょうしゃ》で機能美を伴う指輪だ。

凹凸も少ないから手袋が薄手でも目立たなそうだ。ジュリアスは柄にもなく、そのシンプルながらも美しい指輪に見惚《みと》れた。

アルベルティーナも指輪の出来に満足したのか、ほんの少し表情を緩めてゆっくりと手を引く。その手を掴《つか》んで、ジュリアスは口づけをする。

「では……これから末永く、良しなに」

その声音は柔らかいが、とろりとした甘さを感じた。

アルベルティーナが先ほどよりさらなる戸惑いの表情を浮かべたが、ジュリアスが艶笑を深めるより先に、無言のアンナがジュリアスの腕に燃え盛る燭台《しょくだい》を突きつける。

腹心の侍女の目は深淵《しんえん》の毒沼地のようだった。淀んでいる。そして、今までになくひん曲がった口が容赦なく不服を申し立てていた。ジュリアスが何か言うより先に、無言で燭台をぐいぐい火がついたまま押し当てようとするので、とっさに蝋燭《ろうそく》を折って火を消した。

アンナはがっかりした。そして、静かに蝋燭を引き抜き、蝋を差すための鋭い鋲《びょう》を見て今度はそれをジュリアスに振りかぶる。

純粋な殺意がすごい。機械的なのに、こいつ殺したいという無言の圧力がすごい。

これから口説こうという絶妙なタイミングを邪魔されたジュリアスのこめかみがひくりと動くが、アンナの深淵の瞳の前に無言で後退した。

俄《にわ》かにぴりついた中に割って入ったのはミカエリスだった。身を引くジュリアスと殺意に震えるアンナの間に立った。燭台はミカエリスがそっと奪い、レイヴンに預けた。

アルベルティーナは静かな攻防に首を傾げている。何かの遊びと思っているのかもしれない。

王家の瞳と称えられるその瞳は静かだ。静かすぎるほどだ。

ずっとつき纏う違和感は拭えない。だが、ミカエリスは座るアルベルティーナの前に膝をついた。まっすぐこちらを見ているのに、どこか茫洋《ぼうよう》として見える緑の瞳。

「アルベル……いいのか？」

「うん、決めたの。自分でこうするって、決めたのよ」

迷いはない。

穏やかだが、頑《かたく》なさすら感じる。迷う段階は彼女の中でとっくに終わっていると、ミカエリスは理解した。

「公爵様は幸せになれとおっしゃった……この石を持って、外に逃げることも可能だったはずだ。そうすればサンディスライトは高価な魔宝石。貴女の瞳も、外国なら普通の目だ」

「……逃げたくないの。わたくしは、守られて閉じ籠るばかりではダメだって気づいたの」

我慢して、耐えて、隠れて、ずっと大人しくしていても大事なものはなくなってしまった。

アルベルティーナはひたすら『お父様』のためにいい子にしていた。最初はゲームシナリオの強制力を恐れてだった。しかし、ずっと守り続けてくれる父親へ深い信頼と愛情を抱いた。大好きなお父様の傍にいられたから、苦しくなかった。胸を張って幸せだったと言えた。

人並みな幸せは最初からなかった。歪な箱庭がかわりに与えられていた。

それでも、アルベルティーナははっきりと幸せだと言葉で、表情で、全身で言っていた。

その根底が崩れてしまった。

「だから戦うと？」

「ええ、おかしいことかしら」

「ならば止めません。修羅の道となろうとも地獄まで、貴女と共に」

大切なモノのために戦う。

その決意を誇る権利《そし》などミカエリスにありはしない。

運命を、王家を、国を、貴族を恨んでもおかしくない境遇だ。

ミカエリスもアルベルティーナからサンディスライトを受け取る。

「一番に、唯一になれなくても？」

「これからでしょう。ずっと肖像画だけで結婚式で初めて顔を合わせるものも珍しくない」

「他に夫を作ると言っている女でも？」

「アルベルの立場で駆け落ち以外に一夫一妻は難しいでしょう。そして、私、いえ私たちは貴女を匿い続けて守る実力もない」

「不誠実よ。わたくしは」

「私はそうは思いません。貴女が困った時に、私を思い出して手を伸ばした。それだけで十分です」

「……………変な人ね。いいえ、変な人たちだわ」

ため息をついたアルベルティーナが、哀《かな》しそうに見えたのは気のせいだろうか。

ミカエリスが握った手は相変わらず白く小さい。この柔らかい手に触れる時、いつも緊張していた。

庇護《ひご》欲以外にも、妹とは違う感情を抱いていたから。

「私も指輪へ」

「二人に合わせなくてもいいのよ？」

「あの二人が別の形にしていても、指輪を希望していましたよ」

ふわりと魔力が流動するのが判る。アルベルティーナが手を離せば、そこには薔薇の意匠の指輪があった。一際大きな粒のサンディスライトが薔薇の形をしている。そして、その周囲に蔓《つる》や葉を模したミスリルの精巧なリングとなっている。

女性的なデザインのように見えて、不思議とミカエリスに良く似合っている。

「顔色が悪いです、アルベル。寝室へ。どうかお休みください」

ミカエリスが顔を上げると、真っ青な顔色が目に入った。

聞きたいことも、話したいこともあったが、真っ先に口を突いて出たのはその言葉だった。

キシュタリアたちも気づいたのか慌ててアンナを呼ぶ。

アルベルティーナは体が強くないし、以前魔力の枯渇を起こして倒れた。魔力を使うこと、魔法を使うことを制限されたままだ。いくら魔力が多いほうとはいえ、衰えた体力も取り戻し切っていない。

先ほどの魔石とミスリルの指輪を作るのに、魔力を多く消費したのは十分考えられる。

「レイヴン、運んで。アンナは薬湯を用意して」

「だいじょうぶ、です。まだ話の途中で」

「いえ、もう結構です。この契約書について、三人で話を詰めたら報告します」

ジュリアスが強引に話を切る。前髪を払い、素早く額に手を当てて熱の測り、目を確認するために顔を掴んでいる。眉を顰《ひそ》め、首を横にゆっくり振った。

アルベルティーナは納得がいっていないようだが、アンナに促されてついに折れた。

「……解りましたわ。今日はお集まりいただきありがとうございましたわ。ご機嫌よう」

青ざめた顔のまま、誰の腕を取ることもなくアルベルティーナは踵《きびす》を返す。

だが、そんな頑ななアルベルティーナを空気を読まないレイヴンが捕まえて、そのまま横抱きにして運んでいく。その後をすぐさま追うアンナ。

あれなら、アルベルティーナがいくら抵抗しても間違いなく寝室に詰め込まれるだろう。

ジュリアスは一瞬、あの悪魔のようなお嬢様に戻ったのかと危惧した。

だが、違う。あの悪魔はもっと凄《すさ》まじかった。あれが成長したらもっと悍ましくも華麗に咲く悪の華だっただろう。あれは享楽的だった。そして加虐的だった。

もし成長していたなら香りだけですべてを惑わせ狂わせ、そして腐らせ養分にするような毒華だ。周りの全部を吸いつくし、己だけが比類なき輝きと共に絢爛《けんらん》に咲き誇る。

今のアルベルティーナは、緊張の糸がぎりぎりまで張り詰めている。一見静かだが、極限の均衡の上に成り立っているだけだ。

落ち着いているように見えて、荒れ狂っている。

何故というには、そうなる要因が多すぎた。

無理やりラティッチェ家から連れ出されて始まった、不安とストレスの多い王宮での生活。

ようやく家に戻れると思ったら、魔物に襲撃されて最愛の父を失った。

その後、家に帰してもらえないどころか、政治的な理由で籍まで王族にさせられた。満足に家族に会えず、父の墓参りさえ行けない。

喪に服しているとはいえ一年後には婚約者を選定し、婚姻することは決定事項。

このすべてに、アルベルティーナの望んだことは何一つない。

挙句、最近では分家がアルベルティーナに接近しているという。ろくでもない男であるとは知っていた。

室内は微妙な空気に包まれていた。だが、さっきほど張り詰めてはいない。

アルベルティーナがいなくなった部屋の中で、それぞれが異変について考えているのだろう。

「どう思う？」

口を開いたのはキシュタリア。

「どうもこうも、まあまともな反応では？」

「あれがか？」

肩をすくめて軽口のように言うジュリアスに、ミカエリスが怪訝な顔をする。

「ええ、あれだけストレスにさらされ続けていたのです。勝手な周りに振り回され、大切な家族も、実家も奪われそうになっている。自分の貞操を景品のように扱われ、王侯貴族たちの玩具にされそうになっている。怒れる感情があるだけマシでしょう？」

確かにその通りだ。ミカエリスの身近な年頃の女性――――妹のジブリールなら自分で剣を振り回して大暴れする。手当たり次第周囲をボコボコにするだろう。

「だが、あのアルベルは尋常ではない。怒っているなら、もっとはっきり怒りを露《あらわ》にしていいはずだ」

「……それは、難しいのかも」

ぽつ、とミカエリスの言葉にキシュタリアがこぼす。

「何故？」

「じゃあ、聞くけどさ。この中で、本気で、本当にアルベルが怒った姿を見たことがある？」

そんなこと、一度としてない。ジュリアスは慇懃《いんぎん》無礼であるが、引き際を心得ている。そもそもアルベルティーナの沸点は非常に高いと思われる。

顰め面のキシュタリアの言葉に、二人は口を噤む。

ミカエリスなど、一度アルベルティーナのドレスの上に吐いたことがある。吐瀉《としゃ》物まみれになったドレスは当然、汚れも異臭も酷かった。だが、その時すら怒りを微塵も見せず、それどころかミカエリスを労《いた》わるような鷹揚《おうよう》さと慈愛を持ち合わせている。

だが、ミカエリスは二人よりアルベルティーナと接する時間は短い。

「……お前たちですら、ないと？」

「ないですね、アルベル様はとても温厚な方です。普通なら怒髪天をつくような使用人の大失態も仕方ないと流してしまわれる方ですし、御父上の異常な束縛ですら笑顔で受け入れます。身内に甘いということを含め、極端に負の感情を、特に攻撃的な感情を表に出さない方です。自分の中で折り合いをつけることに長《た》けているといえば聞こえがいいですが、不慣れすぎて、己の感情の発露の仕方すら迷走している可能性があります」

「僕もないな。そもそも、アルベルよりも父様やセバス、ジュリアスやアンナのほうがずっと沸点が低い。アルベルが怒る前に、その辺が始末していたし……多少拗《す》ねるようなことや、むくれることはあったけど本当の意味で怒るような人ではなかったし」

確かに拗ねたりしたことはあった。

身長がはっきり追い抜かされた時など、分かりやすくむくれていた。差が開くたびに拗ねていた。

だが、今回とは大きく違う。そんな可愛らしいものではない。

「しかし、あれは。だとすれば……かなり自暴自棄だ。かなり不安定だし、あのままでは……」

言葉を濁すミカエリスに、ジュリアスは頷いた。

彼女の怒りには正統性がある。人としておかしくない感情だと頭では理解している。

「ミカエリス様の憂慮も解ります。では、何故断らなかったのです？　この中で、正直貴方が一番に躊躇《ためら》われるかと思ったのですが」

「……断ったら、二度と彼女は私を頼らない。そう思った。アルベルは悪《にく》からず思った相手を危険なことに巻き込むのを良しとしない人だ。これでも好意的に見られている自覚はある。根は非常に慎重で臆病な人だ。彼女の決断を否定した人間とは、それとなく距離を取るだろう。もしアルベルが距離を置きたがれば……そのまま二度と会うことすら不可能になる」

ヴァユの離宮に出入りできる人間は王家に、フォルトゥナ公爵家に制限されている。厳戒態勢といっていいほどだ。

それでも三人が比較的安易に入れるのは『アルベルティーナの信用と好意』によるところが多い。慣れない人間に露骨に怯える彼女のストレスを配慮して、かといって閉じ籠りっぱなしも良くないので特例的に許されている。

そして、アルベルティーナの事情もあり、若い異性の出入りは特に厳しいのだ。

「その通り。こんな危険な願い出を、他にされてみてください。私でしたら、そいつを殺しますよ。貴方がたは知らない仲ではありませんし、これでも信用しているんです。共犯者としては申し分ないと思います——逆に断られたら、色々と考えさせられますが」

「怖いこと言うなぁ。まあジュリアスらしいけど。しかし、魔法による契約なんて危ない方法、どこから覚えてきたんだろう……アルベルはこういうシビアな事柄を信頼関係に持ち込まないタイプだったけど」

「というより、避けていましたね。それについては、少々情報があります」

「ジュリアス、何か知っているのか？」

「ええ、最近アルベル様の周囲をうろついているマクシミリアン侯爵。典型的な家柄に胡坐《あぐら》をかいているお貴族様ですね。お世辞にも勤勉とはいいがたい方が、王宮図書館に出入りをしていたんですよ。それも、ちょうどアルベル様が足を運んだ日に、ね？」

「あからさまに臭うな」

顔を顰めたミカエリスと、それよりももっと厳しい顔のキシュタリア。

その家はキシュタリアがラティッチェ公爵家の当主となることに、露骨な反発や叛意《はんい》を持っている。

マクシミリアン家は古くからの分家筋とはいえ、グレイルに能力なしと切り捨てられた筆頭と言える。色々と前科のありすぎる家だったのだ。

「名目上は、焦げついた領地の運営を改めるためにという名目ですがその一回きり。アンナに確認したところ、その日のアルベル様は酷く動揺をしておりまともな会話にならなかったそうです」

「それ、絶対当たりじゃない」

アルベルティーナがアンナを無視するなんてありえない。

全幅の信頼を置いた侍女だ。肌を、特に背中を見せることを厭《いと》うアルベルティーナが唯一アンナだけは任せる。着替えも、風呂もアンナだけは許されるのだ。

「その影響で魔力が安定せずいくつか魔道具を壊してしまっているくらい、動揺していました。それに心配したフォルトゥナ公爵が、うっかりアルベル様の部屋の前をうろついてしまうほどに」

「フォルトゥナ公爵……」

同じ騎士として武人として、ミカエリスはフォルトゥナ公爵の人となりを知っている。

キシュタリアやジュリアスより心証がいいため、ジュリアスの扱《こ》き下ろし方に何とも複雑な表情を浮かべている。

「ミカエリス、アンタにとっては尊敬できる騎士の公爵かもしれないけど、アルベルの前では徘徊《はいかい》老人だよ。いや、徘徊熊？　徘徊公爵？」

キシュタリアが無慈悲なとどめを刺した。

ミカエリスより離宮へ頻繁に出入りしている義弟は、徘徊熊をよく目にしている。

「それは置いておいて、なんでもフォルトゥナ公爵にその時に奇妙な手紙を託されたそうです。いつになく荒れておいでだったようで、周囲も驚いて心配していたそうですよ。おかしなことにその宛先は一度も会ったこともない、キシュタリア様に関わるなと釘《くぎ》を刺されていたはずのマクシミリアン侯爵家だったそうです」

「どっから調べたんだよ……」

「アンナが何枚も書き損じた便箋に気づきました。酷く乱れた筆跡で、見ていられないような手紙だそうですよ。アルベル様は滅多に書き損じをしない方です。さて、何を書かされたのでしょうね？侍女や侍従をはじめとした使用人たちの情報網は下手な諜報《ちょうほう》員より地獄耳です。ヴァユの離宮内の話であればお喋りばかりの宮廷雀《すずめ》に面白おかしく改変されませんので、信憑《しんぴょう》性は高いでしょう」

うっかり聞き惚《ほ》れてしまいそうだ。流暢《りゅうちょう》に歌い上げるような抑揚が薄ら寒い。思わずキシュタリアが「怒っているのか？」と無粋なことを聞いてしまう程度には、その笑みがあまりにも強い。

完璧すぎる笑みは胡散臭《うさんくさ》いを通り越して、威圧感があった。

「いいえ、まだですよ。怒るのは早い。早すぎます」

ああ、かなり切れている。ジュリアスは解りづらいが、アルベルティーナを溺愛している。揶揄《からか》い、多少の意地悪を言うが根本的にはドロドロに溺愛したがっている。

ひねくれているというか、難儀な性分である。

その分、一見不躾《ぶしつけ》すぎるまでの無礼な態度の裏で、アルベルティーナが本当の意味で傷つかないように玄妙な匙加減で接している。

非常に揶揄いつつ繊細にガス抜きをしながら甘やかしている。

「レイヴンに確認を取りましたが、当主のオーエン・フォン・マクシミリアンの宅には妙な魔法使いが食客として抱え込まれているらしく……その男はあの日、王宮図書館へオーエンに随行していました。そして、その日、アルベル様の護衛は図書館側から一部入室を許されない場所があったそうです。非常に珍しいことです。レイヴンも護衛の数や構造上、潜入が難しかったため、御供できなかった。なので、離宮に戻ったお嬢様を見届けた後にマクシミリアン家を監視していたそうです。その日からですよ。羽振りが悪いはずのあの男は、妙にいろいろな社交場で顔を出すようになり、タウンハウスでも催しをしているそうです。そして、極めつけに息子のヴァンがアルベル様のいる離宮に手紙を盾に押し入った」

役満状態だが、芝居がかったジュリアスの口上はまだ続く。

あまりに不自然だ。没落しかけの貴族が、閲覧の厳しい書架のエリアに入れたのも疑問である。内通者――それも、かなり身分の高い人物の関与が疑われる。

ミカエリスも人々の噂で、侯爵子息のヴァンが何度もアルベルティーナの離宮に押しかけていると聞いた。

「そういえば、ヴァンの糞《くそ》野郎がアルベルに暴力振るったって聞いたんだけど」

「謹慎を受けたと聞いたが」

キシュタリアの言葉に同意をするミカエリス。ヴァンへの嫌悪や憎悪が滲《にじ》む表情が僅かに浮かび、二人とも吐き捨てるように言う。

「ええ、それも事実です。どうやら、我らの姫君に恐れ多くもあのマクシミリアンの愚息は懸想しているようで。エスコートと称して強引に引きずり回したそうです」

「……それ、僕も現場に居合わせたよ。あの馬鹿、図体《ずうたい》がでかいしすぐに暴れるし大声を上げる。しかもじろじろ舐《な》め回すようにアルベルのこと見るし、触りたがる。かなり我慢してたよ。あんなのが傍にいたら、アルベルが体調を崩す。アルベルが一番怖がるタイプだよ。絶対、嫌がるタイプだ」

長年傍にいたシスコンジャッジでも、デンジャラスレッド判定。ブラックリストにはとっくに入っている。音速を超えて抹消リスト入りである。

事実、アルベルティーナはヴァンに良い感情を微塵も抱いていない。

「私もジブリールに聞いたが、ろくな噂を聞かない。確か、彼にはまだ婚約者もいるはずだ」

「でもあまり爵位は高くなかったよね？」

「ああ。だがポーター子爵家は非常に裕福な家で、財政状況が悪化しているマクシミリアン侯爵家へ金銭的な援助も行っていると聞く……この状態で婚約破棄はまずいのではないか？」

貴族の家で爵位の低い家が結納や支度金、融資という形で援助することで、爵位の高い家と繋《つな》がりを持つことはよくある。金で格式と伝統を買うと揶揄《やゆ》されることもあるが、家を残すためには時に必要だ。

そして、不義や一方的な破棄には違約金が発生することは当然だ。

この場合、マクシミリアン家は何らかの形で貰った金銭的援助と、違約金を両方支払わなければならない。そして、援助金が多ければ、違約金も比例して増えると言える。

稀に相手があまりにも格上だと泣き寝入りもあるが、マクシミリアン侯爵家は爵位が上であっても貴族としてはうだつの上がらないところだ。

「ポーター家とマクシミリアン家の問題は一度置いておきましょう。火種としては申し分ないので、あとでじっくりと下準備をさせていただきますが」

「いいね！　僕そういうの好きだな！」

アルベルティーナ、貴女の義弟は貴女の思っている以上に強《したた》かでイイ根性をしている。

ミカエリスは先ほど、アルベルティーナに真摯に向き合っていた時との落差に頭痛を覚える。

「それよりも、アルベルだ。そのマクシミリアン侯爵に彼女と取引できる材料はあるのか？　つい最近まで家名すら知らなかった、ラティッチェと繋がりがあるとはいえ内情は傾きかけた分家筋だぞ」

「取引というより、脅しでは？　そして、恐らく口封じをされている。そして、アルベル様は律義にそれを守っていらっしゃる」

「というより、アルベル自身もこのスクロール系の契約書で縛られているんじゃないかな？　だったらアルベルがこの魔法の契約を知っているのも解る。自分と、僕らに契約という拘束をするのもね」

「喋らないというより、喋れないということか」

何故だろうか。予想の範囲を出ないのにすごく納得がいく。

アルベルティーナは自分宛に来た国王からの手紙すら、キシュタリアが「見たい」といえば笑顔で見せてしまうような人だ。あまつさえ、どうすればいいか相談に乗って欲しいとのたまうような筋金入りの箱入りぽやぽや姫だ。

もしや、以前会ったラウゼス陛下はこのサンディスライトの話――などと、キシュタリアの脳裏にひやりとした予想がかすする。ありうる。

それくらい、アルベルティーナはキシュタリアに対して垣根のない人だ。何かあったら言えと脅す必要もなく、困ったことがあったら自主的に持ってくる。

プライバシー侵害なんて微塵も思わず、それが普通となっているアルベルティーナ。

「マクシミリアンとのやり取りを他言したら、何か罰則があるのかもしれません。ですが、アルベル様の性格上自分が損したり……それこそ怪我をしたりしても、甘んじて受け入れるでしょう。ですが、大切な何かでしたら躊躇い、細心の注意を払うでしょう」

それこそ、自分を犠牲にして。

ジュリアスの言葉にしない声を読み取る。

自身の個人的な損に対して寛容だが、大切な人を侵害されるのは大嫌いだし、家族を誇られようものなら根に持って嫌う。クリフトフがあれほど露骨に可愛がりたいという熱意にも素っ気ないし、害意はないとアピールしていても未だに心の壁は分厚い。

それこそ悶着《もんちゃく》があったキシュタリアに頼り、子爵であり使用人のジュリアスに強く出られないほどだ。

色々試してみたが威圧感や毒舌はすっかり鳴りを潜め、息子ほどの年下の二人からのなかなかに無礼な態度を大人しく容認しているあたり本当にアルベルティーナを溺愛し、同時に取り付く島がなくて必死なのだろう。

それくらい、アルベルティーナは懐に入れた人間に対して深い愛情を持つ。

「あー……すごく納得いくのが嫌だ」

歯切れ悪いキシュタリアが頭を抱える。

キシュタリア自身もその懐に入れた僅かな一人だという自負もあった。

アルベルティーナの用意した契約書は正しく使えるものだった。調べ上げ、自分でできるほど煮詰めたのだ。アルベルティーナ自身が誰かに縛られており、万が一にもその契約に違反しないためにと、必死に勉強したのなら納得がいく。

くしゃりとアッシュブラウンの髪を雑にかき混ぜるキシュタリアに「落ち着け」とミカエリスがため息をつく。

「だとしたら、脅しの材料は絞りやすいな。アルベルがそこまでして守ろうとするものなど限られている」

グレイルに歪さすら感じる溺愛を受けて育ったアルベルティーナ。

その生活はすべてグレイルの監視下にあり、目に触れるもの、手に取る物、会話する人間も厳選されていた。

交友関係は酷く狭いし、彼女の世界は箱庭のごとく限られた場所だ。

ラティッチェ公爵家は何処までも整えられた美しい監獄のようなところである。

魔王が自分の溺愛する天使を傷つかないように、同時に飛びたてぬように閉じ込めておくために誂《あつら》えた場所だ。

そんな彼女が大切にする人は実家と家族と信頼する僅かな使用人、そして幼馴染《おさななじみ》のドミトリアス兄妹。大事な物は、すべてラティッチェ家に集約されている。

「アルベルはあまり物欲がないし、そう考えると人質か？」

「でも、アルベルに近づくのはイコールで父様に目をつけられることだよ。アルベルの身近に、アルベルより隙がありそうなのなんている？　僕ら三人はまずないし、母様やジブリール？　アルベルがあんなに危なくて嫌なことするなんて、よっぽど大切な人じゃないと無理だよ」

「先日、奥様をラティッチェ領の御屋敷でお見かけした時は絶好調でしたが。ミラー、いえミューラー侯爵夫妻をそれはそれは『公爵夫人』らしく叩き出しておりましたよ。セバス様が引くくらい」

ミューラー侯爵家は王配を狙っており、息子を使ってラティッチェに介入する気満々である。

「ジブリールも内心は荒れているが、不調とは無縁だな。アルベルの人質になるくらいなら、犯人を殴り尽くして火をつけるぞ、うちの妹は」

人が絞りやすいのはありがたいが、ラティーヌもジブリールも社交界の華と呼ばれる貴婦人であり淑女だ。そして、その大変見目麗しい華たちはとんでもない毒針を隠し持っている。うっかり刺されたらスズメバチばりに危険だ。

暴漢にピンヒールと扇の過激なコンボをかますのが容易に想像できる。

ない。

あの二人なら、間違いなく誘拐犯だろうが強盗だろうがボコボコにする。

アルベルティーナの前では完全なる淑女の仮面を被っているが、苛烈なのをよく知っている三人。

敵に回したくない相手で、必ず上位にランクインする。

自慢の義母と妹分を完璧な淑女だと信じてやまないアルベルティーナに言えない顔である。

蝶《ちょう》のように振る舞っているが、生粋の毒蜂である。

不動の一位はグレイルだったが、あの二人の女傑も激しいのだ。

「金銭的価値はあてになりません、アルベル様にとって個人的に価値の高いものは？」

「アルベルが、僕にダメって言われた分家に近づかなくてはならないほど大事な物？　マクシミリアン家は常日頃から僕をラティッチェから排斥しようとする筆頭だよ？　それを我慢しているレベルで相当だよ？　そんなもの………」

険しい顔をしていたキシュタリアの顔が、ふつりと何か切れてすとんと無表情になった。

ある、とキシュタリアは呟いた。

蒼白《そうはく》な顔をしているが、それが一層ミカエリスやジュリアスの中でも信憑性を増すことになった。

だが、キシュタリアは口にするものも憚《はばか》られるように「いや、でも」「まさか」と歯切れが悪い。

いつになく狼狽した様子が嫌な予感を深める。

「父様の、遺品」

さすがにそれには、ミカエリスやジュリアスも絶句した。

サンディス王国の英雄として埋葬されたグレイル。ラティッチェ公爵家の当主。財界人、貴族、武人、魔法使いとして非常に畏怖と羨望を集め怪物と呼ばれた男。

同時にありうると思えた。

アルベルティーナはグレイルをとても敬愛していた。それこそ、自分の人生や命を投げ打つのではないかというほどに深い尊敬と親愛を抱いていた。

しかし、同時に正気の沙汰ではない。マクシミリアン家は、本家当主の資産どころか遺品と呼ばれる個人の持ち物に手をつけたのか。

それでもマクシミリアンは伝統ある家柄で、ラティッチェ公爵家の分家だ。

一方で頭は冷静に囁《ささや》く。

金貨千枚の価値のある宝石と、グレイルとの思い出があるが一般的に無価値の物を並べた時、アルベルティーナがどちらを取るなんて容易に想像がつく。

値段ではなく縋《すが》りつくだろう。

「僕や母様ならまだしも、父様のなら。ましてや、亡くなってしまった父様の大切にしていた物や思い出の品なら……あるいは」

キシュタリアは口を押さえて言うのも憚られるように、だが絞り出すように言った。震えた声は動揺が伝わってくる。

特に情の厚いタイプであるミカエリスには許しがたく信じられないのだろう。そのような行いをすること自体、思いつかないのか呆然《ぼうぜん》としている。

一方、ジュリアスは納得したようだ。

使用人としても経験が長く人の闇を見た。そして時には後ろ暗いものを何度も見て、それに手を触れたこともあるジュリアスにとっては欲望のために道徳に悖《もと》る行いをする人間など何人も見てきた。

「……セバス様に頼んで、一度ラティッチェ本宅の品をすべて見直しましょう。思い出の品だけでなく、グレイル様の大切な物となるとクリスティーナ様の遺品の可能性もあります」

「ああ、そうしてくれ。あと、念のためクロイツ伯爵に父様が死んだ時に身につけていたものも。呪《じゅ》詛《そ》の影響がないか検分が終わっているなら、安置しているはず」

「遺品というならば、棺《ひつぎ》と埋葬した品の中にもあるのでは？」

「霊廟《れいびょう》を開くとなると、父様の死んだ経緯もあるし、国葬だったから僕の一存では開けられない」

「下手をすると、キシュタリア様が墓荒らしの誹りを受けますからね。この時期にそれはよくないでしょう。当主就任が終われば、墓守に確認するよう打診したほうがいいでしょう」

すぐにはできない、とキシュタリアは首を振る。

その辺の貴族の墓地なら、まだ忍び込めたかもしれない。だが、ラティッチェ公爵家の霊廟はそもそも規模も桁違いだ。

「そこには特別な封印でも施されているのか？」

「封印はない。でも、あそこには墓守の一族がいるんだ。ラティッチェ公爵家の霊廟だからね。普通のお墓とはわけが違うんだ。歴代の当主たちと共に彼らが生涯に授かった勲章や、奥方の宝飾品がいくつも眠っているからね。父様の勲章や魔法剣も副葬品として入っている。マニア垂涎《すいぜん》だよ？　あれ一本で、マクシミリアン侯爵家の借金なんて吹き飛んで山のようなおつりが出る」

適当な副葬品一つでも平民なら一家が一生余裕で遊んで暮らせる。だからこそ、不届き者が出ないように専門の管理人がいるのだ。

「なので、そういったこともあり戦闘訓練を受けた一族です。その辺の騎士など相手になりませんよ。クリスティーナ様が先に眠っておられるのもあり、礼儀作法も徹底されたと聞きます」

「……それなら、余計調べたほうが良いのでは？　マクシミリアン侯爵は金に困っているのだろう。評判は良くないし、かなり利己的な人間と聞く。葬儀の時に見かけた副葬品に目が眩《くら》んだのでは？」

「ないと言えないのがなぁ……セバスに行かせてみようか？　彼なら顔も利くはずだ」

「確かにセバス様であれば、墓守も納得するかもしれません……やはり国葬ですので、何かあったら王家の顔に泥を塗る覚悟をしなくてはなりません」

腐っても国家なのだ。慎重な姿勢を崩さないジュリアスにキシュタリアが呆《あき》れた顔で首を傾げる。今までの醜聞を見ると今更失墜する信用があるのだろうか。特に王子たちとその母親の王妃たち。

「もう泥まみれじゃん。底なし沼地じゃん」

「キシュタリア、口を慎め。さすがに言いすぎだ」

「陛下以外屑《くず》だよ。陛下も国王なら何とかならなかったのかな」

「難しいですね。恐らく、陛下もだいぶ瀬戸際ですよ。アルベル様に御子ができれば、暗殺されかねない」

「そして、空いた玉座にアルベルを置いて実権を握ると？」

頷くジュリアス。

国王のラウゼスは戦争反対派であり、争いを好まない性質だ。そして、指揮官に向かないことも理解しているのだろう。

近頃の情勢は悪化しているうえ、打って出ると勇んでいる貴族も多くいる。

だが、ゲーム感覚で戦争に参加した気になっている馬鹿に限って安全な高い座椅子にいる。身分だけはご立派なやんごとなき方々は、自信過剰でギャンブル好きな傾向がある。自分は大丈夫だ、という甚だ迷惑な自信があるのだ。

そんな彼らにとって長年玉座にいる堅実なラウゼスは、やや動かしにくい駒だ。目を見張るような実績はないが、手堅い統治をするため民からは好かれているし、親しまれている。

「ええ、ですが王家の瞳の御子がお生まれにならない限りはそうはならないかと。あまりに王家の瞳を持つ王族が少なすぎる状態で、次の神輿がなく廃棄するにはいかないでしょう。都合のいい駒が如《い》何《か》にアルベル様に取り入り、孕《はら》ませるかによってどこに権力が転がるかもわからない」

「保身のためってこと？」

「保身に走らざるを得ないでしょう。グレイル様がお亡くなりになった以上、アルベル様の守りはフォルトゥナ公爵と陛下が二分している状態です。どちらかが欠ければ、王妃派も元老会やその下につく貴族たちも一斉に集りに来ますよ。二人の妃《きさき》も自分の王子を送り込むことを諦めていません。同時に、高位貴族はこぞって水面下で結託したり抗争したりと忙《せわ》しない状態です。ラティッチェの内輪揉《も》めが激しすぎる。ここにきて、アルベル様がマクシミリアン家に取り入られているとなると、キシュタリア様の爵位継承が遅れかねない」

ジュリアスが携わっている事業が成功すれば、一層民からの人気は高くなるだろう。

それだけの資金はあり、循環性のある生産と雇用が発生する見通しは立っている。

フォルトゥナ公爵家とアルベルティーナは密な関係だと知らしめれば、元老会とマクシミリアン家の抑えにもなるだろう。

あくまで牽制《けんせい》であって諦める者たちが減るとは思えない。

「……僕は自分が情けないよ。守るといって、守られているなんて」

「で、本心は？」

「アルベルに近づくな、触るな、ぶっ殺す」

「ご自分に正直なようで何よりです」

「……頼むからその凶悪な気性をアルベルの前で出さないでくれ」

あけすけな会話にミカエリスはかなり本気で言った。

ミカエリス自身も感じているが、アルベルティーナは人に対する尊敬が強い。ミカエリスのこともまるで聖人君子のような完璧な騎士であり紳士的な伯爵だと思っているようなのだ。下心など持たない高潔な男性だと思っている節がある。

そんなことはない。

だって、ミカエリスは思ってしまったのだ。あの異常なアルベルティーナを目の前にしてさえ。

（……嬉しい、と思った。アルベルが、私を選んだ。伴侶としての選択肢に、私は最後まで残ったんだ……そう思ったら、そう理解したら――傍にいられる権利が、彼女自身から許されたと思ったら）

思い出すだけで溢れる。とめどない感情や、逸《はや》る動悸を押さえつける。

たった一人に選ばれなかったことより、彼女が手を伸ばして欲してきたことが重要だった。

ミカエリスだけではない。キシュタリアとジュリアスもそうだろう。ずっと、ずっと受け取られなかった想《おも》い。やんわりと突き返された恋慕。アルベルティーナは哀しみと諦めをもって恋情というものをすべて遠ざけた。

色々な意味で壁であったグレイルがいなくなり、彼女の状況は一変した。

そして、アルベルティーナは嘆いて閉じこもることを選ばなかった。戦うことを選んだ。あそこまで焚《た》きつけられた理由を調べるのはこれからだ。

アルベルティーナにとって、非常に重要でナイーブな問題になるだろう。慎重に事を運ばなければならない。

「ねぇ、二人とも聞いていい？」

「なんだ？」

「何でしょうか？」

行儀悪く頬杖《ほおづえ》をついたキシュタリアが、だらしなくタイを寛げながらソファにごろりと斜めに体重を預ける。

「ぶっちゃけ、父様を単騎打倒できる気配が無かったら、三人がかりでアルベルを丸め込んで共有しようとか思ったことがある？」

「……ぶちまけすぎだ」

「まあ、三分の一かゼロかといわれてしまえば。ねえ？」

否定が出ない。つまりそういうことだ。

アルベルティーナは知らないだろうが、この三人は最終手段としてその案もあった。

それだけグレイルは絶対的だった。かつてレイヴンが人外魔境と評した通りの能力を持っていた。

懸想するのにも命がけだったアルベルティーナ。手段を選んでいては、限りなく勝算はゼロに近かった。それこそ、よほどのアクシデントがない限り。

そのよほどのアクシデントが、起きてしまったのだが。

「だが、ここの誰でも一人だけでアルベルを守るなんて不可能だろう」

あのグレイルが過剰なほど溺愛するはずだ。過保護になるのも解る。

魔王の力を以《もっ》てしてもアルベルティーナをより確実に守るためには、あの箱庭で人知れずというほど息をひそめる他なかっただろう。

正直、若すぎる三人では一人でアルベルティーナを守るのは不可能だ。いくら家柄や実力、人脈があろうともまだ色々と浅すぎる。

十年、いや、五年早かった。

そういう意味では、アルベルティーナが三人を求めるのは良かった。同時に求められたのも、のちに軋轢も残らず英断とすら言えた。

あの欲しがらない屋のアルベルティーナにしてはかなり大胆に出た。

「しかし、一人ずつ呼び出して言えばいいし嘘《うそ》でも『貴方だけ』とでも言えばいいのに、ド正直にいっぺんに言いますかね……うちのお姫様は」

交渉が下手にも程がある。

ある程度の誠意も大事かもしれないが、普通であれば了承しかねるだろう。

ジュリアスだったらしない。そんな危なっかしい賭けなどできはしない。

それぞれ説得しながら、一人ずつ引き入れてからだ。

こんなに根回しなしに、唐突にぶちかまさない。

「まあ、アルベルだから『大事なことはみんなで話し合いましょう』とか無意識に思ってるんじゃない？」

ありうる話である。

アルベルティーナは特殊な箱庭結界育ちなので、若干ではなく色々と常識がおかしい。

交渉というものは、複数手札を用意するのは定石。切り札は取っておくべきだ。

いきなり大出血の勢いで最も強烈なカードを切ってくるべきではない。

稀にそういった大胆な作戦をとることもあるが、リスクが高すぎる。

「なんというか、その、彼女自身の血筋や貞操的な価値を理解しているのか？」

「血筋や家柄的な価値はそこそこ理解していると思うけど、自分単品の価値は理解していないと思うよー。昔っから妙に自己評価が低いんだよね」

「私は正直、迂闊《うかつ》にアルベル様に口付けするだけで始末される自信がありますからね。アンナといい、セバス様といい本当に毛虫扱いしてきますから」

「それはジュリアスがアルベルの前で下世話な言葉を出すからでしょ」

キシュタリアが口を尖《とが》らせて咎《とが》めるのにミカエリスも同意を示す。

「理解していないからといって、言っていいものではないと思うぞ」

「解っていますよ。――でもあのお姫様は本当に理解しなくて、逆に虚《むな》しい思いを何度もしましたけどね。これでもそれなりに人を誑かすのは得意なほうですが、あの方は毎度毎度お子ちゃまぶりを発揮してプライドをずたずたにされましたよ。全く以て無視するのではなく、真面目に話を聞いていて理解されていないんです。ニュアンスといいますか、こちらの色を感じ取ってもらえないと言えばいいのでしょうか……私に男としての魅力は皆無なのかと」

「ワー、目に浮かぶぅー。こっちにもダメージくる」

「アルベルは本当に男女の空気の機微に疎いからな」

幾度となく惨敗して散ってきた三人である。

強引に攻めればグレイルに処される。根気強くアルベルティーナに恋心の発露を促してきた結果、凶悪な耐性を与えるだけになった。

ごく稀に察しているあたり、希望か絶望かわからない生殺しを食らう。

「昔から周囲にその手の雰囲気を察知する能力をへし折られながら育てられていましたからね」

「察知はしているんだけど、何かわからないって顔していたよね。どうすればいいかもわからなくて、結論が変な風に着地するんだよね。たまに気づく時もあるけど、かなり恥ずかしがり屋だからあんまり突き回せなくって」

可愛かったな、と笑うキシュタリア。

異性関係に免疫のないアルベルティーナが色白の顔立ちに朱を走らせて恥じらう姿は分かりやす

かった。茹蛸《ゆでだこ》のようになる前に宥《なだ》めすかすが、潤んだ緑の瞳で見つめられるのは慣れているが胸が逸るのを押さえられなかった。

また、あの可愛い表情を見せてくれるだろうか。

感情を押し殺して作り上げた表情ではなく、不慣れな感情に揺れ動く面映ゆさを。

二章　アルベルティーナのお願い

サンディス王国の重鎮が一人、クリフトフ・フォン・フォルトゥナ伯爵。

ちょっと厳《いか》めしい強めの眼光とカイゼル髭《ひげ》がトレードマークのイケオジ系貴族です。

次期四大公爵の一人であり、わたくしの伯父に当たるお方です。

わたくしの前では始終顔面崩壊といわんばかりにデレデレですが、それ以外には結構キツイところがあると聞きます。事実、初対面の時にお父様やキシュタリアを詰《なじ》ってきました。

一応は反省しているようなので様子見です。

お父様や義弟のキシュタリアとは仲が悪いのに、クリスお母様に似ているだけでわたくしを溺愛しているようです。

正直、複雑ですわ……。

ですが、わたくしの取り柄はこの外見と家柄くらいです。今更と開き直りましょう。

「クリフ伯父様、お願いがありますの」

二番煎じですがアンナやベラのお墨付きである必殺『伯父様呼び』を駆使して、クリフトフ・フォン・フォルトゥナ伯爵に頼むことにした。

まだ効果はあるかしらと不安だったのですが、鈍色《にびいろ》の瞳にぱぁああああっと分かりやすく喜びを宿して、座っているわたくしに視線を合わせるために膝をついてくれます。

「もちろんだよ、アルベルティーナ。伯父さんに何でも任せなさい!!」

……いいんでしょうか、安請け合いにも程がありますわ。

内容も確認せずに即答するクリフトフ伯父様の迂闊《うかつ》さに、不安を覚えながらも頼むしかありません。

親玉のフォルトゥナ公爵は怖くて無理ですが。すっかり眦《まなじり》下がってデレデレの伯父様の相手は馴《な》れてきました。

アンナがすっとトレーに乗せた一枚の封書を持ってくる。それをわたくしが一度手に取り、クリフ伯父様にも見やすいように差し出す。

「こちらを、フォルトゥナ公爵にお渡しお願いしますわ。その、少々お話ししたいことがあり……取り次ぎをお願いしたいのです。頼まれてくださいますか？」

「父上に？　いや……構わんが……席を設ければいいのかな？」

「ええ、ですが相手はわたくしではありませんの。必要ならわたくしも同席しますが、その、まだフォルトゥナ公爵は怖くて……」

「紹介ということかい？　誰かな？」

「ジュリアスですわ」

「ああ、あの……んんっ！　うん、アルベルティーナが望むならば……うん、伯父さんは頑張るよ。父上も家柄ばかりの無能ならともかく、有能な人間は嫌いじゃないかならな」

「良かったですわ！　是非、ジュリアスをフォルトゥナ家の養子にしていただきたいのですわ！」

あ。

うっかり。

ぽろりとうっかり口からまろび出た言葉。ブレーキ間に合わず、ポーンと出てしまいましたわ。人のこと言えないポンコツ……。

まあいいですわ……伯父様は固まっていますが、出てしまった言葉は戻せないのです。

「……マクシミリアン侯爵家か？」

固まるのは、私でした。

クリフトフ伯父様が可愛《かわい》い姪《めい》を見る甘々な顔ではなく、フォルトゥナ伯爵の顔をしてこちらを見ています。

きっと、わたくしの顔は強張《こわば》っている。クリフトフ伯父様の鈍色の瞳は、静かにわたくしを見ていた。責めるわけでもなく、怒るわけでもなくわたくしを慮《おもんぱか》るものがあった。

わたくしは何も答えられない。

唇を小さく噛《か》んで堪《こら》える。俯《うつむ》きたいのを必死に押さえて見返す。

「では質問を変えよう。あの男をフォルトゥナの王配候補として推すことを望むのか？」

「……はい、良しなに取り計らっていただきとう存じます」

「今までの慣例と鑑みるに、私の見立てでは喪が明けた時点でおそらく三人から五人選ばれる。実際にすぐに婚儀を結ぶのは一人だが、それらと順次婚礼をあげる形となるだろうな。いくら王家の継嗣問題がかなり厳しい状況とはいえ一度に数人と同時に婚礼はあげないとは思うが、元老会がどんな汚い忖度《そんたく》をするかは分からないところだ。だが、フォルトゥナ公爵家の力をもってしても必ず第一王配になれるか分からん」

「はい、承知しております」

「王配候補の枠は暗黙で決まっている。基本は四大公爵家、そして血守りと呼ばれる王族分家たちだ」

「血守り……？」

聞き慣れない言葉だ。王族分家というのだから、それなりに格式高い貴族なのだろうか。

「メギル風邪でも暗殺でも、王族が滅亡するのはあってならないことだ。王家としては普段さして力を持たない傍系だ。だが、奴らは血守り——つまり、王族の血を守るためだけの仮初《かりそめ》の王族だ。上級貴族と同程度の生活や教養はあるが、王族としての財産や実権はない。だがそれのみを重要視しているから、濃い血を持っている」

「あの、その方々の中に王家の瞳は……っ？」

俄《にわ》かに期待したがその期待はあっさり散った。

王族の濃い血筋を守るためにのみ存在するのであれば、いてもおかしくないはずだ。

あっけなくクリフトフ伯父様は首を横に振られました。

「あったらとっくに元老会が担ぎ出している。令嬢であれば王子殿下らの婚約者に、令息であれば王女殿下の婚約者になっていたはずだ」

「いないの、ですね」

「ああ、可能性の段階はとうに過ぎている。恐らく王家の瞳を守る意味もある分家筋にいないからこそ、自分の息のかかった家を宛《あて》がおうと躍起になっているはずだ」

「あの、他の貴族は可能性としては？　降嫁された御家は？」

「いたら血守りに引き取られているだろう。元老会は王家の瞳であればかき集めるはずだ。今代は血守りの一族はあまり良くないらしいからな……それでも王家筋というのは稀少《きしょう》価値がついている。力のある家が密約を結んでいる可能性は高い。血守りの一族は王族筋だが普段は日陰者だ。王族となるに相応《ふさわ》しい家柄へ養子に入れてから王族へと迎え入れられる。生家に力を与えすぎないように、敢《あ》えて段階を踏むからな……今回はアルベルがはっきりと王家の瞳と能力を持っているから、重視されるのは血の濃さより相応しさだろう。だが、それはあくまでも今のところの見解だ。それぞれが有利になるように情報合戦をしているからな」

「そう、ですの」

頭では分かっているが、納得いかない。

だが、マクシミリアン侯爵家をはじめとした分家の裏に元老会がいる可能性は一層濃厚となった。

そうやって王家の婚姻を根回しすることにより、元老会は権力を牛耳っていたのだろう。

「では、今回のわたくしの婚約者候補に血守りと呼ばれる家の者は少ないと？」

「守るべきものが守られていなかったからな」

「ですが、王家の血筋に近いはずですのよね」

「旨《うま》みが少ないのなら切り捨てる。元老会としては虎の子と言える存在だった。後継者不足の時こその切り札であったが、今その切り札は発揮されなかった。そのことにより、面子《メンツ》を潰されたとすら思っているだろうな。管理を怠ったのはあっちだろうに。サンディス王家に相応しい瞳の持ち主がいない時のための血筋だ。本来、アルベルティーナが引っ張り出されるべきではない。元老会はグレイルを疎んでいた。よりによってその娘が文句のつけ所のない王家の瞳を持っていた。後継者として相応しい人間が現れたのは歓迎しているが、出所を考えると業腹だろうな」

だけどラティッチェ公爵家の財力は魅力的なのでしょうね。

彼らからわたくしへと宛てられる手紙はゴマ擦りの嵐のようですわ。

気持ち悪いくらいヨイショとおべっかが飛び交っていて、げんなりしますの。

それとなく領地の管理とか商会の管理とかをこちらでお世話しますよ、などと胡散臭《うさんくさ》いお話が何度かありました。

当然、丁寧にお断りさせていただきましたわ。

「あの伯父様、話は変わりますが……フォルトゥナ家に王配候補は決まっていませんでしたの？」

「いないな。アルベルティーナの年齢に近く、家柄や格という意味では一番相応しいのは私の子だろう。だが唯一いる息子は結婚しているし、その跡取りもいる」

「一人っ子でいらっしゃいますのね」

貴族の家は跡取りの他に、他家に嫁がせる娘や跡取りのスペアに複数子供を儲《もう》ける傾向にある。

でも、不妊であったり不幸に遭って跡継ぎがいなかったりする場合も珍しくありません。その場合は第二夫人や養子を迎え入れる。

ラティッチェ公爵家もそうです。わたくしという直系の娘はいますが、大貴族である公爵当主というのは激務です。わたくしには無理だと判断され、キシュタリアを分家から迎え入れました。

お父様の場合、跡取りというよりわたくしの玩具《おもちゃ》として用意した感が強かったですが。

ふと、クリフ伯父様が苦笑しているのに気づいた。ほんの僅かにだが、笑みが哀《かな》しげだった。

何か引っかかりを覚え、声を落としてしまう。

「違いますの？」

「いや……メギル風邪で夭逝《ようせい》した」

「……それは大変失礼いたしました。知らぬこととはいえ、不用意な発言をしてしまいました。不躾《ぶしつけ》でしたわ。お許しくださいまし…………ご愁傷様ですわ。お悔やみ申し上げます」

「いや、もう二十年近く前だ。アルベルティーナが生まれる前の話だし、致し方あるまい。君たちの年代では、私に息子が三人いたと知らない人のほうが多い」

「!!」

二人もお亡くなりになったと言いますの？

驚きのあまり口を押さえてしまった。メギル風邪は王侯貴族に猛威を振るったとは知っています。

「死病だったからな……ラウゼス陛下のように生きながらえたほうが少ない」

ですが、フォルトゥナ公爵家ほどの大家ですら犠牲者が出ていたなんて。腕の良い医者や魔法使いも抱えていたはず。

王族でも犠牲者がいたのだから、当然と言えば当然かもしれませんが……。

改めて、メギル風邪の恐ろしさにぶるりと震える。

「伯父様、ジュリアスの養子以外にもお話がありますの」

「なんだい？」

「わたくし、病院を作ります。大きな病院です――わたくし、メギル風邪について一つの仮説を立てておりますの。わたくしの仮説が正しければ、メギル風邪は死の熱病ではなくなります。その治験を行うためにも多くの人の協力が必要ですの。その仮説を、証明するためにもその病院が必要なのですわ。それを、ジュリアスに頼んでいます。よろしければ、そちらも考えていただけませんこと？」

「……あの忌まわしい病の特効薬でもあるというのかい？　精々、ポーションで一時的に和らげるだけだ。普通の解熱剤は効かないし、今まで解き明かされていなかった死病だぞ」

「あの病気は、おそらく魔力に反応しますの。魔力が高い人間こそ……魔力持ちの多い王侯貴族こそが重症化するのではないか……と考えております。ですが、あくまで仮説にしか至っておりませんの。魔力を持たぬ、もしくは低い平民には軽度の風邪でしかないのですわ。ヒトからヒトへと感染するとして、何かの拍子に貴族に感染すれば一気に広まりますわ。病気は同じ場所にいるとうつりやすいのです」

稀《まれ》に動物からヒト、蚊やダニといった虫を媒介にすることもあります。

前の世界の異国、有名なところではヨーロッパに流行《はや》ったペストは不衛生な環境と鼠《ねずみ》が媒介という説と人間に寄生するダニやシラミの説がありました。

飛沫でも感染しますし、やはり衛生環境は大事ですわ。

「一理あると言える……確かに、アルベルティーナの推測が正しければ……」

「まだ推測でしかないのです。証明する必要があるのですわ」

「なるほど、それで病院か。だが、平民たちの間に起きたメギル風邪をどうやって見分けるんだ？」

こくりと頷《うなず》く。考えが早くて結構ですわ。

平民の間に流行っているメギル風邪はそれほど甚大ではないはず。強い魔力を持つのは、貴族のほうがずっと割合が多いのです。

「解熱剤の効かない高熱の患者を探します。その患者に、魔力や魔素を散らし抑える薬を投与するのです。あの熱は、おそらくは魔力暴走の一種です。ポーションが効かないのは、体力と一緒に多少なりとも魔力も回復させてしまうからですわ」

「だから、熱が強烈にぶり返すのか……」

「ええ、弱っている体にはそれは追い打ちになります。そして強い魔力を持つ人間ほど命を落としやすい。貴族熱とも他国で呼ばれる所以《ゆえん》ですわ。そして、体力のない女子供なども真っ先に亡くなります。患者として協力してもらい、医療費をこちらで負担するといえば協力してくれると思います」

「平民で魔力持ちは珍しいからな。大抵は辿《たど》れば何かしらの貴族に行きつくことが多いが……その平民はどうするつもりだ？」

「持っている魔力があまりに強いようでしたら放置はできません。いつか暴走してしまう恐れもありますわ。魔法使いとして教育するために、わたくしかラティッチェで面倒を見ますわ。学校も作りますし、そちらで学ばせます」

「どうやって調べるつもりだ？　そうなると医者の他に魔法や魔力に詳しい見識者が必要になる」

「ヴァニア卿をはじめ、王宮魔術師を集めます。お若い方ですがわたくしの主治医になるくらいですから、優秀な方でしょう。その、あまり社交が得意でない研究所に籠《こも》り切りな、パトロンのいらっしゃらない方がいるでしょう？」

「……あのな、アルベルティーナ。やる気を失せることを言って申し訳ないが、結界魔法はあいつらの大好物の分野だぞ？　確かにやってくれそうだが、その前にお前に対して麦穂や青菜に齧《かじ》りつく蝗《いなご》のように寄ってくるぞ」

表現が非常にぞっとします。

ですが、それくらい掴《つか》みがオッケーだということにしておきましょう。

「……がんばります」

「必ず、あの魔窟に行くならアンナとベラとトリシャを連れて行きなさい。ちょうどいいことにお前に無礼を働いたヴァン・フォン・マクシミリアンは謹慎となっている。動くなら今のうちにしたほうがいい。オーエンも謹慎になっているが、念のために私が足止めをしよう。手が空いてれば、私も向かおう。顔は広いほうだ」

伯父様には何も話していないはずなのに、なんでこんなに手際がいいのでしょうか。

過去のトラウマにつけ込むようで申し訳ないですが、メギル風邪は結構差し迫っていますわ。

確か、ルートによっては戦争に伴って国内に持ち込まれるものもありました。

もう乙女ゲームのシナリオはかなり信用ならないレベルに脱線しています。ですが、備えて困るものではないのです。

「アルベル」

「はい」

「フォルトゥナ公爵家は、後見人の立場ということもあり王配争いに本腰を入れていなかった」

「はい」

「君の意思を尊重する。君がジュリアスを望むということだね？」

「ええ、望みます」

「認めたくはないが……あの男は優秀だ。フォルトゥナ公子として振る舞わせるのは難しくないだろう。だが、王太女でありラティッチェ公爵家の継嗣の夫としては足らない。どうやっても、根回しの時間が足らなすぎる。使えるものや駒は増やしておきなさい」

「ええ。ご忠告痛み入りますわ」

厳しい言葉の反面、クリフトフ伯父様は遣《や》る瀬ない表情を浮かべている。

優雅なカーテシーを披露し、できる限り強気で微笑《ほほえ》んだ。

そんな覚悟はとっくにしているのだから。

アルベルティーナが養子縁組の話を進めていた頃、キシュタリアとジュリアスも着々と準備をしていた。

ミカエリスは戦場に遠征しなくてはならない分、二人は綿密に連絡を取り合っていた。

もともと付き合いも長いし、キシュタリアはラティッチェの内部を、ジュリアスはローズ商会を回しているので別行動が増えていた。

そしてその分、それぞれの人脈から入手した情報を吟味して精査しながら、意見を述べ合っていた。

これがなかなか面白い発見があり、悪くない成果を上げていた。

ポーター子爵家によれば、マクシミリアン侯爵家の魔法使いは結構裏がありそうだ。

そんな気はしていたので今更驚かない。

具体的には最近妙に金回りがいいらしい。娼館《しょうかん》とかならまだ健全な方で、怪しげな店に何度も出入りする姿が目撃されている。

パトロンがマクシミリアン家ならあまり羽振りは良くないはずである。どこかに別のパトロンがいる可能性がある。それとも、実入りの良い何かがあったのかもしれない。

マクシミリアン家はアルベルティーナにつき纏《まと》って金子を催促している程度には金欠であるから出所ではないだろう。

「セバスも忙しいだろうけれど、古株で一番顔が利くから墓守に交渉してもらうことになったよ」

「然様《さよう》ですか……セバス様の見立ては？」

「さすがラティッチェの執事というべきか、露骨に顔色は変えなかったね。でも少し動揺はしていたと思うよ。父様は埋葬品も多いから照合、鑑定も含めて最低二月は絶対かかるって。僕は実家に一度戻って母様にも相談する。まだ開かない部屋が多いからどうしても遺品探しは難航しそうだけどね……」

「まだ開く気配はないのですね」

「こうなったら父様の最期のテストと思って腰を据えて解呪や解錠するしかないかな」

「ミカエリス様はすでに遠征に出られておりますし……戻るまでには色々整えたいところですね。ミカエリス様は出来るだけ完全に近い勝利をしていただかなくては」

「ミカエリスを第一王配に推すってことか」

「我々の中で一番問題なく、直《す》ぐにその地位に付けるのは彼です。家柄、歴史は揺るぎないものであり、領地の発展や武功により陞爵《しょうしゃく》の話も出ています。勢力もありますし、ミカエリス様の人柄もあり人望もある方です。陛下にも覚えが目出度く婚約者もいない。そして、一度王族も観覧していた剣術大会で、アルベル様に剣を捧《ささ》げている――プロポーズに相当します。ラティッチェの屋敷や領地からほとんど出ないアルベル様が外へ足を運ぶ機会に絡んでおり、噂《うわさ》の下地に事欠きません。言っておきますが、万一アルベル様が他のトンビに孕《はら》ませられでもしたらかなり面倒なことになるんです」

「分かっている。はぁ……自分の無力さが嫌になる。僕のやっていることといえばラティッチェの中で奔走しているばっかりだ。精々領土で出ている魔物や賊を弾《はじ》いているだけだよ？」

キシュタリアは卑下するが盗賊のアジトやスタンピードを魔素だまりごと更地にする力業など、ジュリアスはラティッチェ義親子以外に見たことも聞いたこともない。

あれは本来、師団を派遣して何週間もかかって収めるレベルである。

ふらっと一人で行って帰って日帰り旅行で済むものではない。置いていかれた護衛は埴輪《はにわ》のような顔になって探し回っていたが。

「ラティッチェの当主になるのが、貴方《あなた》に求められている役割です。そもそもラティッチェの領土がどれだけ広大だと思っているんですか。討伐すら普通の子息ではできないことです。当主ですら、その辺の盆暗で話にもならない。嫌でもそのうちお声がかかりますよ。助けが欲しくて相手が下手に出てくるまで精々じらして差し上げてください。恩は売って何ぼです。ミカエリス様が運よく王家の瞳を当てれば、次はキシュタリア様との御子を望まれるでしょうから」

「射的みたいに言わないでよ。目の色なんて操作できるものでもないんだから」

しかも、王家の瞳の判定はシビアだ。

第一王子と第二王子はそれぞれ緑といっていい瞳の持ち主だが、色が淡いだの青みが強いだのと却下されている。

サンディスライトと同じ深い緑しか認められないのだ。

特に元老会は妄執染みたこだわりを見せて、それだけは譲らない。

歴代の王族に、王家の瞳を持たずとも優秀な王子や王女はいた。だが、いくら血統が良くても才知に溢《あふ》れていてもその瞳を持たぬ者が王位継承権を持つことは滅多にない。

特例は王家の瞳を持つ継嗣が全滅しており、分家や臣籍降嫁した先などから王家の瞳を持った姫を娶《めと》って何とかと及第点というほどの厳しさだ。

「そうですね。ですが、アルベル様の重圧を少しでも減らすには一番そうあって欲しいのです。紅瞳であろうとも王家の濃い血筋であり、同時にラティッチェの血筋を持つドミトリアス家の継嗣には違いありませんし……できる限り早急に婚姻にこぎつけたいものです。ミカエリス様を王配につけられれば、次の婚姻までしばらく時間が空くはずですし」

淡々と述べるジュリアスに、ちらりとキシュタリアは視線を向けた。

アルベルティーナの気持ちは置いてけぼりなのかとは聞かない。

今のアルベルティーナの望みは、より完全に完膚なきまでにマクシミリアン家を叩《たた》き潰すこと。あの家は王配となり自らが王族の筆頭となることを望んでいる。同時に、ラティッチェの乗っ取りも考えているだろう。

キシュタリアの知るマクシミリアンの今代当主とその令息は極めて平凡。だが、虚栄心や権力欲だけが独り歩きしているような男だ。

隠すことも飼い慣らすこともできず下劣さを晒《さら》している。

とてもではないがアルベルティーナを任せられない。話にもならないお粗末な器量だ。

アルベルティーナを守るどころか、寄生して厄病をまき散らすだろう。

ジュリアスの案は実に現実的である。確実にオーエンの野望を潰して、アルベルティーナに激しい恋慕を抱いているヴァンを地獄に叩き落とせる。

「……ねえ」

「なんです？」

「気づいているよね、もっと確実性を上げる方法。僕ですら分かったんだ。多分、ミカエリスも気づいているよ……アルベルは気づいていないだろうけれど」

「……そうですね、お誂《あつら》え向きに隠し通路があります。喪中であれば、そうそうアルベル様の離宮に誰かが招待されることもない。もとよりアルベル様の交友関係はかなり限られています。一番はすぐにでもミカエリス様にあの通路を使って閨《ねや》に通っていただくのがいいでしょう」

現在、アルベルティーナとラウゼスしか王家の瞳と認められる王族はいない。

今でこそ三人いるラウゼスの子供たちルーカスやレオルド、エルメディアはかなり遅くにできた。

子宝がこれ以上望めなかったら、側室を数人入れるかといわれるほどだった。

老齢のラウゼスより若いアルベルティーナに期待が行くのも当然だ。

だが、同時にアルベルティーナには体の弱さが気がかりでもある。また、拒絶のあまり結界でごく一部を除いて外部接触を断ち切るほどの人見知りでもある。

システィーナやクリスティーナの母系の傾向を見るに、正直あまり多くの子は望めないだろう。それを踏まえれば、できた子の父親が誰だろうが間引くことはできない。

次が生まれるか分からないし、育つかも分からない。

元老会がアルベルティーナに執着するのも、それだけ継嗣問題が逼迫《ひっぱく》しているからだ。

「アンナとレイヴンがいる。見張りがいれば、それ以外を人払いすればできる。ジュリアス、情を挟むな。アルベルティーナが望むことをより早く、完璧にこなせ」

「畏まりました。アルベル様には私から伝えましょう」

キシュタリアはグレイルの死やラティッチェの窮地を幾度とアルベルティーナに伝えてきた。

アルベルティーナが哀しみ、苦しむと分かっていても次期当主であり義弟として役割を呑《の》んできた。

自分の不甲斐《ふがい》なさを露呈し、時に腸《はらわた》は煮えくり返っていただろう。

それでも手の平に爪を食い込ませながら耐え忍んでいた。

誰かがやらねばならない貧乏くじを、自分がやれば一番丸く収まると理解して引いていた節すらある。

今のキシュタリアの立場は非常に危うい。同時に好機でもある。目に見えるものは処理しているが、濁った水面下ではまだまだ争いの芽は多くある。

「……すまない」

「いえ、私が余計な配慮をしたのが悪いのです」

ジュリアスが言葉や表情に出さずとも、キシュタリアを案じているのを察したのだろう。

余裕ぶっているキシュタリアであるが、少年らしい繊細さもある。今、彼は人生一番の窮地であり勝負の場に立たされている。踏ん張りどころだ。

「お前はいいのか？」

読めない表情を浮かべてジュリアスは軽く肩をすくませる。

持久戦など得意だ。ずっとずっと魔王の読めない機嫌を窺《うかが》い続けてきたことに比べれば、可愛いものだと言える。

「何も思わないと言えば嘘になります。ですが、二兎《にと》も三兎も追えば必ず失敗する。一時的に手に入れても、その代償は大きすぎる。アルベル様は私たちの手の届かない場所に行くでしょう。万が一にもしくじれば他の男のモノになり、望まず蹂躙《じゅうりん》されるでしょう。打つ手を打たず指を咥《くわ》えて見ているのはごめんです」

「まあね」

短くも同意するキシュタリアには、ジュリアスの抱えている苦々しい感情を理解しているのだろう。彼もまた同じものを抱え続けていた男だ。

「それに私たちの長年にわたる泥沼ぎりぎり恋愛おままごと劇場に今更新参者が来るとか、魔王に命も心も弄ばれてからきやがれって話です」

「あー、それ！　すっごく分かる‼」

何度も死ぬような目に遭ってきた三人としては、今になって出てきた外野などもってのほかだ。命がけの恋だったのだ。

漁夫の利なんざくれてやる物は髪一筋すらない。

それから十日ほど経《た》った日、思いもよらぬ凶報が齎《もたら》された。

ラティッチェ公爵家執事長にして家令であるセバス・ティアンが失踪したのだ。

――お任せ下さい、坊ちゃま。このセバス、必ずや旦那《だんな》様と姫様のお役に立って見せましょう。

そういって旅立った老執事は、ほどなくして連絡が途絶えた。

すぐに捜索隊を組んで探すように命じたが、見つけるのに二週間ほどかかったのだ。

彼を乗せたと思《おぼ》しき、最後の目撃談があった馬車は見つかった。だが、調査費用としてキシュタリアが持たせた金子は消え失せ、馬車はラティッチェの霊廟《れいびょう》へ行く道からだいぶ逸《そ》れた崖下に落とされていた。

馬車は大破して、直しようもない残骸となっていた。御者も馬も死んでおり、野犬や狼《おおかみ》や魔物に食い荒らされ骨も疎《まば》らだったという。未《いま》だに見つからない亡骸《なきがら》のほうが多い。

セバスの消息が途絶え、嫌な予感を感じてすぐさま探すように人を放った――その結果がこれだ。

ラティーヌからの手紙を読んだキシュタリアは、顔を青ざめさせて口を覆う。

(あのセバスが？　セバスは父様付きの執事になるほど有能だし、そもそも老人とはいえ腕に覚えがあるはずだ。いったい誰が？　その辺の傭兵《ようへい》や騎士、暗殺者でも難しいはずなのに……)

あの好々爺《こうこうや》然とした老人の笑みが脳裏に浮かぶ。

アルベルティーナが無邪気に本の朗読をねだったり、勉強に根を詰めていたキシュタリアに温かい夜食を持ってきてくれたりした祖父のような使用人。

天才だが冷酷で苛烈な父についていける優秀な執事だった。穏やかな物腰だが、しなやかで強靭《きょうじん》でもあった。

(マクシミリアンを隠れ蓑《みの》に、誰かいる？　いや、まだ断定は早い。死体は見つかってない)

死肉を漁《あさ》る獣に食いつくされた可能性もある。近くに川や森もあったし、飛ばされたり、運ばれて流されたりしたのかもしれない。

でも、セバスが何とか逃げ切ってどこかに身を潜めていることも考えられるのだ。

事故現場は凄惨でありどの骨が誰の死体かも判別がついていないものも多い。解明には時間がかかるという。

目を覆ったキシュタリアは、腹に凝《こご》った気持ち悪さをため息と共に吐き出す。

何か不愉快で恐ろしいものがラティッチェを飲み込もうとしている気がする。こういった嫌な勘こそ、よく当たるという自負があった。

(恐れて思考を放棄するな。やることを成して、進まなくちゃだめだ。立ち止まるのはすべてが終わった後でいくらでもできる。ああ、でも――――)

アルベルティーナになんと伝えればいいのだろう。

あの義姉はセバスをとても大好きだった。比較するのも烏滸《おこ》がましいが、実の祖父よりはるかに懐いていた。

いや、アルベルティーナにとっての『お祖父《じい》様』はセバスだったのだ。だから、グレイルやラティーヌに対するような甘えを見せていた。

また泣かせてしまう、と唇を噛み締めた。キシュタリアは自分の哀しみも押し込めて目を伏せたのだった。

その時、胸に何かが差し込むような違和感を覚える。

「僕は……何か見落としている……？」

これだけ警戒しているのに？

いや、まさかそんなはずは——首を振って、険しい顔立ちで報告書を魔法の施錠があるチェストにしまった。

幕間　自棄酒

「くそぉ、なんで……なんでだよぉ。アルベルティーナ様」

「兄様、飲みすぎです」

マクシミリアン侯爵邸ではヴァンが管を巻いていた。

吐き出す呼気にも濃厚なアルコールを感じ、顰《しか》めかける顔をなんとか我慢しながら宥《なだ》める。

弟のライネルは弱々しく制止するが、テーブルに拳を叩《たた》きつけたヴァンにびくりと震えてすごすごと戻っていった。

ヴァンは嫡子だが、ライネルの母はメイド――妾《めかけ》との間にできた微妙な立場である。

マクシミリアン侯爵夫人はプライドが高く、愛人の存在を隠すため自分の息子として引き取った。

だが、その差は歴然としていた。当然ヴァンばかり可愛《かわい》がっており、父のオーエンは見て見ぬふり。

ライネルは息を殺すようにして過ごし、ヴァンや夫人の機嫌を損ねないようにしていた。

マクシミリアン家にはこの二人しか子供がいないため、念のためスペアとして置かれているのだ。

ライネルはヴァンの世話や尻拭いばかりをし、侍従のような扱いだった。

そして今も、謹慎を受けて屋敷から出られないヴァンの相手をしている。ここ最近は酒を浴びるように飲んでは暴れている。

ライネルの目から見てもヴァンの『恋煩い』は相当のものだった。

だが、基本ヴァンは横柄で自己中心的だ。婚約者にするように、王太女殿下にも無自覚に乱暴な態度で接したのだと察した。

大柄で力も強いヴァンは人一倍気を使わなくてはいけないはずなのに、彼は根本から理解していない。プライドが高い母、自分勝手な父の悪いところを受け継いだような男だと評したのは、誰だっただろうか。

ヴァンは両親を反面教師にもせず、いつも自分を正当化している。

ライネルは見たことがないが、悲劇の姫君に同情した。

(うちは歴史だけはあるが経済的に豊かではない。どうやって婚約者の話を持ってきたんだろう……)

気弱なライネルではあったが、愚かではなかった。

ここ最近、父が上機嫌ではあった。そして怪しげな魔法使いの男と懇意になっていると知っていた。

金回りが良くなると話しており、夫人も上機嫌だった。そんな出所、どこにあっただろうか。

深酒している兄がふらふらと立ち上がり、外出用のインバネスコートを出せと使用人に命じていた。

「ど、どこに行くつもりですか⁉　兄様！」

「うるさい！　お前なんか弟じゃない！　貴様のような卑しい血がマクシミリアンを名乗れるのは温情なんだからな！」

乾いた音を立てて伸ばした手を払いのけられた。その拍子に、爪が手の甲を引っかいて皮膚を抉《えぐ》る。

ライネルの手の甲には血が滲《にじ》んでいた。

それでも、気を奮い立たせてライネルは抵抗した。

「兄様！　父様にも言われたでしょう！」

乱暴に閉められた扉と共に、遠ざかる足音。

しばらくして、馬車がマクシミリアン邸を出て行った。

どこに行くというのだろう。宮殿に入れるわけがないし、先日は浪費を咎《とが》められたばかりだ――そのせいで、普段は狭い部屋で隠れて雑事をしているライネルが見張りを押しつけられた。

ヴァンは謹慎を言い渡されている身だ。どこで目撃されても顰蹙《ひんしゅく》を買うだけである。

非常にまずい。何故《なぜ》、他の使用人も、執事やメイドたちも止めないのか。

顔を上げればさざめくような嘲笑《あざわら》う声が広がった。三日月になった目や口元が、その意味を物語る。

彼らはヴァンの機嫌を損ねて暴れられたくない。そして、止める役をライネルだけに押し付けて咎めさせるつもりだったのだ。最初から、ライネルに味方などいない。

一人きりになったアルコールの臭いが漂う部屋で、一人俯《うつむ》くライネル。

父の愛も、母の温《ぬく》もりも知らずに育ったライネル。

物心つく頃には実母はいなかった。優しかった年老いた乳母、気のいい庭師の青年、厨房《ちゅうぼう》のおじさん、年の近いメイド――全員がヴァンやマクシミリアン夫人に追い出されてしまった。

マクシミリアン侯爵家は没落している。

オーエンたちは認めていないが、数十年も修繕もしていない屋敷に、枝が好き勝手に生い茂りやぼったい庭。絵柄に傷のあるティーカップに、型落ちしたドレスや装飾品を見れば明らかだ。

そんな家が王太女殿下に暴力を振るって謹慎されたなんて、醜聞もいいところだ。フォルトゥナ公爵家に凄《すさ》まじく睨《にら》まれている。

この前だって、フォルトゥナ伯爵夫人にコテンパンにされたマクシミリアン侯爵夫人がカンカンに怒って泣いて帰ってきた。パーティの途中だったにもかかわらず締め出されたのだ。

オーエンもコソコソ出かけているが、社交場では全然振るわないと聞く。

喪中でさえなければ、ラティッチェ公爵夫人からも追撃があっただろう。

「……こんな家、なくなってしまえばいいんだ」

「ライネル様……」

「エミリア……すまない、また父の機嫌を損ねてしまう」

「いいえ、それより手を。手当てをさせてください」

「あ、ありがとう」

エミリアは色白で丸顔の可愛らしい雰囲気のメイドだ。そばかすの少し散った顔が心配そうにしている。

使用人遣いの荒いマクシミリアン侯爵邸は、古参以外は頻繁に入れ替わる。

彼女は老舗の商家の娘だったそうだ。没落しなければこんな悪い場所に来なかっただろう。

優しい彼女は、あとどれくらいここにいてくれるだろうか。それとも、いつかは他の使用人の同じになるのだろうか。

そう思いながら軟膏《なんこう》を塗られる手を眺めていた。

三章　毒蛇と大熊の協定

養子縁組の話についてということでフォルトゥナ伯爵クリフトフから一度話し合いの席を設けたいと打診があった。

アルベルティーナの許可を得て、ヴァユの離宮で行うこととなった。

ちょうどクリフトフとジュリアスは、アルベルティーナの持ちかけていた事業もあり不自然ではない。ヴァユの離宮であれば警備もできている。王城の中でもかなり厳しい方だし、フォルトゥナの使用人や私兵が多くいる。部外者を排除しやすく情報漏洩の可能性もぐっと減る。

定刻となり彼らはやってきた。トレードマークのカイゼル髭《ひげ》をやや気まずげに撫《な》でるクリフトフの後ろに、大柄の影がぬっと出てきた。

やはり出てきたな、とジュリアスは内心ほくそ笑む。

未《いま》だに恐怖心が残るのか、ジュリアスの腕に縋《すが》りつく力が強くなる。

アルベルティーナがジュリアスに傍《そば》にいて欲しい時の幼い頃からの癖である。

妙齢の女性にしては幼い仕草だが、非常に庇護《ひご》欲をそそる。

そして、アルベルティーナに必要とされている実感が、ジュリアスの仄暗《ほのぐら》い優越感をくすぐった。

少し強張《こわば》った顔でフォルトゥナ公爵を見るアルベルティーナ。それを見て、ただでさえ厳《いか》めしい顔を憮然《ぶぜん》とさせるフォルトゥナ公爵。それがさらにアルベルティーナを委縮させ、神経を逆撫でさせるという悪循環。

「これはフォルトゥナ公爵。本日は国境沿いの紛争における軍議があったとお聞きしますが、何故《なぜ》こちらに？」

挨拶抜きでいきなり核心を突くジュリアス。

隙のない笑みではあるが、この場に置いてジュリアスはもっとも立場が低い。

発言権も最も後になるはずであり、この場で口を開くのは得策ではない。だが、ジュリアスがそこまで強気に出られる理由は彼のすぐ傍にある。

アルベルティーナがぎこちなくフォルトゥナ公爵を睨《にら》んでいるからだ。

ジュリアスの言葉が皮切りになったのか、きゅっと顔を厳しくさせて顎を引いて顔を上げる。

今まで、顔を合わせるのも姿を見るのも怯《おび》えた印象が多かったこともあり、クリフトフはなんだか妙な感動を覚えた。

忌避といっていいほどに顔を合わせたがらない孫娘。その彼女が自分からこんなにも長く視線を合わせてくることはガンダルフにとっても稀《まれ》な出来事だ。見れば見るほど、今は亡き愛妻や愛娘《まなむすめ》の面影に視線が吸い寄せられているのが傍目にも良く分かった。

睨んでいるような眼光がかすかに潤んで見えるのはさすがに気のせいか、とジュリアスは思い直す。

だが、この時点でジュリアスは自分の勝利を確信していた。

　クリフトフと比べればわかりにくいが、この男も大概だ。

「フォルトゥナの末席につきたいのだろう。それならば、クリフトフより当主の私の養子となった方がよほど有利だ。確かにクリフトフは次期公爵だが、まだ爵位は伯爵。伯爵より公爵のほうがよほど響きがいい。あの頭の固い連中も、フォルトゥナ公爵家の名を持ってすれば黙るだろう」

「それはありがたいことです。新興貴族でありラティッチェ公爵家の使用人であった私を迎え入れていただけるとはなんという僥倖《ぎょうこう》でしょう……恐悦至極でございます」

「ふん、白々しい。忌々《いまいま》しいが、お前の能力は買っている。それくらい小賢《こざか》しくないと困るからな……もし貴様が役立たずの男であり、アルベルティーナを裏切りでもしたら地獄の果てまで追いつめて縊《くび》り殺してくれる」

「そのようにつれなくおっしゃらないでください、フォルトゥナ公。私の心は姫君と共に、そして命は姫君のためにあります。裏切りなどしませんよ」

「口ではどうとでも言えよう――だが、貴様が我が孫の信頼を得ているのは事実だ。貴様の働き次第では、私の持っている他の爵位を与えてやっていい。精々、しくじらんことだ」

　優美だがどこか冷ややかに微笑《ほほえ》むジュリアスに対し、丸太のような腕を組んで睥睨《へいげい》するフォルトゥナ公爵。

　静かだが、空気が軋《きし》みを上げて粉々に割れてしまいそうな緊張感がある。

　クリフトフの目にはそれぞれの背後に巨岩の如き羆《ひぐま》が歯を剥《む》き出しにしている姿と、ほっそりとしながらも猛毒を持った蛇が鎌首をもたげてゆらゆらしている姿が想像できた。

どっちがどっちなんて御察しだ。

そんな中で口を開いたのは、むすっとした表情を隠そうともしないアルベルティーナ。

「口喧嘩《げんか》をしたいなら、後でお二人きりでなさってくださる？　養子縁組の話もそうですけれど、事業の話を進めたくありますの。いがみ合うより、協力していただきたいですわ。わかっておりまして？」

つんとしたアルベルティーナがお澄まししたように言う。

いつもより早口で刺々《とげとげ》しいが、大熊と毒蛇の空気も凍える会話の前だと産毛のような柔らかさだ。

アルベルティーナの言葉はもっともで、この席にやってきたのは、協力関係を結ぶ気があるからである。

的確な指摘にちょっと気まずそうにしたフォルトゥナ公爵とジュリアスは、そうっと互いに視線をずらしてすごすご引き下がる。

水と油と思った二人だが、案外似た者同士なのかもしれない。

いい加減にしてくれと訴えていたクリフトフの圧などものともしなかった二人が、アルベルティーナの一言でお利口になった。

その後、アルベルティーナに叱られたのがよほど堪《こた》えたのか妙にしおらしくシュンとした二人は大人しく養子縁組のサインをして、事業の話を進めていた。

クリフトフは思う。

もしグレイルが生きていたとしても、アルベルティーナならば、ガンダルフとグレイルすら大人しくさせられるかもしれないと。

アルベルティーナが同じ席にいれば優雅な茶会すらできる日もあったかもしれない。

システィーナやクリスティーナが望んでいた、もう叶《かな》わぬ和解である。

アルベルティーナはそんな二人を見て優雅に紅茶を啜《すす》っている。

(変わったな)

なにがと言われれば分からない。

でも、養子縁組と病院事業の話を持ち出したあたりからアルベルティーナは変わった。

ずっと、地に足をつけようともつけられずにふらふらとしている印象だった。

つま先が下りるのが薄氷の上か、はたまた針の筵《むしろ》かが分からない状態でもあったから仕方がないかもしれない。

童話によくいる『弱いお姫様《守られるだけの存在》』を絵に描いたようだった姪《めい》が、個の人間のように存在感を持っている。今までになかった覇気のようなものを感じるのだ。

クリフトフは忘れていた。

アルベルティーナは『あの』グレイルの娘だ。


話し合いは思ったよりスムーズに終わった。

最初は畏縮気味だったのですが、ちょっと放置するとどことなくジュリアスとフォルトゥナ親子が静かに喧嘩をするのですわ。どうやら、この四者会議はわたくしがストッパーとして頑張らねばならないようです。

幸いジュリアスはこちらの事業でも辣腕を発揮してくれそうなので良かったですわ。

貧民街の区画整理に伴う清掃と再開発。住民の生活基盤の立て直し。その中でも比較的直《す》ぐに社会復帰できそうな人材は医療関係を学ばせるのが大筋だ。

体が健康でさえいれば清掃や建物の解体、立て直しの手伝いをさせて職業訓練を行えばいい。人がいれば食事や洗濯などでも雇用が生まれる。

わたくしとしては、そこに人を投入して我武者羅《がむしゃら》に行わせるのではなく、もともとそこに住んでいた方々にも協力いただきたいのです。

自分で自分の衣住居や居場所を作ることによって、愛着を持って欲しいのです。

ヒトって苦労せずに貰《もら》ったモノってあまり大事にしない傾向がありますもの。苦労して作り上げたなら、多少歪《いびつ》でも愛嬌《あいきょう》というものですわ。住めば都です。

わたくしが色々と一生懸命に伝えるのですが、ジュリアスが腹の読めない笑みで、クリフ伯父様が目を白黒させ、フォルトゥナ公爵がなんだかついていけなさそうな顔をしています。

大丈夫かしら、本当。

「街路だけでなく上下水道まで整備するつもりかい、アルベルティーナ」

「やるなら徹底的に、ですわ。資金は問題ないのでしょう？」

「ドミトリアス領から木材や石材についての確認をしましたが、問題ないそうです。砦《とりで》などでも使用しますから、今後は値上がりするでしょう。品薄が予想されますので少々多めに押さえておきました」

「病院だけでは人が余りそうですわね。一部は備蓄作りの枠でも作ったほうがいいでしょうか」

「そうですね、噂《うわさ》を聞いた路上生活者や職にあぶれた者たちや難民も集まる可能性があります。ですが、備蓄ですか？」

「ええ、最近では各国の緊張が高まっているでしょう？　小競り合いも増えていると聞きます……出兵が増えれば食料も必要です。戦場でも食べられる簡易で、かつ栄養価の高いお腹《なか》の膨れるような保存食があるとよいでしょう？　兵糧は大事ですわ。鞄《かばん》のように硬い干し肉と保存性重視にしたカチカチの黒パンばかりでは、士気も低下してしまいます。ただでさえストレスが多いはずですもの」

所謂《いわゆる》レーションですわね。携帯食料や、軍などの配給品ですわ。

干し肉と黒パンかなり昔から製法は変わらないそうですがローズ商会には食品を取り扱うノウハウがあります。触感や味を多少妥協すれば、作れないことはないはず。

ジュリアスは思案顔ですが、あからさまな否定は見られないです。ここはプレゼンですわね。

「悪い案ではないですが、どのようなものをお考えで？」

「基本的なものはビスケットや乾パンのようなもの。あと、チョコレートや飴《あめ》。お湯を注ぐだけで温かいスープが作れるようなインスタント……簡易食？　即席料理とかでしょうか？」

「ビスケット類や甘味類は解《わか》りますが、いんすたんと？　はどのように？」

「野菜を乾燥チップにして塩と干し肉や干物を入れるだけでだいぶ変わるはずですわ。味付けはそうですわね……」

お味噌《みそ》は作ってはいるのですが、あれは人様に出していいレベルではないのですわ。出汁《だし》が足らないのかしら。鰹節《かつおぶし》と昆布や煮干しがあればさらにグレードアップするポテンシャルを感じる品ですが……味噌玉にしてもいいかもしれない。

「……いえ、ローズ商会で作っている味噌で試してみましょう」

「あの苦節七年ものですね。十分美味《おい》しいと思うのですが」

フォルトゥナ家は「ミソ？」と首を傾《かし》げている。ジュリアスは早く商品化したがっていますが、わたくしという味覚大臣からの許可が得ていないのですわ。

ローズ商会の食品は基本わたくしの味覚基準ですので、わたくしがＯＫを出さないものは商品にならないのです。

味噌は西洋文化寄りのサンディスではメジャーではないようですわ。

極東にはあるらしいと渡り人の本でちらりと見たような気がしますが、残念ながらこちらにまでその手法は流れてくることはなかったようです。

「お嬢様こだわりの調味料ですよ。醤油《しょうゆ》は何とかＯＫを貰えたのですが、こちらはなかなか難しくて」

「……まさかローズ商会とは」

「正真正銘、姫様の玩具《おもちゃ》ですよ。地位と財力を持て余す亡き公爵様が全力バックアップで用意した、壮大なおままごとセットの一つです。とんでもない金の生い茂る木となりましたが、ほぼアルベル様個人所有ですよ」

「ラティッチェの物ではなくて？」

「ラティッチェにも権利はありますが、ローズ商会関連の建物や土地の権利書はほとんどがグレイル様とアルベル様の連名かアルベル様のモノです。誰が喚《わめ》こうがアルベル様の許可なく触れば、処罰していいんです」

「まぁ」

それは言いすぎではなくて？　わたくし、何か事業を大きく動かしそうな時は一人ではできません。相談をする時はジュリアスやセバスやキシュタリアやラティお義母《かあ》様に相談いたしますわ。

おっとりと声を上げるとクリフ伯父様は非常に沈痛な面持ちだ。

「……それはここで言っていいのか？」

「おや？　何ができるのですか？　アルベル様にますますそっぽ向かれたいのでしたらどうぞ？」

流行に疎そうなフォルトゥナ公爵でも、ローズ商会の大きさは知っているのですね。

フォルトゥナから一部食料品や資金援助という形で協力を取り、ジュリアスはわたくしの代理でありこの事業顧問という形になりました。

これで何かと離宮を行き来していても不審がられないと思います。隠し通路があるとはいえ、なるべく控えたいところですもの。

「マヨネーズと同じ製法の特殊保存容器なら、おそらく食中《しょくあた》りもなく色々できますね」

生卵はサルモネラ菌というものが付着している場合がある。

マヨネーズの保存には生活魔法で品質保存と浄化という名の解毒・滅菌を施して出荷する。この生活魔法は初歩の無属性なので魔法使いだけど就職先がない方や、バイトしながら研究している場合や、怪我や病気で冒険者を辞めた魔法使いの方を雇っている。

浄化は基本、光や聖魔法のような魔物や悪魔や悪霊をやっつけてしまうすごく強力な物から、ちょっとしたシャワーや洗顔、お掃除感覚のものまで幅広くあるのです。

いつだったかキシュタリアが「あれ使えないと旅先とかダンジョンとか戦場とか地獄だからね」と言っていた気がしますわ。

確かに、何日もお風呂に入れないと辛《つら》いですわ。

（でも、公子であるキシュタリアがそんな経験あるのかしら？）

わたくしはそんなことを思っていたけれど、アリよりのアリでした。

わたくし以外には基本スタンスが標高八千メートル級の空気のお父様。クレバスは標準装備でどんなに美しく麗しく見えようが、一歩間違えば吹雪もついてくる。

「マヨネーズは瓶で保存していますから輸送や保存には気をつけなくてはいけませんね」

「前線であっても砦や城にはいいでしょう。野営できれば、野草や狩りによる現場での食料の供給もある程度可能です」

「フォルトゥナ公爵は戦場をご存知なんでしょう？　あったら嬉《うれ》しいでしょうか？」

「あればあるほどありがたいな。食糧難は指揮に影響が出やすい。緊張が続き、みな張り詰めて疲弊する。神経をすり減らして戦線から遠のく者もいるからな——アルベルティーナ、お前は戦争が起こると思っているのか？」

少しだけ顔を苦々しくするフォルトゥナ公爵。

お飾りのお姫様でいて欲しいのでしょうか、この熊公爵は。

「起こらないほうがおかしいですわ。どれほどの規模で、どれほどの期間かはわかりませんがゴユランはお父様が亡くなってから随分と活発な様子。歴史書を見てもゴユランは我が国が低迷する気配を察すると、何かと理由をつけて侵略を目論《もくろ》んできました。戦場で異名を馳《は》せるほど存在を数多《あまた》に響かせていたお父様が亡くなり、国内が騒がしい今なんてうってつけと思っているでしょう」

「知っていたか」

「少し噂話に耳を澄ましていればわかることですわ」

「それが分からん王妃と王女はいるようだがな」

「一緒にしないでくださいまし！」

思わずきぃっと吠《ほ》えてしまいましたわ。

生ぬるい視線でわたくしを落ち着かせようとするジュリアス。顔が笑っていましてよ。なんでそんなに嬉しそうですの。

その後は雑談もしつつ、会談は恙《つつが》なく終わりました。意外とスムーズにお話しできて驚きです。

実りある、実によい時間でした。

キシュタリアはラティッチェ本宅に戻っていた。

失踪したセバスが何か残していないか調べに来たのだ。

セバスの仕事部屋にも、自室として宛《あて》がわれた上級使用人部屋にも目ぼしいものは見つからない。

きちんと整理整頓された室内には、セバスらしい几帳面《きちょうめん》さが見て取れた。

キシュタリアやラティーヌに頼まれた仕事や、家令としての仕事を手掛けた形跡はあるが不自然な物はない。

直近の仕事ではラティッチェの霊廟《れいびょう》を訪れる旨を墓守に伝え、霊廟の中を確認したい——その理由として、アルベルティーナからかつて贈られた品物を一緒に追加で入れたいという記載があった。

それは刺繍《ししゅう》入りのハンカチや誕生日に贈られたマントもあった。王宮魔術師から返却された特殊な魔道具もあった。ラティーヌが遺品として預かっていたらしい。

中でも最高級のサンディスライトにアルベルティーナの高度な結界魔法が施されたお守りはモノがモノなので、とわざわざゼファールが信頼できる人間に預けて届けさせたという。

恐らくセバスのことだ。キシュタリアの見立てに、ラティーヌも頷いている。そして、代行役としてそのまま先に霊廟に届けさせるように言ったらしい。

「あの子からの物だけは、戻ってこなかったら墓を壊して這《は》ってでも奪い返しにきそうだもの」

「確かに……」

グレイルの中で愛娘は常に別枠だった。

セバスも同意見だったのだろう。常々あの魔王公爵に振り回されていた一人だ。

キシュタリアは忙しく動き回っていたので、王都にいても人目を避けて捕まえるのが難しかったそうだ。逆にラティッチェ邸にいたラティーヌのほうが預けやすかったそうだ。

「本当は少し前にもう手元にあったのだけれどね」

色々と騒がしくてきな臭いため、ラティーヌは受け取った後もそっと沈黙を貫いていたそうだ。弁《わきま》えない分家が幾度となく訪ねてきたこともあり彼らへの警戒もあったという。

広大なラティッチェ邸は本宅以外にも、別宅が敷地内だけでも複数ある。花やハーブティーを好むアルベルティーナのために四季を問わず採れるように温室もある。来客用の屋敷や調度品類などの家財だけをしまっただけの倉庫もいくつもある。

使用人や騎士の宿舎もあるし、騎士や護衛、馬車用の厩《うまや》以外にも、グレイルやキシュタリア用の厩、ラティーヌやアルベルティーナの愛馬であるポニーたちがいる厩もある。

各屋敷や施設を移動するだけで馬車が必須な広さなのだ。

（……せめて、父様の私室や部屋を調べられればな）

当主だけが持つラティッチェ伝来のモノの一つがあれば、墓守が説得しやすい。

どうもこちらへの反応があまり良くないのだ。

マクシミリアン家の息がかかっていると考えれば、よりこちらに正統性があると主張するに値するものがいい。アルベルティーナに手紙を書いてもらうのも手だが、アルベルティーナに頼るのはなるべく最終手段にしたい。

父の私室へ続く扉を見る。

キシュタリアにとって絶対的な存在だった。

この扉の前に立つ時はいつも緊張していた。

重厚なブラックチョコレートのような色合いの扉。最初は地獄の門にしか見えなかったけれど、アルベルティーナがチョコレートと言ったのでチョコレートなのだ。

キシュタリアだけでなく、セバスやラティーヌ、ジュリアスもこの扉の前では多少緊張していた。

アルベルティーナだけが、恐れなくノックをしていた。

（いつもニコニコ、お父様に会いたくて仕方がないって顔をしていたな……）

瞼《まぶた》の裏に幼いアルベルティーナがはしゃいだ声で笑いかけてくる。

弾んだ声で父や自分の名を呼びながら、屈託のない笑顔を咲かせる。

歪な箱庭に閉じ込められた彼女を僅かに憐《あわ》れんでいた。だが、彼女は確かに幸せだったのだ。今の姿を見れば痛いほどよくわかる。

（この扉さえ開いてくれれば……）

諦観に近い感情でドアを見つめた。

指を伸ばし、手袋越しにドアに触れる。

カチリ

何か音がした。

まさかと思いドアノブに触れると、何事もなかったように回る。

今まで、どうあってもこの扉は開かなかった。何重構造の防護壁と封印などの高度魔法が施されていた。迂闊《うかつ》に吹き飛ばすこともできずに放置されていた。下手に攻撃を加えれば、部屋ごと木っ端微《み》塵《じん》になる恐れもあったからだ。

キシュタリアはなぜこうもあっさり開いたか分からず疑問を持つ。その疑問が蟠《わだかま》り、ノブを持ったまま開けない。

ふと、手袋――指に視線が行く。よく気をつければ気づかないくらいの僅かに凹凸のある薬指。

(……アルベルの、指輪)

サンディスライトとミスリルの指輪はアルベルティーナの魔力がある。

その魔力に反応したのだとすれば、一気に疑問は氷解した。

ドアを開け放てば少し籠《こも》った匂いと、ほんのり懐かしい香水が感じ取れた気がした。

数か月見ていないだけで懐かしい室内を見回した後ろで、扉がひとりでに静かに閉まったうえに施錠された。

焦ってドアに手を伸ばせば、あっさりと開いた。余計な侵入者を防ぐための措置らしい。

(アルベルのためだろうな……中をゆっくり見て過ごせるように)

ちなみに勝手に入ろうとした命知らずはいた。

少なくともキシュタリアやラティーヌや古参の使用人はドアやノブには普通に触れられるのだが、一度強引に押し入った分家の人間は利き手が吹き飛んだ。

比喩ではない。指は砕けた消し炭となり原型はとどめていなかったし、手首、肘、二の腕、肩ギリギリまでが吹っ飛んだ。あと少し扉に身を寄せていたら、首や頭も吹き飛んでいただろう。ドアに仕掛けられていた魔法により雷撃と風刃が同時に発動し、容赦なく招かれざる客に相応《ふさわ》しい『歓迎』をしたのだ。

その一件があったので、ラティッチェ公爵邸本宅には過激な連中が奥に来ない。

次は腕が吹き飛ぶだけじゃすまないかもしれない。風刃で腕が切り落とされてなかったら、全身が消し炭になるような攻撃魔法を仕込まれた屋敷だ。

グレイルらしいと言えばらしい。

（おそらく、布一枚程度ならば問題なく開くんだろうな。アミュレットでは反応しなかった……あっちはずっと身につけていたけど。距離が少し足りなかったのかもしれない。たまたま僕が指輪をつけていたから入れたんだ）

私室から繋《つな》がる寝室や書斎。

どれも落ち着いたデザインで、華やかさより機能性が重視されている。

私室の一角に隠れるように扉があった。

窓のないその小さな部屋にはテーブルと、アームチェアが一脚だけ。周囲を囲うのはチェストやガラスケース。壁にはアルベルティーナの肖像画がある。中にはグレイルと並んでいるものもあった。ケースの中には可愛《かわい》らしいドライフラワーのブーケや手作りのランチョンマット、タペストリーが飾ってある。

（うわぁ、これ聖水晶のケースだ……）

まるで宝冠のように大事に入れられているのは、少し歪なシロツメクサの花冠。一つではなく、いくつもある。それが一つ一つ大事そうにケースにしまわれている。

アルベルティーナは時々、誰にも言わず屋敷の庭にふらふら出ては熱中して作っているのだ。キシュタリアやラティーヌにも贈られたことがある。

一時期ラティッチェ邸に滞在していたジブリールやミカエリスもそうだ。

（アルベルはなぁ……大好きな人に被《かぶ》せるのが好きだったから）

手が緑色になることも気にせず編んでは、笑顔で被せてくる。

たまに途中で眠ってしまい、どこからかジュリアスが回収してくることがあった。大抵すぐにセバスかグレイルが受け取って運んでいた。

それ以外にも一輪挿しに活けられたクローバーがあった。四つ葉のそれは、気のせいでなければ二年ほど前にアルベルティーナが「お父様に良いことがありますように」と贈ったものだ。それに対し、グレイルは自分で庭に出て四つ葉のクローバーを探し「アルベルが幸福でずっと健やかであるように」と贈ったのだ。

アルベルティーナはそれを大事に押し花にした。

だが、グレイルは持ち前の魔法の才能を以《もっ》てして保存魔法をかけたのだろう。一輪挿しの周囲にも薄いガラス板のケースがある。それにも似たような魔法をかけてあるのだろう。

微笑ましさより執念を感じる。

グレイルがいない間も魔石により魔力の供給が続いていたのだろう。

見ればわかる。

グレイルにとって本当に大切な物は、何の変哲もない愛娘からの贈り物なのだ。

良く調べれば、この壁は部屋より強力な防火や防護の魔法が施されている。

はっきり言って、王城の警護を凌《しの》ぐ重警護状態だ。アルベルティーナの結界に匹敵するレベルの守りを、グレイルは叡智《えいち》と才能を駆使して作り上げていた。

色々と仕掛けがある可能性は、まだ十二分にある。

魔王の部屋はアルベルティーナ以外には極めて危険な場所である。それはその部屋の持ち主が亡くなったあとも変わらないようだ。

もう一つの部屋には、亡きクリスティーナの思い出の詰まった部屋だった。

赤子のアルベルティーナを抱いたクリスティーナとグレイルが並んだ肖像画があった。それ以外にも、グレイルとクリスティーナが並んだ肖像画がいくつもある。

その一つのアルベルティーナを膝にのせているグレイルなどは、アルベルティーナにしか見せぬような柔らかい表情だった。事実、絵の中のグレイルは愛娘しか見ていない。

ケースにはタイピンや簡素な髪留め、そして短剣が並んでいる。もしかしたら、昔のグレイルは髪が長かったのだろうか。肖像画を見る範囲では、それほど長髪にはしていない。

（……赤ん坊の頃はあるけど、そのあとはちょっと成長したアルベルの肖像画しかないな）

クリスティーナを偲《しの》ぶ部屋には赤ん坊から歩けるようになったくらいのアルベルティーナが一緒に

いた。

大抵はクリスティーナが手を繫いでいるか、抱っこしている。

隣のアルベルティーナ所縁《ゆかり》の品がある部屋は、五～六歳くらいに見える。幼い頃のアルベルティーナは小柄であったし、もう少し年上の可能性がある。ラティッチェに引き取られるまでガリガリの孤児のようだったキシュタリアと背の高さも大して変わらなかったはずだ。

代わりに、クリスティーナだけの肖像画が多い。

(体が少し弱い人って聞いたし、三人の肖像画が難しかったのかな)

クリスティーナの肖像画は、立っているものより座っているものが多い。

そういう構図が好きなどということだわりは、グレイルにはなさそうだ。

それか、もしかしたら幼少期のアルベルティーナはもっと体が弱かったのかもしれない。

(ジュリアスは、昔のアルベルは酷《ひど》く恐ろしい女の子だったって言っていたけれど……)

虚弱であるとは言っていなかった。

それか虚弱体質が霞《かす》むほどの苛烈な性格だったのかもしれない。

だが、キシュタリアの記憶にある幼いアルベルティーナは、初めて見る人間に怯えている姿か、できた弟にお姉さんぶりたいちょっとませたように振る舞う姿だった。

飾られている肖像画に、やはりアルベルティーナは母親似だなぁとつくづく思う。

もう一度アルベルティーナの肖像画がメインの部屋に戻ると、一枚だけそれほど大きくないもののアルベルティーナとグレイルだけでなくキシュタリアとラティーヌも並んでいる肖像画を見つけた。

意外だな、と自分の視線より少し下にある肖像画をまじまじと眺める。

大して目立たない位置にあるし、大きくもない。少し手を伸ばせば取れる場所にある肖像画。額縁を含めても、一番大きなアルベルティーナ一人だけの肖像画の四分の一以下のサイズ。

父の好みではないのに、なんでここに紛れているのだろうと思いすらする。

あの前妻と娘溺愛のグレイルならば、すべてを二人で埋め尽くして自分の肖像画すら置かなそうだ。

そしてピンときた。

これは『アルベルティーナが喜び好みそうな家族の肖像画』である。

そして『アルベルティーナの視線』に入りやすく『アルベルティーナでも手を伸ばせば取れる場所』にあり『アルベルティーナでも持ち運べる大きさ』である。

（アルベルへの贈り物、だね。うん）

その肖像画を取ると絵の裏には鍵が括りつけられ、壁には箱が嵌《は》め込まれていた。その中には紙片が折りたたまれていた。

ちょっとした宝探し感覚でワクワクする。

これは完全に『アルベルティーナの嗜好《しこう》と行動をいかに読めるか』にかかっている。

（……父様がアルベルに渡したかったものだ。ちゃんと教えてあげなきゃ。この肖像画だって、見たらすごく喜ぶ）

一応調べて、おかしな仕掛けがこれ以上なかったら渡そう。

アルベルティーナが平気でも、額縁を拭こうとした侍女や侍従が過激なウェルダンになるような仕掛けがあるとも限らない。

キシュタリアは部屋を出ると、ソファとテーブルのある場所で一息つく。

紙片を広げるとそれは遺言状になっていた。

爵位に関しては意外なことにきちんとキシュタリアに相続させる旨があった。

正式な遺言状は金庫にしまってあるから、キシュタリアに相続させていいなら公表し、他に譲りたいならもう一つの遺言状を使って一度自分で受け取るようにアルベルティーナへ指示があった。

たとえアルベルティーナがラティッチェを相続しなくとも、アルベルティーナにはローズ商会をはじめとする事業や店舗、その他爵位を受け取る形となっていた。

ラティッチェからどうしても出たいなら、いくつか良い物件や街を用意してあると記載してあった。

アルベルティーナの大人しい性格を鑑みても、普通に問題なく一生を過ごせる。

改めて言っちゃなんだが、キシュタリアが添え物にも程がある。

グレイルはそういう父親である。知っていた。

それ以外にもラティッチェに伝わる当主の指輪やいくつもの契約書を金庫から見つけた。

きっとこれらを分家の連中は欲しがっていたのだろう。

見る限り鍵や箱にもアルベルティーナの魔力を感知する仕掛けが施されているようだ。アルベルティーナが手作りの贈り物をするのは極めて近しい人間に限られているし、他の人間が間違えて開ける可能性は低い。

魔力入りまで限られるとアミュレットくらいだろう。

偶然か必然か。どこまでグレイルの手の内なのだろう。

ふと、最後の紙片はやけに空白が目立つ。持ち上げてしばらく眺めていると、するると音もなく文字が移動して余白に一文を記した。

『元老会は残らず潰せ』

「……僕へのメッセージはこれかぁ」

王家よりフォルトゥナ公爵家より、グレイルにとって本当に疎ましいのは元老会なのだろう。

フォルトゥナ公爵親子は揃《そろ》ってアルベルティーナに甘くなっている。それはグレイルを失わせた原因の一端を担っていることや、ラティッチェを奪いかねない事態になったこと、そしてそれによりアルベルティーナを肉体的にも精神的にも痛めつけた。

溺愛の裏に渦巻く後悔。すべてが後ろめたいのだろう。

必死にアルベルティーナに集《たか》る強欲な貴族たちを払っている反面、アルベルティーナの成すことには手助けを惜しまない。

キシュタリアにしてみれば「何を今度」と言いたいが、利用できるものは利用させてもらう。

アルベルティーナにすり寄る元老会や分家たちを思い浮かべて「分かっていますよ」とピンと指で紙を弾いた。

それを合図のように紙の中の文字がぐにゃりと歪《ゆが》んだ。

『元老会は死の商人と繋がっている。血繋ぎの儀を行う前に必ず潰すか、アルベルティーナを連れて他国へ逃げろ』

キシュタリアは絶句した。

死の商人は色々と後ろ暗い裏社会の重鎮だ。国としても切っても切れない厄介でありながら持ちつ持たれつのところがあるという。

(血繋ぎ？　なんだそれは……随分物騒な名前の儀式だな。いや、血統的なことか？　継嗣、後継……つまりは婚姻か？　それもと魔術的なこと？　生贄《いけにえ》……いや、アルベルは貴重な王家の瞳の持ち主だ。殺しはしないはず……)

グレイルがラティッチェを捨ててまでして逃げろというくらいだ。

アルベルティーナに致命的な傷を与える危険性がある。

しばらく考えたが、悩んでも仕方がないと一度断ち切った。元老会は引き続き警戒する。それは決定事項だった。

テーブルに転がっていた当主の指輪を拾い上げ、指に嵌めようとして——何もないはずの輪の間に指が入らない。まるで、見えないガラスがあるように指がつっかかる。

ためしに傍にあった羽根ペンを通してみたらあっさり通過。タイピンも革紐《かわひも》も通る。

恐らく、人の指だけ入らない仕掛けになっている。

義父を思い出させるような青い輝きのカットジュエルがせせら笑うように輝いている。

でも、絶対アルベルティーナはあっさりつけられる気がする。一度、王都のアルベルティーナに会いに行くことにしたキシュタリアだった。

案の定、指輪はあっさりアルベルティーナの指に収まった。

アルベルティーナは「お父様の瞳のような色ね」と微笑んでいた。

音もなくアルベルティーナの華奢《きゃしゃ》な指に合わせて変わった指輪を、彼女はするりと引き抜いた。

「ラティッチェをお願いね」

当たり前のようにキシュタリアの指に嵌め直された指輪は、今度は先日のやり取りなどなかったようにあっさり通る。そして今度はキシュタリアのサイズに収まった。

アルベルティーナは『当主の指輪』をキシュタリアに嵌めたというのに、にこにことしている。

分家の連中が危険を冒して探したもの。血涙を流し歯ぎしりするほど欲しがっていた指輪だ。

「キシュタリアの瞳ともお揃いね。とても似合うわ」

「そっかぁ……そーいう仕掛けかぁ」

「どうかしまして？」

王都に着くまでの間、解呪できないか色々やったけどびくともしなかった鉄壁の魔法だった。

そしてやはりというかアルベルティーナ限定縛りがあった。

ラティッチェの血族限定か、それともグレイル特製の愛娘宛かは解らない。だが、キシュタリアの直感が後者と断言している。

首を傾げるアルベルティーナの頭を撫で、そのまま一房を弄びながらキシュタリアは苦笑する。

「ううん、父様はぶれないなぁって。そうだ、この肖像画が父様の部屋にあったんだ。いくつかの部屋が入れるようになったから……これならいつでも会えるでしょ？」

「肖像画？　嬉しい、お父様もお義母様もキシュタリアもいる……でも、いつ描いたのかしら？」

キシュタリアが髪に触れやすいようにぴたりと寄り添うアルベルティーナ。

ふわりと鼻孔をくすぐる芳しい香りと共に腕にとても柔らかい何かが当たっている。

いつもならもの言いたげな視線が刺さるが、とても機嫌のよさそうなアルベルティーナに周りは何も言わない。先日、キシュタリアがヴァンを摘まみ出したこともあるのだろう。

家族四人が並んで描かれた肖像画を見るアルベルティーナの目は穏やかだ。

「さあ？　お父様が描かせるくらいだから、信用できる人でしょ」

腕を払うどころか、空いている手であやすようにアルベルティーナの髪や頬に触れる。

少し離れた場所でベラをはじめとするメイドと護衛が微妙な顔をしながら、アンナに目配せをする。

二人のすぐ傍にいるアンナはいつものことなので無言で首を振る。

これくらい序の口だ。ラティッチェ邸であれば膝に乗るくらいにべたついたあげく額や頬にキスを落とすことすらあるアルベルティーナの義弟様である。

グレイルもアルベルティーナ限定でスキンシップが多い父親だったし、親愛のキスも多かった。ラティーヌもハグや親愛のキスをすることが多かった。

アルベルティーナにとってラティッチェ公爵邸で過ごした『家族』に対する信用・信頼度は高い。

よって、アルベルティーナのキシュタリアに対する御触り判定はかなりガバガバだ。

異性を意識させるのは怖がるが、この程度は日常範囲。キシュタリアにはさらに判定がザルである。

キシュタリアがそっとアルベルティーナの耳に唇を寄せる。

「あのね、アルベルティーナ。実はセバスが失踪したんだ」

「え……」

「しっ、まだ死んだとは分かっていない。乗っていた馬車が崖下に落ちていた。馬や御者らしき人は死んだらしいけど獣に襲われてはっきりとはしていない。まだ捜索中だよ」

内緒だよ、と唇にとんと指を乗せる。

揺れるサンディスグリーンの瞳が心情を表していた。

「そ、そうなの……セバスが」

「あと元老会には気をつけて。父様からの伝言」

それだけ囁《ささや》くと手櫛《てぐし》でアルベルティーナの髪を直したキシュタリアは、体を離す。

話はまだあった。

「僕にも出兵の話が来ている」

「どうして!?　貴方《あなた》は次期当主よ!?」

「だからじゃない。品定めと篩《ふる》い落としだよ。まあ、他もお声は掛かっているだろうけどね。渋るより先に叩《たた》いたほうがよさそうな戦況だから、いってくる」

「ピクニックじゃないのよ!?」

ぶっちゃけグレイルの地獄の扱《しご》きに比べれば、大抵がピクニックだ。キシュタリアはグレイルの『後継者』として育てられた。名前だけを継げばいい後釜ではない。

本気で心配しているアルベルティーナを落ち着かせようと頭を撫でる。

魔力が不安定のためあまり感情を揺らしてはいけないと言われている。

また、繊細なアルベルティーナが心因性の理由で寝込む可能性は十分あった。

「僕はこの指輪に恥じないようにしなきゃならないから。ラティッチェ公爵は実力主義だった。部下も、同じ考え方が多い。僕が仕えるに値する人間だって証明できれば、かなり動きやすくなるんだよ」

アルベルティーナには内緒だが、遠征先がちょうどラティッチェ霊廟に近い場所にある。

魔法でそっと抜け出して、セバスが失踪した場所、そして霊廟自体を見に行けるのだ。

アルベルティーナは胸の前で震える手を握り、不安そうな顔を拭い去り何とか切り替えて頷いた。

泣いてしまうと思ったキシュタリアは、アルベルティーナを変えた原因を気にせずにはいられない。

宮殿から出るとき、遠くで憎々しげな顔をしたマクシミリアン侯爵が視界の隅をかすめた。

恐らく、アルベルティーナに謹慎を解いてもらおうと嘆願しに来たのだろう。アルベルティーナにとっては脅迫に等しいことは想像に難くない。

だが、上手《うま》くいかないだろう。あの場所には神経を尖《とが》らせたフォルトゥナ公爵が居着いている。

何度も追い返されているのに懲りないものだ。貴族相手とは思えない態度を取る騎士の冷遇っぷりからも、どれだけ信用されていないか察せられる。

散々コテンパンにされているのに、まだ理解できていないようだ。

すっかり頭に血が上りどす黒く顔を染めたオーエン・フォン・マクシミリアンはアルベルティーナのようなか弱い外見の女性や弱者には居丈高だが、真逆と言えるガンダルフのような屈強と頑強を混ぜ合わせて圧縮して固めたような人間に極めて弱い。

恐らく目が合っただけでしおしおになって尻尾を巻いて逃げるだろう。

クリフトフやパトリシアにもやりこめられていると聞く。

だが、オーエンが縋《すが》れるような身分の高い人間などアルベルティーナだけ。歯ぎしりして怒り狂っているのは想像できた。

キシュタリアは王宮図書館で調べ物をした。例の『血繋ぎの儀』についてだ。

だが、それらしい儀式や祭典は歴史書にない。魔法書の類《たぐい》にも出てこない。全部を調べていたらきりがないと判断し、キシュタリアの足はゼファールの執務室に向かっていた。

確認したいことがあったのだ。正直、二度と会いたくない人だ。悪い人ではない。むしろ善人と言えるし、言動を鑑みれば十分味方と言えるような立場の人だ。

恐らく、彼が反旗を振りかざしラティッチェを取りにかかったら相当苦戦を強いられたはずだ。

突然の訪問にもかかわらず、ゼファールは歓迎してくれた。

「こんにちは、キシュタリア君。ごめんね、散らかっていて」

「いえ、構いません」

相変わらずゼファールは怖気《おぞけ》がするほどグレイルに似ている。

疲れているのか、また老け込んでいた。

執務をしている机上にはかなりの書類が積み重なり、隣に置いてある台にまで及んでいる。

「単刀直入にお聞きします。『死の商人』について教えていただきたい」

ゼファールの美貌から柔和な笑みがすとんと抜けた。

すぐに取り繕われて笑みが戻った。気のせいかと思うほど一瞬だが、間違いなくゼファールは反応を示した。

困ったように眉を下げるゼファールは一瞬尖りかけた雰囲気を何でもないように変えて、柔らかな物腰を崩さず苦笑する。

「どうして僕に？　その、こういっては何だけれど田舎の伯爵だよ？　知っているとはいっても、噂で調べられる程度だよ」

「ですが、爵位を継ぐ前は武官——騎士として最前線におられたと聞き及んでおります。その際に、奴隷商の検挙や密売の摘発に幾度と携わったそうですね」

「……昔の話だよ。青臭い十代の若造だった頃だ」

「ですが、捜査の中枢にいた。かなりの凄腕《すごうで》捜査官でもあったとお聞きします」

「仕事にのめりこみすぎて、何度も女性に振られたけどね」

苦笑するゼファール。それについてはちょっと同情するキシュタリア。

ゼファール・フォン・クロイツは知る人ぞ知る女難の持ち主である。

兄たちが好き放題したそのツケで、かなり年上の女性と結婚したとか、婚約者や妻が長期遠征や、全寮制学校に通って距離ができると浮気をして蒸発したとか酷い噂を聞いている。

遠距離恋愛の時にゼファールが連絡を疎かにすることはない。それどころか誕生日や記念日に忘れずにプレゼントが届くように手配し、非常に細やかな気遣いを見せる。

しかし彼の優しさと愛情に胡坐《あぐら》をかく女性か、やべー地雷女にブチ当たる率がかなり高いのだ。

彼の育てている息子は血が繋がっておらず、蒸発した婚約者が押しつけてきたらしい。

茶化してもキシュタリアが引く気配がないのを悟ったのか、ゼファールは歯切れ悪く首を振る。

「……はっきりいって奴らは闇が深いというか、そのものだ。関わらないほうがいい」

「我が国の中枢にいる王侯貴族が、関わりを持っていると言ってもですか？」

「どこの国も多少なりとも後ろ暗い繋がりがあるところはあるよ」

「元老会であっても？」

追及を緩めないキシュタリアに、諦める意思がないことを察したようだ。項垂《うなだ》れたゼファールが深いため息をついた。

微塵《みじん》も動揺は見られない。キシュタリアがそこまでたどり着くことは、ゼファールにとって想定範囲内のことだったのだろう。

「それをどこで？」

「驚かれないのですね。父の遺品の中に、それを示すものがありました」

金庫の中には権利書以外にも、きな臭い報告書やリストがあった。

中には紙が黄ばんで変色しているものや、今の紙とは質感が違うものもあった。古いものもあったから、グレイルは随分前から追っていたのだろう。

グレイルは領の運営、軍や政の執務、遠征と多忙を極めていた。その裏で追っていたのだ。

（全然気づかなかった……如才ない人だとは知っていたけど）

キシュタリアがグレイルの影から出られる日はまだ遠いと痛感した。

グレイルがアルベルティーナを閉じ込めていたのは、自己満足ではない。あまりに危うい娘をなんとしてでも守るという強靭《きょうじん》な意思の表れだったのだ。

だが、それにいじけている暇などない。

「何か証拠書類は？」

「もう一つの質問に答えていただければ」

「分かった。質問を」

「『血繋ぎの儀』をご存知ですか？」

今度こそゼファールは顔色を失った。ぐったりと脱力していたのに、嫌悪と怒りも露《あらわ》に立ち上がった。

彼は『知っている』とその目が、表情が、気配が物語っていた。それが許されざる類のものだとも。そして、それは歓迎できない拒絶も示していた。

「それは二百年以上前に、我が国でも禁じられた儀式だ……それをどこで？」

「知っているんですね」

頷くゼファールは、気を落ち着けるように顎に触れて長いため息をつく。

「後継者を作るために、主に王族や特殊な血族の高位貴族や、血統により引き継ぐ魔法を持った魔法使いの一族が行うことがある。邪法といわれている。非人道的すぎて、国際的にも百年以上前に禁止されたことだ。それが密約となったのも、儀式の悍《おぞ》ましさに起因する」

「非人道的すぎるとは」

「男女を獣のように番《つが》わせるんだよ。特殊な媚薬《びやく》を使ってね。本人の意思などそこにはない。本当に、強引に動物を番わせるようなやり方だよ。使われる媚薬もあまりに強力で、その作り方は抹消されたはずだ。催淫作用も強いけど、同時に極度の興奮作用もあるし、扱いが非常に難しい。これを使われたらどんな誠実な紳士も貞潔な淑女もケダモノになって、理性も知性も失ってまぐわうことになる。この儀式は子供ができにくい場合や、望まない婚姻をした男女に子を成させるために使われることがある。昔は純血が尊ばれ、濃い血を求めるあまり親子やきょうだいでの婚姻があってね。近親婚が続くと先天的に心身に異常がみられることがあるから、まともな子を作るまで子作りする場合とかにね。近親婚に本能的・人道的な忌避がある時なんかには使われることが多かったそうだよ。盛られたほうは心を痛むから、後で『本人の意思だ』ってことにするのにも都合が良かったんだろうね。しかし、結果的に凄惨な因縁《いんねん》を生むことが多かった。軋轢《あつれき》と復讐《ふくしゅう》の連鎖によって何もかもがまともではなくなり何も残らないなんてこともざらにあった。そういったこともあって、表面上は廃止になったものだよ」

「まだ残っているんですね？」

険しい顔でゼファールは頷く。

強い権力に絡む後継争いはよく聞く話である。正妻である第一夫人に子ができず、愛人だった第二夫人が継嗣を生み育てることによって立ち位置が逆転することも珍しくない。

どんな名家も継ぐ跡目がいなくては、御家ごと取り潰しの憂き目に遭うことだってある。

爵位と領地を国に返還するのだ。

「ああ、おそらくその隠滅されたはずの製造方法を『死の商人』たちは知っている。王侯貴族に……それを使って王太女殿下を狙っている人がいるんだね？」

ゼファールのその確認は確信に近かった。

いつもの温和さなど切り捨て、怜悧《れいり》で険しい表情はますます義父を思い出させる。恐ろしさよりも懐かしさと頼もしさの胸に去来する。

「はい」

「なるほど……ならもう少し教えよう。あの儀式に使用される媚薬は激しい興奮作用があるっていったよね。それはとても攻撃的な言動が出る傾向がある。普通に性交するんじゃなくて、興奮しすぎて相手に噛みついたり首を絞めたりすることもある。感情も筋力もコントロールできないんだ。場合によっては、相手が死ぬこともある。そして、薬の後遺症以上にあまりの悍ましい行為……自分の意に沿わない性交によって精神を病む者が後を絶たなかった。男女問わず高確率で自ら命を絶つし、子を成しても心中することが多い。それこそ、薬が抜けた後は体の自由を奪わなければならないほどに激しい躁鬱《そううつ》が起こるそうだ。恐らく、媚薬により強制的に興奮させられた反動が起こるんだ。興奮している時は強い性欲と多幸感を強制的に与えられる。善悪の判断がつかないほどに……だが、それが抜けると真逆に容赦ない罪悪感や絶望が来る。この儀式は『儀式に使用される人間を確実に潰す』ためでもある。正気に戻られると色々困るからね。使い潰すために薬漬けにされる……それこそ、死ぬまで種付けか胎盤扱いになる。そんな人間たちは子育てなんてできないから、取り上げるにちょうどいい……その後の子供を、自分の好きなようにするためにね」

怖気のする話だ。人間の悍ましさを幾度となく見てきたキシュタリアだが、そのキシュタリアでも吐き気を覚える内容だった。

人を人と思わぬ残酷な仕打ちである。

「……そんなものが過去に行われていたんですか？」

「行われていたよ。権力者っていうのは、それらしい大義名分を掲げてどこまでもエゴイストになるからね。光あるところに影があり。栄華の裏の凄惨な出来事はよくあることだ。そのあとで特大の蜜が啜れるとなれば、勇んで実行するよ。口では大義だ何だとか、可哀想《かわいそう》だと言いながらね」

「アルベルは、元老会に狙われています」

アルベルティーナの血は特殊な魔法と莫大《ばくだい》な権力が付随する。

王家の血、莫大な資産、グレイルへの恨み、継嗣問題。

条件が役満クラスに揃い切っていた。

元老会がアルベルティーナを傀儡《かいらい》にしたがっているとは知っていたが、そこまで外道な方法をとろうとしているとは知らなかった。

キシュタリアの中に疑いはなかった。元老会のアルベルティーナを見る時の陰湿で粘着質な視線。恭しく見える表面。そのすぐ下に透けて見える下心と優越。

あれらに渡せば王太女という肩書であろうが玩具か家畜のように扱われる。

「元老会は、薬を秘密裏に手元に残していたか。そうでなければ製法が分からないから裏ルートで入手していたのか……」

「驚かないのですか」

「むしろ納得したよ――ごめんね、あまり力になれないかもしれない。昔から元老会と死の商人たちの黒い関係は噂されていたんだ」

申し訳なさそうに首を振るゼファール。

彼の士官時代から元老会の黒い噂は色々あったという。

「でも、捕まらなかったと？」

「必ず、追い詰める直前で彼らは涙ぐましいほどの『庇《かば》い合いの精神』を発揮してね。何故か急に証言者がいなくなったり、証拠品が消えたり、捜査官が暗殺されたり、投獄していた人間が消えたり、アジトから犯人が雲隠れするんだよ」

追い詰めても抜け出す往生際の悪さ。不自然に起こる不祥事。実に美しい友情だ。

恐らく、一人でも捕まればどす黒い連鎖が芋蔓《いもづる》も真っ青な勢いで出てくるのだろう。そして、それを隠すためなら正しさすら歪む。

往生際悪く逃げて、逃げて、生きながらえているのだ。

吐き気がするような涙ぐましさである。キシュタリアが知らずに眉間にしわを寄せる。

「まるで彼女のようですね」

「『レナリア・ダチェス』」

「……最近、怪しい社交場に彼女らしき人物が目撃されている。だが、彼女が好んで行くのは仮面舞踏会や仮装パーティの類が多くてね。何度か探りを入れてはいるが……どうも厄介な人物がついていて、なかなか近づけない。レナリア・ダ……いえ、もうダチェス男爵令嬢ではないのでレナリアだね。奴隷オークションでも目撃されているが、よほどいい金蔓がいるみたいで羽振りが良さそうだよ」

どうせろくでもない出所なのは察せられる。

大規模な奴隷密売をこの前摘発したばかりだというのに、さっそく新しい鼠《ねずみ》が巣穴を作り出しているようだ。

「捕まえないんですか？」

「根が深いからね。相変わらず『愛の妙薬』で色々引っかけているようだから……どうしても大捕物になるのは避けられない。大規模な摘発には、大規模な兵力が必要になるから。トカゲの尻尾きりをされて、またどこかに雲隠れされても困るからね」

組んだ指の上に顎を乗せて低く唸《うな》るゼファール。

隈《くま》が酷く落ちくぼんだ目元は炯々《けいけい》としている。生来の美貌と相まって凄絶な表情を露にしていた。

先ほどは昔話のように言っていたが死の商人たちのことは彼の中で終わっていないのだろう。未だに憎悪を燻《くすぶ》らせ滅却すべき巨悪ととらえている。

キシュタリアの知らない悍ましい事件も多く知っているのだろう。

そして、その罪悪を庇い、時に隠滅して温床の一つとなっている元老会を疎んでいる。

「……『血繋ぎの儀』で使われる媚薬は、レナリアが王子殿下らに使用していた愛の妙薬と原料はほぼ一緒なんだ。配合や処理の仕方が少し違うくらい。元老会に血繋ぎ用の媚薬が渡っている可能性は高い。アルベルティーナ殿下はラティッチェ邸に連れ出されて激動の最中にいた、もともと体が弱いと噂されているから周りもいつ『隠れても』おかしく思われないだろうね」

病気、死亡などで表舞台から消えても不自然でない土台がある。

それも傀儡にしやすい要素の一つだ。健常者を床に伏せさせるには事故を装うか、少しずつ毒を盛らなくてはならない。

「解毒剤はないのですか？」

「鎮静剤は少し効くけど……明確なものはないね。下手に投与するより軽症なら数度の性行為で落ち着くし、後遺症もない。使用法を間違えなければ破瓜《はか》の痛みや恐怖心も和らいで、幸福感や満足感が得られやすい。初夜の印象がいいとその後にも楽だからね。体の相性が良ければ営みも自然と増えるし、夫婦も自然と愛し合うようになりやすい。本来、そういう使い方だったんだと思うよ。奥ゆかしすぎる人とか、初夜で緊張しすぎるとできなくなる人いるから。娼館《しょうかん》とかでもそういうのはあるしね。あと、壮年だったけど一晩で複数の女性の閨《ねや》を訪れないといけない帝《みかど》とかも使っていたそうだよ。原料がローレライの鱗粉《りんぷん》と五年物以上のマンドレイク、宝石草の精油、カサン・ベラドンナの蜜とか……すべてはまだ解明できていないんだけどね」

「高級素材ばかりですね」

「うん、だから相当の資産がない限り購入できない。取り扱うにも技術がいるから、薬師や調合師もそれなりの伝手《つて》があるはずだ。繊細な薬は保存も冷暗所でないと劣化しやすいからね」

キシュタリアは注意深くゼファールを窺《うかが》う。

一見するとグレイルのドッペルのような容姿をしたお人好《よ》しだが、この人はグレイルの後釜を果たすほど有能だ。

本当は死の商人や元老会にその刃《やいば》は首に突き立てられる寸前まで来ているのではないのだろうか。もしくは、かつてはそこまでいったのかもしれない。

「ダレン宰相ならもう少し知ってるかもね」

「宰相が？」

「お戻りになっているそうだよ、ご子息が。正気ではないし一応、表面上は未だ行方不明という話にはなっている。だが、あの家が何人も医者や治癒者を呼び寄せて、家が傾かんばかりに多額の医療費を使い込んでいると聞く。あと、最近熊くらいなら入る丈夫で大きな『犬小屋』だという檻《おり》を購入したそうだよ。新しい番犬を入れると業者には言っていたそうだけれど……宰相の家に、動物や魔獣を取り扱う商人が出入りした気配もない」

そんな情報、キシュタリアは一切知らない。

キシュタリアもそれなりに社交界で顔が広く、いろいろ情報を持っている方だ。だが、ゼファールはその上を行く。

ずっと、執務に追われているイメージがあったが、ただ追われているだけではない人だったということか。

「……でも接触は難しいでしょう。グレアム・ダレンはレナリアを逃がした幇助犯《ほうじょ》です。本来なら謹慎の身でありながら、重罪人を逃がし、薬に溺れて身を滅ぼした。ですが、対外的には未だ消息不明です。それが知られていると感づかれたら、逆に僕やクロイツ伯爵を消そうとするかもしれません」

彼はまだ宰相だ。グレイルの影に隠れるような形で目立つ存在ではなかった。だが国家の中枢に近く、そして長年に亘り国王に仕え続けた家臣だ。下手に敵に回さないほうがいい。

「そうだね。もし薬絶ちをしているなら、もうグレアムは正気ではないだろう。薬を抜いてどうにかなる時期は疾うに過ぎている。今更絶ったとしても、中毒症状でずっと死ぬまで暴れ続けるだけ」

「まるで見たように言うんですね」

「末期中毒者は騎士時代に何度も見たよ。『愛の妙薬』は奴隷によく使われるから。主人に盲目的な愛を抱かせれば、奴隷の反抗や脱走の心配がなくなるしね。積極的に奉仕するし、従順で扱いやすい手駒となる。奴隷商人御用達《ごようたし》の薬の一つだよ」

疑似的な思慕を妄信的に抱かせることができる薬だ。

圧倒的に鋭敏な五感を持った獣人や亜人などを従わせる際にもよく使われる。

ゼファールの記憶の中で、その薬により心身を蝕《むしば》まれた奴隷たちが思い出される。たとえ、救出されても狂った世界に完全に迷い込んだ精神を救うのは容易ではない。奴隷は自分の愛する主人を害した相手だと、ゼファールを認識する。

その後に薬の禁断症状に襲われて命を絶つ者もいるし、薬が抜けるにつれて現実を知って絶望する者もいる。

あれは悪魔の薬だ。作った人間も、使う人間も、使われた人間も人の心を失わせる。

「君も見ただろう？　この前大きな奴隷密売を摘発したそうじゃないか。最近は甘めの水煙草《シーシャ》が流《は》行《や》っているようだけど……ゴユランでは相当出回っているそうだよ。帝国あたりでも流行り始めているようだけど」

「我が国では流行らなかったんですね」

「そういうの大嫌いな人がいたからね。砦やアジト単位で潰して、犯人や物資ごと焦土にするような元帥が」

キシュタリアの脳裏に、やりそうな義父の顔が過る。

「兄の宝物は紅茶やハーブを好んでいたし、香油やアロマ製品も輸入していたから。でも、とある大馬鹿がそれに麻薬を紛れ込ませたことがあった。それ以来、苛烈なほどの厳罰に法改正が行われたし、魔法薬に匹敵するほど厳密に取り扱われることになった。かなり煩雑な手続きと、厳しい審査があると知っていてわざわざ輸入したがる商人はそうそういない。国内での栽培許可の厳しさもサンディスは近隣でも有数だから」

それはキシュタリアも知っている。

薬草や香草など、薬や魔法薬の原料になるものの取り扱いは非常に厳しい。

各国もそういった傾向はあるが、サンディスは特に厳しい。守らなかった場合は厳罰が待っている。

グレイルのアルベルティーナ絡みの行動力はよく知るところなので、疑問すら覚えない。

「つまり、父が死んで法の目を掻《か》い潜ろうとする者たちも増えているのですね？」

「密輸が増えているのは事実だね。輸入緩和や法の緩和を求めている貴族も出始めている」

だが、それは未だ声が出ているだけで実際に変化するまでには至っていない。

しかしその声が増え続ければ、押さえるのは難しいだろう。

キシュタリアはあらゆるところにグレイルの辣腕が見えて感服する。知っていたけれど本当にすごい人だったのだ、あの人は。

(僕にもできるのかな……父様みたいに)

違う、そうならなくてはならない。

揺るぎなく迷いなく、グレイルはずっと歩き続けていた。

その背中をキシュタリアは見失わないように必死に追っていた。

そして今も追っている。

「キシュタリア君」

名を呼ばれて、嵌り込みかけていた思考から抜け出す。

見上げればゼファールが笑みを浮かべていた。

「僕はね、君に期待しているんだよ」

そう言って一通の封筒を差し出した。受け取れば視線のみで開くように促された。

恐ろしい予感を感じながらも、キシュタリアは中身を確認する。

ぱら、ぱらとキシュタリアの手が紙をめくる音だけが静かに響く。

「……ありがとうございます」

「使いどころは間違えないようにね」

頷いて書類を受け取るキシュタリア。

震えそうになる指や体を制し、封筒を持って一礼をして退室をする。ゼファールはずっと平素の柔和な笑みでそれを見送っていた。

キシュタリアが帰った後、隣で侍従に徹していたジョセフィーヌ（♂）が撫でつけていた髪を崩す。きっちりと纏《まと》っていた袖口をさっそく寛《くつろ》がせる。

話がこじれるからとゼファールがずっと制していたのだ。ジョゼフィーヌはいつもの騎士服ではないのは、別件で仕事をしていたからだ。報告がてらだべっていたらキシュタリアが訪ねてきたのだ。

「アーン、もぅ疲れたわぁ。貴族らしい服って本当に肩が凝るわぁ。カッチリしすぎよぉ、騎士も結構窮屈だけど……でも、あれって頑張って集めたのにあげちゃってよかったの？」

「いいんだよ。最近、探られていたからね。後ろ暗い連中が熱心に僕の家にまで来ていた。僕は今、この場所から動けない。目敏《めざと》い連中に監視もされているだろうからね。彼は注目を集めているけど、随分動きやすくあるようだから適任なんだよ。まだ若いし見縊《みくび》られている。傍から見れば分家と争って奔走しているように見えるはずだからね」

サンディスの中枢から噂を操作していた犯人。それが仏のような人柄と評判のゼファールだと、何人が気づいていることか。

その噂を知りつつも巧《うま》く立ち回ってくれたのはキシュタリアでもある。

「動きやすく、ね。まあ王太女殿下の溺愛目出度いラティッチェの義弟を潰そうなんて、まともな人間は考えないでしょうね。お上品な可愛いお顔して立派に魔王ジュニアだもの」

「そのよっぽど馬鹿は、僕の読みが間違っていなければそうっっっとうなやらかしをしているんだよね……」

「相当？」

「馬鹿の仕出かしがバレれば即断首しても、処刑した人が褒めたたえられるレベル」

「予想がついていたのなら、ゼフちゃんが手取り足取り教えてあげればよかったじゃない」

「僕の手柄にしちゃだめだよ。彼も結構真相に迫っているようだし、なおさらだよ。僕を担ぎたい人や、キシュタリア君に大きな顔されたくない人間が『とりあえず』でも結託されたら厄介なんだよ。それに、僕にはまだ役目がたんまりあるからね。ここにいるのも仕事の一つだよ」

そう言って、ゼファールは視線を横へと流す。

堆《うずたか》く積まれ、今か今かと出番を待つ未決済の仕事の山を。

まるで「早くやれ～」「決裁待ちだぞ～」と恨み節が聞こえそうな威圧感を放っている。

「あと僕には時間がないの！　家族に会いたい‼‼」

「もういっそリリーシャちゃんを呼ぶ？　あの子なら喜んでくるわよ？」

リリーシャはゼファールの義理の娘だが、父より兄と言っていいほど年齢が近い。ゼファールをとても慕っているので、口実があれば遠く離れた領地からでもすっ飛んでくるだろう。

ゼファール・フォン・クロイツ伯爵。御年二十六歳は生来のお人好しの性格と、その年齢もあって舐《な》められており、範疇《はんちゅう》外の仕事までドサクサに紛れて押しつけられている。

なまじ出来すぎるというのも、問題だった。

「んー、終わるのは四時間ってところかしら？」

「二時間半。今日こそルーカス殿下とアルマンダイン公爵令嬢のジェミニの離宮の四阿《あずまや》のあれこれを聞き出してやる……」

遠方の家族とは会えないゼファールの日々の癒《いや》しはルーカスのコイバナだ。

第一王子殿下の恋愛ネタを癒しにするとか、ゼファールも相当追い詰められている。

真っ赤になりながら、毎度毎度ちまちまと話をするルーカスには同情する。レナリアに荒らされる前の恋愛未満の微笑ましいエピソードをほじくり返して堪能するのが最近のゼファールの趣味だ。

先日、第二王子のレオルドとフリングス公爵令嬢のエピソードはあまり癒しではなかったのか、しょぼんとしていた。

なんでも、男性同士の恋愛で自分がモデルのネタにされている物語の挿絵を描かされているそうだ。両殿下は王族として芸術研鑽《けんさん》の一環として美術関係も嗜《たしな》んでいるから引っ張り出されたのだ。そんなことに活用されたレオルドが哀れである。

学園でのやらかしでしっかり首根っこを掴まれており、ＮＯとは言えず婚約者の隠れたとんでもねぇ趣味に付き合わされているそうだ。

ようこそ、薔薇《ばら》の世界へ強制入場。知らない人はそのままでいて欲しい。拒絶しても引きずり込まれたレオルドは可哀想としか言いようがない。

ときめきも甘さもロマンスも欠片《かけら》どころか粒子すらない。

謹慎中でピュアな恋が芽生えつつあるルーカスと、婚約者に完全に尻に敷かれたレオルド。

王位継承権はほぼ消えた複雑な立場だが、不思議と二人とも以前より生き生きしている。

「そんなにコイバナ聞きたいなら、キシュ君たちにも聞けばよかったじゃない」

「そうなると自動で姫殿下の話題になるし、兄様絡みだと背筋が凍る修羅場が平然とあるから嫌だ」

ゼファールが聞きたいのはときめきメモリーであって、サイコホラーじゃない。

一度も聞いたことはないが、グレイルが絡むなら確信に近い予感があるゼファールだった。

四章　叡智の塔

さて、わたくしは今どこにいるでしょうか？

正解は、叡智《えいち》の塔！　魔術師の塔とも呼ばれ、王宮魔術師たちが知識や研究の研鑽《けんさん》を積むために建てられた施設です。これも王宮の一角ですわ。

大きな石造りの塔が一本聳《そび》え立ち、その周囲に研究棟や魔導書関連の特別な書庫、研究に必要な植物などを育てる温室などの施設が立ち並んでおります。

どれも時代を感じさせる堅牢《けんろう》で重厚な印象を与える石造りです。綺麗《きれい》に加工した煉瓦《れんが》ではなくごつごつとした岩肌を思わせる壁と、飾り気のない意匠で実用面を重視しています。

ここはサンディスの機密情報と魔法の最先端です。

王城からは少し離れていますし、ちょっと古めかしく……正直おんぼろ感があります。ひび割れた粗削りな石壁の隙間に蔦《つた》が蔓延《はびこ》っていて、半分くらい緑に覆われています。日陰の部分はすっかり苔《こけ》むしております。

お庭らしきものの鬱蒼《うっそう》としていて、なんだか怖い雰囲気ですわ。

人を寄せ付けないと言いますか、打ち捨てられた廃墟《はいきょ》感が漂っています。

都合をつけてくださったクリフトフ伯父様とジュリアスにもついてきてもらいました。アンナも護衛騎士たちも後ろに控えてくれていますし、万端ですわ。

なんでフォルトゥナ公爵まで来ているかは謎ですが。暇人なのかしら。

「随分と年季が入っていますわね。王宮の一部ですのに、補修や改修の工事はなさらないのかしら？」

「住んでいる者たちが建物の外観に拘《こだわ》るような連中じゃないからな。そうじゃないのは貴族の腰ぎんちゃくはおべっかと社交に忙しくて、ほとんどこちらの棟にはこないからな。実践的な魔法狂いたちは研究に夢中で、引きずり出さん限り、よほどの用事がない限り出てこないぞ」

「姫殿下の主治医でもあるヴァニア卿《きょう》も、半分は結界魔法の貴重な保持者を観察するために往診しているようなものですからね」

ヴァニア卿は若い男性ですけど、怖くないのは女性として見られている感じが薄いからでしょう。すごく納得……ヴァンのように露骨に色欲めいた劣情交じりの視線は怖いです。

「あの、でも先触れなしで来てしまってよろしかったでしょうか？」

「先触れなんて出したら、珍獣『結界魔法持ち（上級使用可能）の王家の瞳の保持者』としてあっという間に集《たか》られますよ。マニアどもの執着を甘く見ないほうがいいかと」

すぐ隣にいるジュリアスがにこやかに釘《くぎ》を刺してきました。

その手には日光より視線を遮ることに特化してそうな大きく真ん丸なパラソル。簾《すだれ》のようなものがついており中にいると腰のあたりまで見えない。

アンナが持つには重すぎるのですが、護衛であっても近づかれすぎても怖い。結果、ジュリアスが持つ形になった。

わたくしの歩調に合わせて隣にいるジュリアスは慣れたものだ。わたくしのペースをよくわかっている。

見慣れない場所にきょろきょろしながら時折足を止めてしまうのですが、長年従僕をやっていただけあって難なく合わせてくれる。

「重いでしょう？　ごめんなさいね、公子に使用人のような真似《まね》をさせて」

「いえ、お気になさらず。それより今日は少し日差しが強いですから、あまり傘の外には出ないようにお気をつけください」

空いているジュリアスの腕が腰を引き寄せてくる。力強いけど、強引さは感じない絶妙な力加減だ。ジュリアスは細く見えて割としっかりしている。全力で押してもびくともしないのは経験済み。

しかし、こんな貴公子ムーブをどこでおぼえてきたのかしら？　ジュリアスは子爵でもあるけれど、ラティッチェ邸でこんなエスコートをされたことないわ。

「メギル風邪は王宮魔術師にとっても不倶戴天《ふぐたいてん》だからな……いいか、今回は資料だけ置いて帰るぞ。恐らく読み漁《あさ》って明後日の夕方あたりが一番弱っているはずだ。飲まず食わずで睡眠もぎりぎりまで削っているはずだから、かなり判断力も落ちている。その時を狙うぞ」

「姫殿下はお留守番ですからね。恐らく完徹二日目で理性も千々になっているでしょうから」

ぎゅっとさらに抱き寄せてくるジュリアスにこくりと頷《うなず》く。満足そうに「よろしい」と言わんばかりに微笑を深めるジュリアス。なんだかご機嫌ね。

後ろでアンナがずっと殺意の波動に目覚めている気がするのです。冷え冷えな空気を感じます。

叡智の塔には当然ながら護衛に門番がいますが、フォルトゥナ公爵とクリフトフ伯父様は顔パス。

フォルトゥナ公爵家の当主と次期当主の来訪に、かなり驚いていた様子です。

私はジュリアスと少し後ろにいましたが、門番たちが気づいた途端にびしっと固まって震えながらしどろもどろになっていました。

ちょっと可哀想な気がしました。

「ご苦労様。先触れもなく来たのはわたくしたちなのだから、どうぞお構いなく」

簾越しに話しかけるとなぜか崩れ落ちました。

熱中症？　わたくしが困ってしまうと、ジュリアスが見かねたのか耳打ちをしてきた。

「叡智の塔はあまり扱いが良くないのです。元老会をはじめとした貴族主義が軽んじますからね。王族に労《ねぎら》われることなんて、滅多にないのですよ。ましてや門番ですから」

喜びに崩れ落ちたってこと？　いや、ちょっとそれは自意識過剰ではないかと思うのですが。

とりあえず元気ならいいのです。そういうことにしましょう。

古びた扉を開けると、魔石の照明がぽつぽつとあるだけで真っ暗です。独特の籠《こも》った臭いもします。

「現在、塔の中は研究対象の関係で一時的に明かりを下げているんです。普段はここまで暗くないのですが……」

「明かりをつけさせろ。そうでなければランタンを持ってこい」

王宮魔術師たちの魔窟はクリフトフ伯父様の一声で、薄暗いダンジョンのような姿から一転して明るくなりました。

窓は開け放たれただけで、随分と雰囲気が変わりますのね。開放的になり、重苦しいような隠蔽性がなくなりました。

先ほどの閉鎖的で薄暗い雰囲気が消えうせ、無意識に緊張していた肩の力が抜ける。ああ、そうでしたわ。わたくし閉所と暗所が苦手でしたわ……うう、でもちょっとカビ？　埃《ほこり》臭いですわ。

恐怖心が薄れると別のところが気になってくる。小姑《こじゅうと》みたいかしら……。

気もそぞろだったせいか、ちょっとした床の段差に足を取られそうになる。

「足元にお気をつけくださいね」

「ええ、ありがとう」

転んでもジュリアスがあっさり支えそうな気がします。

その時、ぴゅっと小さな黒い鼠《ねずみ》が走っていって足を思わず滑らせる。

「きゃ!?」

「全く掃除がなっていませんね……失礼。姫殿下、念のために口元にハンカチを」

難なく支えたジュリアスが、鼠の消えた方を冷たく睥睨《へいげい》し吐き捨てる。そして、わたくしには柔らかな声で心配そうに覗《のぞ》き込んでくる。支えられたまま、そっと立ちやすいように体勢を戻されて、ハンカチを受け取った。

「え、ええ……ごめんなさい、気を付けてはいたのですが」

「いえ、あのようなものが出ては殿下が驚くのも当然かと。気分が悪くなったらおっしゃってください。しっかり私に掴《つか》まって」

なんかジュリアスが甘いでござる。

ですが寄生虫根性が染みついたポンコツは言われた通りに腕を取らせてもらう。

ジュリアスはにこにこしている。機嫌が良さそう。解せぬ。

ちょっとずつ違和感を覚えていましたが、ようやく気づきました。今のジュリアスは使用人ではなく貴族であり公爵令息としている。

堂々とわたくしをエスコートしても大丈夫ですし、わたくしもジュリアスも世間一般的には婚約者も伴侶もいないのでそっちの方面は気にせずにいいし。

今まではその役目をキシュタリアがやってくれていたのよね……。

「おい、ジュリアス。近くない――」

クリフトフ伯父様が苦々し気に何か言いかけた時、廊下の奥から蝙蝠《こうもり》が飛んできました。

何故《なぜ》か一直線にわたくしに来て、思わず立ちすくんでいたところをジュリアスが片手で払い除ける。叩《たた》かれた蝙蝠はびっくりしてべちべちと壁に当たりながら窓の外に出て行った。

ジュリアスは手袋を変えてから、わたくしのさして乱れていない髪を直します。

「ジュリアス、手は痛くない？」

「問題ありません。少し当たっただけですし、小型の蝙蝠でしたから。お怪我《けが》はありませんね？」

「ええ、ありがとう」

「どういたしまして。ところで、義兄上《あにうえ》。何か言いかけていたようですが？」

何だかクリフ伯父様のお顔が非常に複雑そうに歪《ゆが》んでいる。

ですが、ややあって感情を飲み下した伯父様は恨みがましい目でジュリアスをちょっとねめつけたもののそれ以上はしなかった。

「……姫殿下を頼んだぞ。次は何が来るか分からん」

「ええ、もちろん」

本当に不安だわ。

なんで王宮の一角なはずなのに蝙蝠だの鼠だのが出るの。打ち捨てられた古城や洞窟やダンジョンではないのだから……。

どんな場所に案内されるか不安でいっぱいでしたが、意外なことに応接室はまともでした。

ちょっと古めかしい感じではありますが、立派な部屋です。ここには鼠も蝙蝠もいませんし、割と掃除が行き届いています。

そう待たずしてよれよれの白衣を着たヴァニア卿がやってきました。あのぅ、御髪《おぐし》も随分乱れていますしほっぺたに何やらインクの跡が……。

もしや書類の上で寝ていたのかしら？　ちゃんと寝る時間もないくらい忙しかったのかしら？

部屋にはフォルトゥナ公爵やクリフ伯父様、ジュリアスもいたはずなのにヴァニア卿は真っ先にわたくしを見てへらっと笑った。

「あっれぇ～？　お姫様、どうなさったんですかこんなところで？」

あ、クリフ伯父様のこめかみに青筋が……お怒りの気配察知。

基本、声をかけるのは身分が高い方からです。まあヴァニア卿ですので、多少は看過するべきでしょう。

侮っているわけでも悪意があるわけでもないのです。寝ぼけてはいそうですが。

「少々お話がありまして参りましたの。折り入って依頼がありますの」

「んー、姫様が？」

「ええ。受けてくださるなら貴族院が出し渋っている予算、こちらでご用意します」

無駄な駆け引きはせずヴァニア卿に伝えます。

予算という言葉にヴァニア卿は居住まいを正した。やはりというか足りていないのだろう。覿面《てきめん》に効果がある。

どの世界のどの分野も、研究費用というのはいくらあってもキリがないものだ。

需要と供給が噛《か》み合わなければ削られやすい。サンディス王国は貴族が幅を利かせていますので、純魔法使いである専門家はやや軽んじられる傾向もあります。

まったく……職人や技術者は人という宝ですのに。他国に流出して一番困るのは王侯貴族であるわたくしたちでしてよ？

「別にいいけど、不老不死とか無茶言わないでよ？　本気で考えるなら人間捨てることになるからぁ」

「そんなけったいなお願いではありませんわ。メギル風邪への医学的、そして魔法学的なアプローチをお願いしたいの。まだわたくしの仮説なのですが、その検証をしていただきたいの。もし有効性が確認されれば、メギル風邪の特効薬を作ることが可能です。少なくとも死病ではなくなるはずです」

一応、個人ではストックは持っている。体内の魔素や魔力を抑えるものだ。

根治治療薬ではないが症状を大幅に和らげることができる。メギル風邪から引き起こす高熱は、後遺症を生むことも珍しくない。

だが、これはわたくしが前世の記憶に基づいて用意したもの。この世界では認知がされていないし、そもそもメギル風邪の原因すら判明していない状態。

王侯貴族たちに甚大な被害が起き、発症すると悪化することしか分かっていない。恐怖ばかりが蔓《まん》延《えん》しているといっていい。

わたくしの言葉に、ヴァニア卿は「ふーん？」とやる気のない答えを返してくる。

あのぅ、この方もかなりの魔力持ちだから他人事《ひとごと》ではなくてよ？

やる気なさそうにわたくしの文書を眺めていたヴァニア卿。手を伸ばす気にもならないのか、書類は机上から離れていません。

「まー、お金出してくれるならやるけどねぇ？　あんまり期待しないでよぉ？　この手の議論は何度もやっているからさぁ」

「わたくしとて根拠なく言っているわけではございません。以前、ヴァニア卿がお話ししてくださいましたこと、覚えてますか？　王城の下には遺跡があるとおっしゃっていたでしょう？」

欠伸《あくび》を噛み殺していたヴァニア卿の気配が変わる。

やや潜めた、でもよく通る声で「……あるの？」と静かに聞き返す。

「どうやら、王家の血筋のみ入れるようですの。この文献が本物か否かも含めて是非調査をお願いしたく――」

「やるーっ！　今まで王子や王女に話しても眉唾状態で全然調べようともしてなかったんだよねぇ！　だして！　ぜぇんぶ出して！」

机を乗り越えてわたくしに肉薄するヴァニア卿を、横からスパァンと小気味いいほどの音を立てて吹き飛ばした。きょとんとして、伸びた腕を視線で追う。やったのはフォルトゥナ公爵のようですわ。

ジュリアスは無言でわたくしを抱き寄せていますが、一番分厚い本をしっかり握りしめていますし、クリフトフ伯父様も腰が浮きかけている。

「近い。騒がんでも聞こえておるわ」

「いたたたた……酷《ひど》い、すごぉくいたーい」

「ふん、抜かせ。吹き飛ばされる直前、防護壁を張っておっただろうが」

「あれー？　ばれた？　……こんな面白い話、受けないワケないじゃん。国どころか、大陸初じゃない。王太女殿下、謹んでお受けいたします」

前半は軽いノリで言いますが、後半は『王宮魔術師』らしく流れるように優美かつ恭しく一礼をするヴァニア卿。

薄汚れたローブも一瞬だけ式典礼装に見えるくらい優雅な所作でした。最後に転ばなければ。

「ありがとう。でもそう難しくないところにあったのだけれど……」

「いっとくけど、歴代の筆頭王宮魔術師でもいけないよー。古代魔法の術式が網羅された伏魔殿だし～。魔力や血族認証パターンかもしれないけど、入って戻ってこなかった王族も少なくない。多分、姫様は魔力が強くてサンディス王家としての血も濃いからサクサク出入りできんじゃないかな？」

「ぴゃっ⁉」

じりじりじりと床を這《は》いながら近づいてきたヴァニア卿。

超怖い！　ゴキブリというより高速ナメクジみたいな妙な生々しさを感じる動きですわ！　この人霊長類ですわよね⁉

思わず肩をはねさせ、脚を浮かせてしまいました。

びくびくするわたくしを抱き上げて膝に乗せたのはジュリアスでした。

「だから言ったでしょう。古代遺跡？　それは初耳ですが……まだ何か隠し事があるんですか？」

「まだ真偽は解《わか》りませんわ！　ちょっと仕掛け扉を見つけて入っただけですもの！」

「ほぅ？　そんな安全の分からない場所へのこのこと入ったと？　賊潰しの罠《わな》があったらどうするんですか？」

違った。抱き上げたのではなく逃げられないように捕獲されましたわ。

わたくしが「いや～」と首を振りながら自供を拒否すると、ほっぺたを両手で挟まれうにうにとされました。

あああ！　これ久々ですわ！　温室で転寝《うたたね》してあわや失踪と大騒ぎになった時と同じ怒り方！　これはちょっと危ないですわ！　ジュリアス、結構怒っている……。

わたくしはもにょもにょと小さく呟《つぶや》く。

「レイヴンもいたもの……」

「あのクソチビ……」

「ジュリアスよりもう大きいのではなくて？」

今のレイヴンは、座ってもらわないと頭をなでなでできないサイズですわ。

あの丸い頭が堪能できない距離になってしまいました。

レイヴンはいい子なので「撫《な》でさせて」といえば頭をすぐに下げてくれるでしょうけれど、無意味に撫でては悪いですわよね。

「もう、ジュリアス。なんでそんなにレイヴンに厳しいの？　可愛《かわい》い後輩でしょ？　とってもいい子なのに」

「アルベル様がご理解ないようなので言わせていただきます。レイヴンの態度や言動ではなく、アルベル様の寵愛《ちょうあい》目出度く可愛がられているという事実が非常に不愉快です」

そんな大人げないことをはっきり言わない！　キリッとした顔で言われても騙《だま》されませんわよ！

「えー、公子ってば嫉妬？　平民から子爵と思ったら、次は四大公爵家へ婿入り。王太女殿下の婚約者レースに一躍躍り出た今をときめく貴公子がそんなに嫉妬剥《む》き出しとか、その『レイヴン』って子はダークホース？」

「護衛の子よ。とっても素直で可愛くて、黒猫さんって感じの男の子」

可愛いレイヴンは大きくなっても可愛いままだ。

ヴァニア卿にレイヴンの可愛さを伝えようとするがジュリアスがかなり胡乱《うろん》な目で見ている。

「あれが可愛いとか目が腐ってるんじゃないですか？」

「失礼ですわね！　もう、意地悪！」

なんで水を差しますの⁉　せっかくレイヴンの可愛らしさをプレゼンしようとしましたのに！

わたくしが怒ると、何故かジュリアスはものすごく楽しそうな笑顔です。ううっ、サディストめ……この男、本当にわたくしを好きなのかしら？

思わずじっとりと疑いの眼差《まなざ》しをエリート従僕から公爵子息へジョブチェンジをしたジュリアスへ注ぎます。

でも、こんなに気安くしてくださったのは久々のような気がしますわ。幼い頃はズケズケしていましたもの。

この図々《ずうずう》しさが懐かしくて安心する。あの甘ったるいほどの態度は幻想でしたわ。

王城に誘拐されるように連れてこられ、軟禁状態になっていたわたくしに対して周りからの腫れ物扱いが残っているのもまた事実です。丁重に接してはいますが、遠巻きにされてもいるのです。

「うわぁ、イチャイチャしてるー。マクシミリアンのご子息が見たら喧嘩《けんか》吹っかけにくるよ？」

「返り討ちにして差し上げます。あちらの強みは『侯爵家』であることのみですから、それ以上に何ができるか楽しみですね」

「ハイハイ、御馳走《ごちそう》様。じゃあ殿下の資料とやらに目を通しまーす。読み込むので帰って帰ってぇ～」

どこがイチャついておりますの！　わたくしが意地悪されただけですわ！

わたくしが苛立《いらだ》ちのままにジュリアスをぺちぺち叩きますが、全然効果がない。でも、これ以上叩くと本当に痛そうだし…………。

最初とは打って変わって乗り気になったヴァニア卿。

うーん、当初の目的は意外とあっさり果たせました。

フォルトゥナ公爵とクリフトフ伯父様が帰り際に「次に来るときまでに尖塔《せんとう》から床下まで掃除しろ！」と締め落とす勢いで塔の王宮魔術師たちに言いつけています。

いえ、あの方は少しローブが違うから見習いやお弟子さんとかかしら。

そこまで掃除しなくてもいいですわ……そこまでしなくとももと当惑します。

そんな時、ジュリアスがわたくしの耳に唇を寄せます。

「我が姫君――城下の遺跡とはなんでしょうか？　私にも解るように説明いただけますか」

その目が「俺に内緒にしようなんてポンコツごときが二百年は早い」と雄弁に語っています。

やっぱり覚えていましたわ。

これは結構ぷんぷんモードですわ。

仕方ないので、ヴァユの離宮で一度お話をすることにしましょう。

「あとでお話ししますわ」

「あとで？」

「……あまり多くの耳に触れさせたくないの。お話をしたことも、できれば秘密にしたいわ。時間があるなら、今日はわたくしの離宮に泊まってくださる？　夕餉《ゆうげ》が終わったらお部屋からここまで行ける通路をレイヴンに案内させますわ。無理なら、別の日にでも外に繋《つな》がる隠し通路から……」

「いえ、本日お邪魔します」

やや食い気味に即答したジュリアス。

何が何でも今日知りたいのかしら……うう……ジュリアスに叱られてしまうのかしら。

「伯父様とフォルトゥナ公爵はどうしましょう」

「祖父母一家が泊まると言ったほうが外聞はいいでしょう。友好関係も印象付けられます。そうなると、パトリシア様もお誘いできればよかったのですが」

実は叡智の塔へのお出かけは伯母様もご同行予定でしたが、何やらお忙しいとのことで辞退されました。でも、夕方なら空いていらっしゃるかもしれません。

フォルトゥナの女主人として取り仕切ると同時に、わたくしの面倒も見ているので多忙なのは存じております。

伯母様が取り仕切ってくださるからか、王妃様方からの連絡は長らくありませんし。

「王都のタウンハウスにいらっしゃるはずだから、ジュリアスと伯父様たちが外泊する連絡と一緒にお誘いのお手紙を出しますわ。ちょうど伯母様に似合いそうな、可愛らしいレース調の素敵な封筒があるの」

あちらにもご予定というものがあるでしょうから、お時間があればとお誘いすればいいかしら？

家族やドミトリアス伯爵家以外とはお手紙のやり取りをしたことがないから緊張してしまいそう。

「貴女《あなた》からの手紙なら、義姉君《あねぎみ》もお喜びになりますよ」

そう言ってジュリアスは侍従に持たせていたパラソルを受け取ると静かに開く。

あ、また入れてくださるのね。軽く腕を示されたので、横にくっついて遮光圏内にすっぽりと入る。

人の視線もだいぶ遮断されて、ほっと息をついた。

近づくと分かるジュリアスの香水は、やっぱりお父様と似ている。

伏せた瞼《まぶた》の向こう側で、じわりと眼窩《がんか》に熱を感じた。

「ジュリアスの香水、好きだわ。お父様と似ているの」

「似ているじゃなくて、同じですよ。私の使用している香水はグレイル様と同じものです」

「……え？　でも少し、ほんの少し違うわ」

「香水はそれをつけた人間の体臭と混じり合い、初めてその匂いになります。似ているのも当然ですしグレイル様も私も薄めにつけているタイプですから、他の人は気づかなかったでしょうね」

「でも、何故お父様とジュリアスが同じ香水を？」

「どこぞのお嬢様が極度のファザコンで、幼い頃は視界に入らないだけで泣いていましたからね」

「そ、それは……その、その節は御迷惑をおかけしましたわ」

「貴女が少しでも早く泣き止《や》むためなら、閣下は自分のコートやマントに涙や鼻水がつこうが気にしませんでした。泣いている貴女をグレイル様の匂いが残っているもので包むと、覿面に効果がありましたから。この香水はアルベル様の発作の時に、公爵の名残の強いものをすぐに用意はできない時の苦肉の策です」

お父様は仕事で遠征や登城で何日も家を空けることが頻繁にあった。

わたくしへの溺愛が深くになるにつれ、家を空ける頻度は劇的に減ったそうですがそれでもなくならないくらいには激務でした。

お父様は国にはなくてはならない方だったのです。

そして、まさかのわたくしのトラウマべそ掻《か》き状態の裏でそんなことがあったとは。

「……ジュリアス、ありがとう」

ジュリアスに当たりの冷たかったお父様。

きっと、わたくしのためという大義名分があっても香水を分けてもらうには一介の使用人であるジュリアスにはかなりの重圧だったでしょう。

「そんな頃から気を使って守ってくれていたのね」

「いえ、私は貴女のものですから。ですが、この香水もいつかはなくなります」

「あ……そう、ですわよね。お父様はいないし、身の回りの物はセバスがすべて手配していたはずでしょうし」

お父様の名残がまた一つ減る。

その事実に気づかされ、胸の奥がツキンと鋭く痛む。

お父様を喪《うしな》って、目が溶けてしまうのではないかというほど泣いたというのにまだ哀《かな》しみは消え果てない。

「香水はなくなりますが、私はいます――貴女が望む限り私は傍《そば》にいられる」

「いてくれるの？」

「ええ、もちろん」

「ずっと、傍に」

その言葉は、やけに耳に残った。


フォルトゥナ公爵家が全員お泊まりということで、俄《にわ》かに騒がしくなるヴァユ宮殿。

フォルトゥナ親子は警護としてうろちょろしていたり、顔を見に来ただけというよくわからない理由でやってきたりしていたことは何度もあったけれど正式なご招待は初めてかもしれませんわね。

あちらから粘りに粘ってわたくしのところにやってくるパターンが多かった。

養子のお話はお茶会確約のカードを切る前に、あっさりと纏まってしまったしとんとん拍子だわ。

このカードは使う機会が今後あるかはわかりませんが、そのあたりはジュリアスに任せましょう。

なんだかんだで顔を合わせる機会が多いのよね。

養子の話はまとまったし、わたくしの公共事業や新薬の根回しが終われば会う機会も減るでしょうけれど。

ヴァユの離宮で侍女頭であるベラに打診すると、珍しいくらいに顔を綻ばせて歓迎を示していた。

「そういえば、わたくしからのお誘いは初めてかしら？」

ヴァンやオーエンはノーカンですわ。

先触れもなく、わたくしの許可も得ず我が物顔で振る舞ったマクシミリアン侯爵家の者。分家という接点だけで、なんで最初からあそこまで我が物顔だったのかしら。

もっと上手《うま》くやりようがあるのに、完全に浮かれていたのでしょう。あのように無礼では、何も知らない者たちにも不信感が浮き彫りになる。

「ええ、姫様。フォルトゥナ公爵も、フォルトゥナ伯爵夫妻も大層お喜びですよ」

「あまり誰かを歓迎したことがないので、至らないところがないといいのですが」

「それは問題ないかと。美食のスペシャリストと呼ばれるラティッチェの料理人が来ていますし、ヴァユ宮殿は改装したばかりです。お通しする場所は姫様の離宮に相応《ふさわ》しい格式で揃《そろ》えております」

明るい話題に嬉し気な使用人たちを代表するように、ベラが穏やかに言う。

そういえば、要注意人物の王妃たちの大乱闘お茶会以降、改まった来客はなかったですわね。フォルトゥナ公爵家の方も、ぽつぽつとは来ていましたけれど勢揃いなんてことはなかったです。

本当の意味で『お客様』を盛大にもてなせる初めてのことですわね。

今までの『お客様』はどちらかといえば襲来といった感じですもの。

アンナは「ジュリアスのところへ行っています」と妙に剣呑な様子でした。

「皆さん、お嫌いなものや食べられないものはないかしら？」

「あの三人なら雑草サラダと泥団子のおままごと料理でも気合で食べます」

それはお腹《なか》を壊しますわ。いくらあの熊公爵とシスコン姪コンを拗《こじ》らせていそうなクリフトフ伯父様相手でもそんなイビリをしませんわ。

そういえば、いつぞやの昼ドラで革製のお財布のコロッケやキーケースのソテーを出す鬼嫁がいましたわね。

わたくしはそんな嫌がらせしなくてよ？

「たとえですたとえ。というより、ガンダルフ様とクリフトフ様はクリスティーナ様が幼い頃にすでにやって見せましたからね」

それは止めたほうがよろしくなくて？

薄々感じておりましたが、クリフトフ伯父様だけでなくフォルトゥナ公爵もクリスお母様への愛が重たいタイプですの？

でも、お父様もわたくしのお粗末な料理をいつも美味《おい》しいといって食べてくださった。

この国の殿方の特性かしら？

晩餐《ばんさん》は恙《つつが》なく終了した。

やってきたパトリシア伯母様はデザートを特にお気に召したみたいで、いくつか茶会で提供したいと興奮気味におっしゃっていた。

こちらでは氷菓が珍しいみたい。主にお砂糖と生クリームをいっぱいぐるぐるした簡易なものですが、十分満足していただけたようで良かったわ。

チョコレートとフルーツを使ったシャーベットフレーバーも考え中なのですが、おそらくジュリアスにはバレているでしょう。

目が合った時に「新商品にしますからね？」と笑顔で圧を感じました。

たくさん事業を抱えすぎじゃないかしら。このままだとジュリアスが社畜になってしまいますわ。

ちゃんと休んでいるかしら？

昔からあまり休暇を取らない人だったけど、お休みは足りているのかしら。

「聞いていますの、ジュリアス？」

「もちろんですよ、我が君」

隠し通路を使ってやってきたと思ったら、いきなりわたくしを抱き上げてカウチに座りました。何故かわたくしはジュリアスの膝にいる。

ぽすんと頭が肩口に乗ります。少し乱れた髪がさらりと頬に滑る。

わたくしとは違い、癖のないサラサラとした黒髪。

「ジュリアス？　どうかなさって？」

「私に触れられるのはお嫌で？」

「そうじゃないわ。今日は少し変ではなくて？　何かあったの？　誰かに嫌がらせでもされたの？」

「アンナにトイレ用モップを顔面に振り下ろされた以外は特に印象的なものはありません」

一歩間違えば殺人に発展しますわ、それ。

ぎょっとしたわたくしがジュリアスを見れば、悪戯《いたずら》っぽい瞳とぱっちりと合った。

やっぱりおかしい気がするわ。そっと白い顔に手を伸ばして触れた。

わたくしの手を大人しく受け入れるジュリアス。色々ありすぎて疲れてしまったのかしら。

「ねえ、何があったの？」

「何があったというより、単に撒き餌《まえ》です」

「撒き餌？」

「正直に言いましょう。はっきり言って、私は王配候補レースで出遅れています。現在トップを走っているのはほとんど元老会肝いりの令息たちです。一部例外はミカエリス様ですが、目をつけられて王城から遠ざけられています。また、弟君とはいえ義理であるキシュタリア様も弾《はじ》かれています」

「目を付けられている？」

「ええ。想定内ですがネチネチとあれこれ理由をつけて、本来伯爵家当主が出向くべきでないところまで次から次へと戦場を移動させています。ミカエリス様が優秀な指揮官であり、抜きん出た能力を持っているのもあります。しかし戦場指揮が得意な人材が少ないことを差し引いても、目に余る。下品なほど露骨です。グレイル様の後任で元帥をなさっているガンダルフ様も中央へ呼び戻そうとしていますが、あの手この手で遠ざけられている。王配を狙う連中は、よほどあの噂《うわさ》が怖いと見える」

元帥だったお父様に代わりフォルトゥナ公爵は王都で全体指揮を担っているそうですわ。その代わり、前線へとミカエリスが赴くことに。

お父様という総指揮官がいない穴にフォルトゥナ公爵が、フォルトゥナ公爵が前線にいない穴をミカエリスが埋めている。

それでも騎士団長のままなので、そのサポートや領地の代理人をクリフトフ伯父様が行っている。

戦場は小競り合いの域のようですが……何かのきっかけで国同士の戦争になってもおかしくない。

「噂とはなんですの？」

「ええ、世情も大事ですから。今まで高潔で清廉潔白で女の影がなかった美貌の伯爵の想《おも》い人は誰か……剣技大会といい、姫様への態度といい気づかないほうがおかしい。ほんの少し脚色を加えさせてはいただきましたが」

こつん、とジュリアスはわたくしの額へ自分の額を押し当てる。

すぐ間近にジュリアスの美貌が迫っている。吐息がかかるほど近い。

「私たちはミカエリス様を第一王配へと考えております」

ずしりと胸の歯車が噛み合わず詰まったような、どこかに重い鉛玉でも捻《ね》じ込まれたような気分になった。

それが三人の考えた結論であるならば、わたくしはわたくしのすべてをもって受け入れましょう。

「そう、貴方《あなた》がた三人が収まるなら誰でもいいわ。順番も問いません。でもそれ以外は、迎えたくない。出来る限りは間引いて欲しいの」

「仰せのままに」

言われなくとも、と澄まし顔の向こうで言っている気がした。

伏せられた睫毛《まつげ》は長くて、黒くてしっかりしている。瞼が震えると、その奥で獰猛《どうもう》に紫水晶が瞬《まばた》いた気がしたがほんの一瞬だ。

次の瞬間には、ちょっと意地悪な見慣れた笑みが浮かんでいる。

「ところで、本日のデザートに出た冷菓ですが……あれは何です？　随分斬新なものですね。あんなに冷たいお菓子は初めて口にしました」

今までゼリーやヨーグルト、ケーキ類で冷たいものはあったけれど氷菓というほど冷えたものはなかった。

冷菓というと上記以外に果物を良く冷やしたものが用いられるのが一般的。でも、凍らせたものはほとんど出ていない。

氷は精々飲み物に入る程度で、凍らせた食べ物自体がないのです。

普通の果物を凍らせただけでは甘みを感じにくく、あまり適さないものが多いのです。砂糖と一緒に凍らせても舌触りが悪い。

恐らく、そこで挫折《ざせつ》して氷菓は発展しなかったのでしょう。

シロップ漬けにして凍らせるなど、一歩踏み込んだものまでいかなかったようです。

「乳脂肪をお砂糖と混ぜて固めて作った氷菓ですわ」

「売れますよ、あれは。夏場は特に好まれそうです。冷凍庫を使えば店で出すことも容易でしょう。あの味は汎用性が高いですし、工夫次第では色々できるでしょう」

「果物、チョコレートや紅茶、コーヒーでも味を変えられますわ」

すでに着手はしているが、お客様に提供できるレベルになったのはまだ少ない。

ほんのり濁すが、逃がさないとばかりに「レシピ、いただけますよね？」と畳みかけてくる。

こうなったジュリアスが、ＹＥＳをもぎ取るまでしつこいのは経験上よく知っている。

「今はパティシエやショコラティエがフレーバーレシピ考案に熱中していますのでお待ちくださいな。

なんだか骨が折れるくらい争っているみたいで」

「ラティッチェの使用人は傭兵《ようへい》や騎士上がりの血の気が多いのも結構いますからね」

ごろりとカウチに横になったジュリアスは、わたくしを抱きしめたまま引き倒します。

あのー、マットのように下になっておりますがジュリアスは苦しくないのかしら。

「ジュリアス、重いでしょう？　やっぱり疲れているんじゃない？」

「疲れていますよ。威圧感たっぷりの義父と嫉妬が醜いシスコン拗らせた姪好きの義兄と毎日顔を突き合わせなきゃなりませんし、新興貴族の癖に取り入りやがってと名ばかりの令息やご当主に嫌味をあげつらわれ、脂粉と香水に塗《まみ》れた女に纏わりつかれ、アルベル様からいただいた事業の話を嗅ぎつけた馬鹿が金を掠《かす》め取ろうと寄ってきますから」

「やっぱり疲れているのよ」

「ええ、だから今日はたっぷり充電させていただこうかと。ヴァンに乱暴に接されて、異性を怖がっているのではと危惧していましたが相変わらず危機管理がザルですね」

「……もう、なんなのよ。心配しているのよ」

「知っていますよ。だからこうやって癒《いや》しを求めています」

そう言ってわたくしを抱きしめますが、わたくしはペットでもぬいぐるみでもない。

背中を撫でる手が優しくて身を任せたくなってしまうが、これでは赤ん坊のようですわ。最近どうも疲れやすいようでダメね。

「癒しが欲しいならチャッピーとお散歩するといいわ」

「亀のいる池にでも沈めていいなら行きますが」

泣き叫ぶチャッピーが目に浮かびますわ。

もう、なんでジュリアスはチャッピーに意地悪をするのでしょうか。ちょっと頬を膨らませると、ジュリアスが笑って頬をフニフニと触ります。

ダメだわ。ジュリアスには甘えてしまいそう。居心地が良くて、すごく安心する。

「ああ、そうだ例の契約について少々お願いが」

「……何かありまして？」

そういえば三人で懸念事項を話し合って、契約に追記したいと言っていましたわね。

「念のため私たちに第二夫人等を受け入れの許可の項目を。婚姻・離婚については我々のほうで判断させていただいていいでしょうか？」

「構わなくてよ。私の血筋とは別に、ドミトリアス家やフラン家としての継嗣は必要ですもの。継嗣問題はなるべく起こしたくありません……こればかりは、どう転ぶか分からないでしょう。ラティッチェも、わたくし以外に必要になる時が来るかもしれませんわ」

王家とラティッチェは『アルベルティーナ』の血筋であれば、外野は口を挟めないだろう。

逆に、そのほか二つの家は問題なのだ。フォルトゥナ公爵家はすでにクリフトフ伯父様とそのお子様がいるので問題はない。

王族の継嗣問題のとばっちりでこんなことになった身としては、もう懲り懲りですわ。

それに、わたくしは情や権力をちらつかせて三人を巻き込みましたが、今後彼らに別の想い人ができる可能性は十二分にある。

わたくしだけを愛せだなんて言えないわ。そんな隷属めいた忠義を求められる立場ではない。

（正直苦肉の策で婚姻を結ぶこととなっても二十年は床入りさせるつもりはありませんし、ミカエリス様に至ってはそんなことをするくらいなら将来的にジブリール様の御子や分家からの養子を探しそうですけどね）

なんてことをジュリアスが笑顔の裏で考えていることなど、わたくしは知りません。

自分で言ったものの、ちょっと複雑なものを覚えます。合理的な案であると頭では分かっています。

高位貴族となると家同士の繋がりや権力バランスで婚姻を行うのは珍しくありません。

サンディスは比較的少ない方ですが、他所《よそ》の国では第二夫人どころか第八夫人とかいるところもあるのです。

「我々の布陣としては、第一王配にミカエリス様を推し、キシュタリア様や私は第二、第三勢力として振る舞いつつ周囲の候補者を蹴落としていこうと考えています」

「解ったわ。でも何故、ミカエリスを？」

「一番地位が盤石ですし、陞爵《しょうしゃく》の件で陛下からも覚えが目出度い。キシュタリア様はまず当主の座に就いていただくのが優先です。ラティッチェは大きな家ですから、掌握に時間がかかるのも想定しなくては」

「ジュリアスは」

「私は予備で、あわよくば……くらいですね。まずは二人です。王家とラティッチェ、この二つさえ押さえることができれば、外野は何も言えない」

ジュリアスは至らないわたくしの手足となってくれて、事業を動かしてくれている。

粗末に扱うつもりはないけれど、この二つの継嗣問題を放置できないのは事実。

申し訳なさを感じるけれど、わたくしはもう止まることはできない。

「苦労をかけるわ」

「だから甘やかしてくださいね」

「わたくしにできることであれば」

なんだってする。もう決めたのだから。

わたくしはわたくしのすべてを以《もっ》てことを成す。

しばしジュリアスと見つめ合うと、彼はどこかうっそりと愛《いと》おし気に微笑《ほほえ》んだ。その笑みは仄暗《ほのぐら》く、どこか悲しそうに見えたのは気のせいかしら。

「ではまず、ミカエリス様の子を孕《はら》んでください。できるだけ早く、子ができてしまえば外野は黙るしかなくなる」

「…………こども？」

後々にはと考えておりますが、ジュリアスの口を突いて出たのは衝撃の案でした。

婚前にというより、婚約者にすらなっていないのです。

その二つを吹っ飛ばしてデキ婚にこぎつけろということ？　強引すぎではないかと思いましたが、これくらい奇策でないと危ないのかしら……。

社交界がどういう旗色なのかわたくしはあまり知らないです。多少噂は入手していますが、最前線を泳いでいるジュリアスには断然劣るでしょう。また、その裏にある情勢も。

経験と推理力、直観力――その明晰《めいせき》な頭脳はわたくしの及ばぬところ。

ジュリアスはフラン子爵、そしてフォルトゥナ公爵子息として精力的に動いているのでずっとわたくしより精通しているでしょう。

「ええ、婚姻前でも構いません。それだけサンディス王家の継嗣問題は逼迫《ひっぱく》している。あちらは胤《たね》が何だろうが間引けないほど品薄なんです」

「わかったわ」

本来、王侯貴族の姫君たちには貞淑を求められる。

誰の子か分からないものを生んでしまえば、大問題だからです。でも、それは跡継ぎの正統な血筋を求められているからです。

今回は家督の血筋の重要性がわたくしに極振りなので、夫（予定）が複数という珍事が起こっていますが……。

黙ってハイハイと従っていれば強欲ミイラこと元老会の人たちに、どこのボンボンか分からない連中を宛《あて》がわれること間違いなしでしょう。

ギチリと心で鎖が軋《きし》む。幼く我儘《わがまま》な心がどこかで嘆いている。そして私はその声に耳を塞ぐ。縛り付けて暗闇に放り込むのだ。

子供じみた感情も甘ったるい幻想も、忘却の深淵《しんえん》へさっさと沈んでしまえばいいのに。

だって、そんな声に耳を傾けてどうなるというの。

なんだって利用する。そう決めた。その決意に変わりない。

「……なるべく、望ましいということです。できれば正当な手順を踏みたいですが、敵陣もだいぶ混戦状態です。あまり泥試合が続けば誰かが暴挙に出るでしょう。貴女の身の安全が一番です。そこだけはお忘れなきよう」

「フォルトゥナ家が警備を厳重にしていますし、レイヴンもいますわ」

「ええ、はっきり言ってこの宮殿は陛下の部屋より厳重ですよ。その意味を今一度ご理解くださいね」

そういって額にキスを落とされた。

もしジュリアスが猫だったらごろごろと喉を鳴らしていそうなほど上機嫌。

ジュリアスは家猫並みに綺麗な生粋の野良猫タイプだと思う。

そしてやっぱり近い。幼い頃は親愛のキスもよくおんぶや抱っこをしてくれたけれど、ここ数年は減っていたのに。身の不調や危険を察知するとすぐさま抱きかかえられてはいましたが。

ぽすんとジュリアスの胸に頭を預けると、ゆっくり頭を撫でられます。

気持ちいい。ナデナデマイスターの称号を差し上げてよろしくてよ。

うとうととすると頭上でほんの少し笑った気配がした。言い返そうにも急激な眠気で頭が回らない。

「……色々聞きたいことがありましたが、お疲れのようなので不問にしましょう。アンナを呼びますね？　湯あみをしてからちゃんと眠るように。そのほうが疲れは取れますから」

わかっていますわ。

でも、まだお話ししなきゃいけないことがたくさんありますの。

それでも瞼がくっつきそうになる。

慣れた気配。落ち着く香りと安心する温かさに包まれ、どうしても気が緩んでしまうのです。

五章　ジュリアスの憂慮

腕の中ですぅすぅと眠り出すお姫様。

頭をゆっくりと撫《な》でながらも変わらないなと内心苦笑する。でも喜びが勝っているのは隠せない。

全幅の信頼を寄せたあどけない寝顔は昔から変わらない。

アルベルティーナとじゃれている間、背後にはずっとアンナの殺気が満ち満ちていた。しかし顔色が悪い癖に休もうとしない主《あるじ》にだいぶやきもきしていたのだろう。うとうとし出した時点で浴室の準備を整えていた。

たとえ主人が寝ていようがアンナは翌朝すっきり目覚められるように手を尽くす所存なのだ。

王太女になってもアルベルティーナの直属の侍女はアンナのみだ。形だけの直属は何人もいるが、未《いま》だに起床の声かけの役目をはじめプライベートに踏み込む着替えや入浴の手伝いを許された者は一人もいない。侍女頭のベラでさえ許されない。

王妃であり正妃メザーリンや側妃オフィール、王女のエルメディアは両手でも足りないほどの侍女や侍従を常に十人以上置いている。その分、使用人たちの質にはむらがあるし寵《ちょう》を競い合い、蹴落とし合いも頻繁に起きていた。

アルベルティーナはその点、少数精鋭だけあり質は均一にして極上である。

またそういった面を配慮しアンナ一人でも湯あみができるように、浴室は割と手狭となっている。時間はそうかからないだろう。

(あとはマクシミリアン家だな……事業を寄越せと騒いでいるが、あの経営下手に渡せば何をやらせても破綻は間違いない。名家だろうが尊い血筋だろうが金食い虫には変わりはない)

古すぎて腐ったワイン以下の血筋にどれだけの価値があるというのだろうか。

すでに成金子爵家でないと縁談がないくらいに、次期当主であるヴァンの価値は下がっている。

マクシミリアン家の貴族としての市場価値はその『侯爵』という箔《はく》だけである。

(あの手の輩《やから》ははした金だろうが大金だろうがあればあるだけ食い潰し、付け上がる。アルベル様にとって致命的な弱みを握られているのは明白。浅はかで短慮なあの者たちは、いったいどんな馬鹿をしでかしたのやら……)

ジュリアスは常に最悪を想定し、一番可能性が高いものから用意は整えている。保険は忘れない。

この作戦においては要はアルベルティーナだ。最も危険なのも彼女だ。

アルベルティーナは色恋沙汰の恐ろしさを知らないだろう。頭では考えていても、現実は時に想像を超える。ただでさえ、ずっと真綿に包まれていた令嬢だ。

グレイルの手の内で、ずっと守られていた。

その手の外で何が行われていたか、僅かに察することはあっても全容は知らない。

オーエンは金目当ての業突く張りだが、ヴァンは恋煩いだ。それもかなり暴走している。

（そろそろ謹慎も解ける頃合いだ。代筆とはいえ、アルベル様の名で月に一度は手紙を送っているらしい）

アンナ曰《いわ》く時候の挨拶や反省を促す定型文だけだという。

だが、それでも自慢するように吹聴しているマクシミリアン侯爵。文通すらできない他の貴族とは違うのだと言いたいのだろう。

ジュリアスの見立てではマクシミリアン侯爵家は大した脅威ではない。

持っているカードはアルベルティーナという大技カードだけ。強力すぎるのは、時に諸刃《もろは》の剣だ。

握っている弱みもアルベルティーナの悪行ではなく、良心や情を踏みにじって作ったものだ。

マクシミリアンの人間は生まれも育ちもまさにお貴族様。その生まれに胡坐《あぐら》をかき続けて、努力も工夫もしない小悪党――極貧から這《は》い上がったジュリアスとは正反対だ。

ジュリアスは貧民街で燻っていたところをラティッチェ公爵に引き上げられた。

あの魔王には感謝をしていないわけではないが、怖すぎる。殺意がマシマシで何度も突き回されたことがある。

正直、殺す気だろうと思ったことは一度や二度ではない。

なんなら、心臓を魔法剣で突き刺されたことすらある。

アルベルティーナからもらったアミュレットがなければ即死だった。

イビリというのも烏滸《おこ》がましい純然たる興味で殺害行為を実行された。ついでに死ねばラッキーだったくらいのノリで。

キシュタリアやミカエリスも結構な甚振《いたぶ》りを受けているが、ジュリアスは自分が一番露骨だったと思っている。

（ようやく同じ土台に上がれたんだ……逃がすものか）

今更しゃしゃり出てきた連中に触れさせてなどやるものか。

本当は独占したいが、自分の持つすべてを投げ打っても守り切れる可能性のほうが低い。

アルベルティーナの特異さと才能は年々価値を増すばかり。血筋や家柄にまつわる物だけでも厄介だが、ぽろぽろと次から次へととんでもないものを出してくる。

非常に危うく、ジュリアスの手に余る。

だからあの二人と共謀することで妥協した。

たとえ他国へ亡命してもアルベルティーナと過ごせる日々は僅かだろう。

手折られた花のように萎れて枯れるだけ。花は咲いても実は結ばず、一瞬の彩のあとは朽ちるのを待つしかなくなる。

少し体は弱いとは思ったが、改めて報告に目を通せば目も当てられないものばかり。精神的な揺れからくる体の異常は酷《ひど》いものだった。

強い魔力の弊害との見立てたが、魔力に関わる病気や体質は一般的なものより医療費がかかる。

ジュリアスはそれなりに蓄えがあるが、一代貴族の個人資産程度では一瞬で底を突くだろう。

そもそも、まともに診られる医者に巡り合える可能性すら低い。

（睡眠時間が増えている……疲弊した体力を回復し、できるだけ温存しようとしているのか？）

ジュリアスの気のせいでなければ最近のアルベルティーナは寝込むことが増えた。寝込むまでとはいかずとも、うつらうつらと眠気を催していることが多い。はた目にはそう感じないのは、緊張と恐怖からの警戒があるからだろう。

色々あったことを差し引いても、増えている気がする。

長時間において束縛される公務はまだ振られていないはずだし、社交も行っていないはずだ。ストレスによる魔力暴走がただでさえ少ないアルベルティーナの体力を容赦なく奪っているのかもしれない。

(もしくは不眠か？　質の良い睡眠がとれていない可能性か。心因的なものは時間が解決することもあれば一生残る場合もある)

はっきりとしていることは、グレイルを亡くしてから刻一刻と悪くなっている気がする。追い詰められ続け、窮鼠《きゅうそ》のごとく抵抗を試みた。あの大人しく温和なアルベルティーナをそこまで追い立てたのだ。

幼い頃でさえ、自分のトラウマをほじくり返して塩を塗り込むようなドーラにすら慈悲を見せたアルベルティーナだ。どれほど耐えたのだろう。

(グレイル様との思い出を汚されることは、それほどに耐えがたかったのか)

ラティッチェにいた時はグレイルのアルベルティーナへの溺愛ばかりが目立ったが、アルベルティーナのファザコンぶりも相当だった。

あの激重の愛情を朗らかに受け入れ、冷酷無比の魔王を『可愛《かわい》らしい』『お茶目』と評することすらあった盲目っぷりだ。

だが、いくら悼んでも死んだ人間は蘇《よみがえ》らない。

古代遺跡のロストアーツを使えばすぐであれば蘇生は可能かもしれない。

なんでもありとすら言われる過去の遺物は、それだけ高価であり稀少《きしょう》だ。そして、ほとんどが万全の状態で機能していない。なにせ作られたのが数千年以上前の物もざらにある。

まともに起動する遺物があったとしても、強大なものほど各国で大事に保有している。

それ以外に希望があるものは聖女や聖人クラスの浄化や治癒魔法の使い手であれば可能性があったかもしれない。

ただし、死んだ直後であればという注釈がつく。

時間がたてばたつほど蘇生は可能性が低くなり、後遺症の可能性も増す。

今更グレイルの死んだ肉体を使って何をしようとも、精々ホムンクルスかアンデッドになるだけだ。

当然それらは形だけで思い出は伴わない肉人形だ。

アンデッドに至ってはずっと放っておけば腐り落ちるかさらに凶悪な魔物と化すだけだ。

（あまり悠長にはしていられない。ことを急《せ》いて仕損じることはもっと許されない。このままの状態が続けば、アルベル様は――）

衰弱してしまう。

ドクン、と鼓動が急激に強く打った。

だが、もとより体の弱いアルベルティーナがこのような場所に囚《とら》われているのは王家の瞳のためだ。

アルベルティーナと同じ瞳を持つ次期王を産ませる目的である。

こんな状態のアルベルティーナに？

気丈に振る舞っているが着実にガタが来ている。外からも中からも重圧がかかって、押し潰される寸前だ。

激しい憤怒と復讐《ふくしゅう》心で立っているようなものだ。

気力にだって限界がある。だが、アルベルティーナは自分を利用する人間を、その方法を潰すことによって復讐を果たそうとしている。

夫という形で王族やラティッチェに介入するにも婚姻をした程度ではまだ動かせない。だが、継嗣の父親という立場をもってすればだいぶ変わる。

どこの国でも王位継承権の高い王子や王女がいるのと、子供のいない妃《きさき》では大きく待遇が異なる。

（……いや、まだ悲観するには早い）

思考を止めたら、悪い方向へとしか転がらない。

アルベルティーナを死なせたくない人間は敵味方多くいる。やろうと思えば、それすら盾にして利用してやればいい。使えなくなれば切り捨てできる臨時戦力と思えばいい。

考えろ、ジュリアス・フラン――フォルトゥナ公爵家への繋《つな》ぎまで作ってもらって、ここで諦めるなんて論外だ。

だが、ジュリアスは自分の嫌な予感こそよく当たることを知っていた。

王太女たるアルベルティーナの健康と安全は、万全というほど手厚く守られている。

それなのに嫌な予感がする。あの隠し通路は王家の魔力にしか反応しないし、フォルトゥナ公爵家が金も労力も惜しまず警備を厳重にしている。

ローズ商会もアルベルティーナの事業も順調だ。

グレイルが亡くなった衝撃は大きかったが、だからこそアルベルティーナを守ろうと強固な結束感がある。今までの好待遇をなくしたくないという下心もあるだろう。

一時期はちょっかいも多かったが、アルベルティーナの一声で分家は一切手出しできなくなった。

炊き出し等のただ施すだけの事業であれば反感もあったが、今後を考えれば税収の見込める人材を育てるとなれば国民からの反感も少ない。

杞憂であればいいが、何か薄気味悪さを覚える。

すべては順調だ。

アルベルティーナの体調だって、まだはっきりとはしていない。

最近慌ただしくて、今日は眠ってしまっただけなのかもしれない。緊張で張り詰めている日々の中、心を許した相手の傍《そば》では気が緩むのかもしれない。

（……それに心因性のストレスが多いならば、子供という肉親ができれば悲しみや喪失感が緩和されるかもしれない。愛情深い方だ。あのグレイル様を父と慕い、義母や義弟にすらあそこまで心を砕く方なのだからきっと深く愛すだろう。子が復讐心に代わる生き甲斐《かい》になる可能性だってある。女が母となり変わることはままあることだ。これは賭けだ。そうであっても悲しみが原因ならば、それを感じる時間を減らすことができれば……）

今は家族すら奪われかけている。そして、その抜けた穴に望まない人間を捻《ね》じ込まれようとしている。苦痛極まりないだろう。

その時、ふっとジュリアスの上に影が差した。

空を切って靴ベラが振り下ろされた。華奢《きゃしゃ》なそれはよくしなり、ジュリアスが素早く避けても肩にかする。ついさっきまでジュリアスの頭があった場所に軌道があった。

「……チッ」

「アンナ、私が嫌いなのは知っていますがもう少し隠しなさい」

「クリフトフ様から聞きました。今日だけじゃなく貴方《あなた》はいつもいつも姫様にベタベタと」

「お許しはいただいておりますので」

「アルベルティーナ様に妙な噂《うわさ》が出たらどうするのですか」

「ちょうど良いのでは？」

「は？」

アンナの茶色の瞳にひんやりとした霜が降りた。氷柱《つらら》のような霜柱が出来上がりそうな冷え方をしている。

アルベルティーナの前では絶対に出さない低音の言葉が、ごとごとと音を立てて岩のごとく落ちてきそうな圧を感じる。

殺意で人を殺せたら、ジュリアスは一瞬で猟奇的な変死を遂げていたのは間違いない。

アンナはアルベルティーナ専属侍女でありメイドが本業で、凶手ではないはずである。

ジュリアスも殺気に満ちたアンナに襲われるのには慣れている。

それにアンナよりはるかに恐ろしい存在を知っている。この程度でいちいち慄《おのの》いていたら魔王閣下の娘であるアルベルティーナに懸想などできない。

多少驚きはするが、立て直すのも早いジュリアス。しれっとした様子で説明を始める。

「キシュタリア様とミカエリス様が遠征しているなか、邪魔者がいないとヴァンが来る可能性がありますからね。私が露骨に隣にいれば、嫉妬交じりのやっかみがすべて私に向かうでしょう。表立ってアルベル様に近づけない分、余計にね」

ヴァンとオーエンはフォルトゥナ公爵家に睨《にら》まれ、謹慎と接見禁止が言い渡されている。

はっきり言って墓穴を掘り進めているし、アルベルティーナがヴァンを王配に（嫌々）推したとしても素行が悪すぎて却下される。周りを黙らせるような勢力や莫大《ばくだい》な資産があればまだいいが、落ちぶれた侯爵家ではあるはずもない。

やることなすことアルベルティーナにおんぶにだっこで世話をしてもらうつもりだろう。

（アルベルティーナ様はまだ意向を伝えていないだろうな。正直、悪評も絶えず落ちぶれた今ならタイミング的に良い）

もとより大した家ではなかったが、腐っても侯爵家だ。

今も十分だが、まだ喪が明けるまでの時間があることを考えれば入念に叩《たた》き潰しておくべきだ。

弱っているところを畳みかける競合相手は多いだろう。ジュリアスの手を汚すことなく潰し合わせればいい。

燻っている連中の矛先を向けさせるのは容易いだろう。

今まで傲慢な口先だけの態度が鼻についていたところも多いはずだ。

特に爵位は同格の侯爵や、一つ下の伯爵の家にはかなり強気にあたっていた。

(少し……あと一押し煽《あお》っておくべきか。恐らく、奴らが縋《すが》れるのはアルベル様のみ。最終的には脅すようにして金銭的、もしくは重要なポストを寄越せと騒いでくるだろう)

ならば、最後の縋った藁《わら》を毒に浸しておくべきだ。

(……気乗りはしないが、アルベル様にも一枚噛《か》ませるか。人を陥れたことのない方だが、普段は大らかなのに時折妙に頑固なところがある。知らぬところで手を汚されるくらいなら、俺が泥まみれになったほうがましだ。それにアルベル様が何も知らないで巻き込まれたら、また心労が増すのは避けられない。俺の影がちらついたらマクシミリアン侯爵家はともかく、その裏に誰かがいたら待ったをかける可能性がある)

アルベルティーナは汚れ役も辞さない覚悟だろうが、ジュリアスはそれを望まない。

もし倒れても転んでも、泥もつかず痛くもない場所で転んで欲しい。

もう十分傷ついた。欲しくもない荷物ばかり押しつけられてしまったのが哀れだった。

自分の手で拒否することも捨てることもかなわず、強引に縛りつけられた荷である。

不憫で、哀れで、愛《いと》おしかった。

泣いても歯を食いしばって前を向く気高さが悲しかった。

ジュリアスは凶手の真似《まね》事をしてでも、アルベルティーナを守る覚悟があった。

戦闘スタイルはもともとそちら側だ。ジュリアスの戦い方はサポートもできるが、本来の戦い方は暗殺者に近い。騎士のように真っ向から戦うより、相手の癖や隙をついて仕留めるのが得意だった。

護衛としての技術を叩き込まれた際に、戦い方より殺し方を教わった。

汚れ役をするために与えられた従僕という立場。

都合が悪くなれば、使えなくなれば汚泥に沈む日陰の存在。それを日向《ひなた》に手を引いてくれたのはアルベルティーナだった。

やろうと思えば、今晩にでもヴァンやオーエンの寝酒に毒薬を垂らすこともできる。

マクシミリアン家は使用人の給金もろくに払われておらず、やる気がない。警備も杜撰《ずさん》だ。

だが、これは最終手段だ。

奴らの罪を明るみに出して協力者をあぶり出さなくてはならない。

ラティッチェ公爵家から盗み出すにしても、国葬されたグレイルの遺品を盗むにしてもマクシミリアン侯爵家のみで成すのは不可能。

トカゲの尾だけ掴《つか》んでも意味がない。本体を引きずり出さねばならない。

マクシミリアン侯爵家では前哨戦《ぜんしょうせん》にすらならないのだから。

まとめて地獄に叩き込んでやる。

思考がどっぷりと暗く沈みかけた時、くんと何かが引っ張られた。

「……お嬢様ぁ……」

アンナが何とも悲劇的な声を上げた。

よほど嫌だったのか、アンナの呼び方がお嬢様に戻っている。

視線を巡らせればすやすやと眠りこけた姫君はジュリアスの上着を掴んでいた。

例の小悪魔めいた癖が発動していた。

「おやおや」

「なんでこんな性悪の服なんて掴んでいるんですか……」

「待て、待て、アンナ。なんでそんなデカい裁ち鋏《ばさみ》が出てくる？　上着を切るならともかく、なんで俺を狙う」

「死ねばいいのに……なんでこんな男がお嬢様と。ああ、でもここで殺したらお嬢様に返り血が……」

ぶつぶつと不穏な発言をするアンナは、ジュリアスとアルベルティーナが親しくなるのが嫌らしい。昔からそうである。

知ってはいたが最近は飛び抜けに殺意が高い。忠義に厚すぎてヤンデレメイドになっている。

ジュリアスもアンナの忠心は知っている。この侍女は主人のためなら心中も殺人も辞さない。

ある意味泥沼劇場が開幕しそうになっていた時、劈《つんざ》くような悲鳴が上がった。

「ぴぎゃあああああ！」

「「……この声は」」

図らずしもアンナとジュリアスの声が被《かぶ》る。互いに一瞬嫌な顔となった。

「……チャッピーですわね。どうしたのかしら？」

ドングリトカゲの絶叫にぱちりと目を開いたアルベルティーナは、こしこしと軽く目をこすって頭を上げた。緩慢な動きで周囲を見渡す。アンナはさっと構えていた鍬を隠した。

ジュリアスにかかっていた暖かく柔らかい重みが消える。

とてとてと少し不安定な足取りで「どうしたの、チャッピー？」と声の方向へと歩いていく。まだ頭は半分寝ているのだろう。動きが全体的にゆらゆらしている。その間も「ぴゃあああああっぴゃ……ぴゃぎゃっ」と悲鳴は続行中である。

結論から言えば、チャッピーは湯船で溺れていた。

アンナが柑橘《かんきつ》とハーブの甘い香りのする入浴剤を入れて用意をしていたので、その匂いに釣られて覗き込んでいたようだ。しかし、浴槽に足を滑らせてそのまま落下。

人間サイズの浴槽の深さは小型犬とどっこいとのチャッピーには深すぎた。足がついても、深い場所の水面は顔よりはるか上なのだ。しかも浴槽の壁はよく掃除が行き届いており、ツルツルしていた。おまけにあっぷあっぷと溺れて浮いては沈むチャッピーを面白がってハニーが桶《おけ》で頭を叩いていた。

あの悲鳴は命乞いでもあったのだ。

その後、色々な意味ですっかり邪魔をされたジュリアスは無言でチャッピーを踏みつけ、アルベルティーナに叱られて話し合いをするどころでなくなった。

ちなみにヴァユの離宮でチャッピーの悲鳴が響き渡るのは珍しくないことだ。

おやつ窃盗やぬいぐるみカミカミ容疑によるアンナからの懲罰、ハニーによる意地悪に号泣、もしくは持ち前のドジっぷりを発揮してどこからか転がり落ちたりぶつかったりしたことによるものなのでスルーされている。

大抵がアルベルティーナに優しく宥《なだ》められてぴやぴやぐずりながら甘えて泣き止《や》む。

その後、ジュリアスがフォルトゥナ一族ともに連泊すると、予想通りの展開が待っていた。

急接近する二人に危機感を抱いたのかマクシミリアン侯爵家からのいちゃもんと金銭請求だ。

しかもジュリアスがいた時にその手紙が着いたものだから、まるっと読まれた。

あまりに予想通りの展開にジュリアスは鼻で笑う。

それは酷くシニカルで加虐的な笑みで、次にアルベルティーナへ振り返った時にはなくなっていた。

だが、確実にジュリアスの怒りのポイントをぶち抜いたのは言うまでもない。

嘲る様子も隠さず、汚いものを摘まむようにしてオーエンからの手紙を持つジュリアス。

嗜虐《しぎゃく》を含み歪《ゆが》んだ失笑は、醜悪というより凄絶。そして魔性といっていいくらい、妖艶でもあった。

それを見たアンナは「この性悪が」と心の中だけで悪態をつく。

仄暗《ほのぐら》さより深淵《しんえん》が滲《にじ》む一瞬に、アルベルティーナは気づく様子はない。

文面をたどりながらただ静かに顔を強張《こわば》らせていた。だが、ジュリアスの視線に気づくと大丈夫だと不器用な笑みを浮かべる。

ジュリアスはそれを見て胸が音を立てて焦げた気がした。腹の底からじりじりとせり上がった怒りを何とかねじ伏せる。

ラティッチェの屋敷にいた時はこんな表情、一度もしなかったしさせなかった。

そんな言い訳のような考えを追い出し、努めていつも通りの笑みを浮かべる。

「謝罪の前に王配に用意を整える要求と、資金援助ですか……全く、この世のどこに婚約もしていない男にこれだけの金子を与えるのやら」

「そんなに大きな額かしら？」

一般的な価値観を知らないアルベルティーナが首を傾《かし》げている。

少なくともジュリアスが知っている貴族の買い物でもそうそうない部類であると教えてやると、納得したようだ。素直でよろしいことである。

「私に考えがあります。この件は預けていただいてよろしいでしょうか？」

「ええ、お願いね」

ジュリアスの笑みに含みを感じたはずだが、アルベルティーナはあっさり了承した。

やはりアルベルティーナの本質は変わっていないと安心するが、別の不安が首をもたげる。この愛すべき素直さは、権謀術数においては危機感の欠如である。

「マクシミリアンのことも、ラティお義母《かあ》様に一言相談すべきよね。すごい業突く張りですから気をつけてって、お伝えしたいわ」

アルベルティーナが知らないだけで、ラティーヌはとっく知っている。あしらいも上級者だ。

ラティーヌはアルベルティーナにとっては優しく美しい母親だ。だが、それ以外の前では麗しい蝶《ちょう》に擬態したスズメバチである。

言っても理解が得られる自信がないので、話題のすり替えを選ぶジュリアス。

「……ラティーヌ様は今それどころではないでしょうから」

「ラティお義母様に何かあったの⁉」

「グレイル様の死亡後、ラティッチェ領内で賊が増えております。全体的に軽犯罪が増えたそうです。それでも他の領地よりよほど治安がいいことに変わりはありませんが……それに例の感染型の魔物がやはり発生したそうです。スタンピードの際の残党――グレイル様の予想通りあれだけの騒ぎを出しておいて自分だけ助かろうとした脱走兵の成れの果てですね。寄生能力はありませんが狂暴性が高く、魔物も獣も家畜も人も構わず襲う、相当の大食ぶりだそうです。トロールクラスの再生能力もあるらしく、普通の冒険者や兵では足止めが精一杯。上級魔法の使い手か、火力の高い魔法剣やそれに準じるスキルを持った戦士でなければ討伐ができずにかなり被害が出ているそうです」

アルベルティーナの顔が強張った。

キシュタリアは心配させまいとただの出兵としか言っていないのだ。

血の気の引いた頬を優しく撫でたジュリアスは安心させるように微笑《ほほえ》む。

「ラティッチェは大丈夫ですよ。ラティーヌ様が公爵夫人として立派に立ち回り、被害は軽微です。それ以上に面倒なのが、殺到した他領地からの討伐要請ですよ」

「他の領地から？」

「キシュタリア様は高い殲滅《せんめつ》力を持った魔法使いです。領地に出た例の魔物もさっさと退治したのですが、それを聞きつけた他所《よそ》の領主がこちらにも遠征してほしいと救援依頼をしているそうです。一般の魔物の定期討伐遠征の依頼も重なっていますね。本来ならグレイル様が国の兵を編成して定期巡回の遠征隊を配備していたのですが、この騒ぎでそれもお流れ。自力でできない、用意されない、根回ししていないで今更大慌てになって必死に頼み込んでいます」

「国から騎士や兵は出ないの？」

「ええ、本来は出ていたのですが、元老会がここぞとばかりに出兵費用を負担しろととんでもない額を要求したようで……今までは宿泊場所や食事の提供だけで大きな金銭要求はなかったのです。領主たちも多額の赤字になると分かっていれば頼みたくても頼めない。きな臭い情勢ですし、田畑が荒らされればその領の税収、ひいては国の税収に影響が出ますからね。グレイル様は指揮官としても優秀でしたので現地の兵も巧《うま》く使いながら対処していましたが……」

グレイルがいなくなりそのノウハウを受け継ぐ者もいなかった。

統率の取れた軍と取れていない軍の戦力は大きく違う。

また、国境沿いや国内でも色々といざこざが増え、人員が足りていないので出し渋りをしているのも重なっている。

「……キシュタリアの、出兵って……」

「大半が例の残党とスタンピード予防の魔物の討伐ですね。ああ、問題なく。いたって無事ですよ。戻ってくる頃には褒賞が出るのでは？　もしかしたら勲章も与えられるかもしれません」

「そう、無事ならいいの……良かった」

「少しは信用してあげてください。あの方は国で五指に入る魔法使いです」

「そ、そんなにすごいの？」

「そうですよ。今までグレイル様のご威光で分かりづらかったですが、若手としては並ぶのは王宮魔術師のヴァニア卿《きょう》くらいです。あとはクロイツ伯爵も相当な手練れと聞き及んでいます。恐らく、クロイツ伯爵が執務で詰めっぱなしで頼れない分、余計にキシュタリア様に流れているのでしょう」

大丈夫ですよ、と心配そうに表情を曇らせるアルベルティーナに軽く言うジュリアス。

キシュタリアだってお人好《よ》しではない。それなりの見返りと協力は要請しているだろう。

こうやって精力的に動いているのは、分家の小倅《こせがれ》ではできないことを証明しているのだ。

事実、キシュタリアに負けじと功績を残そうとして大怪我《けが》をして尻尾を撒いて戦場から逃げたのは何人もいる。

「キシュタリア様の本領は野外戦における殲滅戦です。姫様に会えないことは惜しんでおられましたが、外で生き生きと暴れていらっしゃるようですよ」

「無事ならいいの。怪我がないのなら」

そういって細く息を吐くアルベルティーナは、分かりやすく安堵《あんど》していた。

腕の中のハニーを一層しっかり抱いて少し俯《うつむ》いた。傍で自分も抱っこしてほしいチャッピーがぴょこぴょこ跳ねている。ちなみにスタイのような前掛けを首から下げている。

それには『本日盗み食いのためおやつ・甘やかし禁止』としっかり書かれていた。

筆圧に怒りを感じるアンナの字である。

さすがのアルベルティーナも心を鬼にしてそっと目をそらしている。

甘やかしすぎると、調子づいたチャッピーに切れたアンナが高い場所に吊《つ》るすからだ。

諦め悪く膝に飛びつこうとしているチャッピーをジュリアスがつま先で転がすと、絨毯《じゅうたん》の上をごろごろ転がった。お腹《なか》のファスナーの締まりが甘かったのか、そこから艶々の葉っぱや赤い木の実、真ん丸の石や硬い蕾《つぼみ》が転がり出た。

ちょっと前にアンナに貰った腹巻は、物を詰めすぎてびよんびよんに伸び切って使い物にならない。すっかり毛玉と汚れで見すぼらしくなったので捨てようとしたら、チャッピーはお腹の異次元モドキへ隠してしまったので回収も不可能になっている。

相棒腹巻の消耗と引きかえに、お腹の収納ファスナーの利便性に気付いたチャッピーであった。

チャッピーは抱っこしてもらえないとようやく気づいたのか「ぴゃ……」と小さく鳴くととぼとぼと歩いてソファのクッションに顔を押し当ててふて寝を始めた。

アルベルティーナは痛ましそうな目で見ているが自業自得である。

ハニーは同種族のはずのチャッピーが必死の訴えを上げていようがお構いなしだ。くぁっと欠伸《あくび》をしてまったく意に介さない。

丸い頭をアルベルティーナの豊かな双丘に預けてうつらうつらしている。

「この生き物、これ以上増えたりしないでしょうね」

「えっ？」

「嬉《うれ》しそうにしないでください。どこがいいんですか」

ハニーは瞼《まぶた》を閉じて気持ちよさそうにおねむモードである。

アルベルティーナが日頃可愛がっているだけあり随分懐いている。

チャッピーは阿呆《あほ》の子だが、ハニーは結構気が強く懐かない。今のところ抱っこできるのはアルベルティーナのみだと聞いている。

見てくれは愛嬌《あいきょう》があり、愛らしく見えなくもないので騎士や使用人が懐柔しようと試みたが、冷たくあしらわれているという。

アンナの言うことは比較的まだ聞く方らしい。

そのふてぶてしいハニーの寝顔に少々苛立《いらだ》ちを覚えたジュリアスは、指の腹まで使ってぐにぐにと強く頬を押す。

もっちりしっとり独特の感触をしたまろいほっぺたは思いのほかよく動く。

「ジュリアス、ハニーは寝ているのよ。意地悪しないであげて」

「どうせ暇人ならぬ暇トカゲで」

しょう、と続ける前にぞくっとして手を引っ込めると、ばくんとハニーの口が襲い掛かってきた。

かなりなりふり構わず、本気で手を引っ込めた。

ジュリアスの唐突で敏捷《びんしょう》な動きに、きょとんとしているアルベルティーナ。

ハニーは思っていた手ごたえがなかったのか、ギザギザの歯をガチガチと見せつけるように鳴らしている。

「ほら、起きちゃったじゃない！」

もう、とむくれるアルベルティーナは、ジュリアスを見ていて一瞬の凶行に気づいていないようだ。

無理もないアルベルティーナは筋金入りの箱入り姫君だ。しかもかなり鈍臭い。

あの一瞬もハニーの頬を突いていた指先ではなく、ジュリアスの顔のほうを向いていた。

ジュリアスの気のせいでなければ殺気を感じた。あのトカゲ、間違いなくジュリアスの手の一部や指を食いちぎるつもりで噛み付こうとした。

「どうしたの、ハニー。お口が痒《かゆ》いの？」

歯ぎしりをして威嚇するハニーを不思議に思ったのか、アルベルティーナが大きな口に細い指を突っ込んだ。

無遠慮で警戒の足りていない触り方だ。ハニーの顎の力や歯の鋭さを危険視していない。

「お嬢様!!」

思わず声を張り上げたジュリアス。もともと色白だが、白を通り越して青くなっている。

心臓が止まりかけるジュリアスだが、ハニーは先ほどの狂暴性はどこへやら。なされるがままだ。

アルベルティーナに体を預けたまま口を開かされたり歯茎を確認されたりしている。

それどころか、見やすいように口を大きく開けているようにすら見えた。

「な、なに？　どうしたの？」

むしろ突然声を荒らげたジュリアスに驚いているのはアルベルティーナだ。普段は出さぬ大きな声に、おっかなびっくりとジュリアスを窺《うかが》い見ている。

原因であるハニーは緩く金色に瞬いた緑の瞳をちらりとジュリアスに向けるが、やる気がなさそうに欠伸をする。すり、と豊かな胸元に顔をうずめる一瞬、ジュリアスに向かってドヤ顔をして見せた。

甘えられたアルベルティーナは表情を柔らかく綻ばせた。

「まあ、可愛い子。眠いのね？　よしよし」

チャッピーは考えていないが、ハニーは解っている。

かなりムカついたジュリアスだが、先ほどのように牙を剥《む》かれては困る。

妖精や精霊といったものは人とは違う価値観を持っており、人の理解しえない気まぐれな性質をしている。少なくとも、今のハニーはアルベルティーナには大人しく従順なようだ。

アルベルティーナのハニーを撫でる手は穏やかで優しい。撫でられているハニーも心地いいのだろう。ジュリアスの時とは打って変わって愛らしくキュウキュウ鳴いている。

そうしていると愛玩動物っぽい。

だが、先ほど明らかに獰猛《どうもう》さの片鱗《へんりん》を見せた。

ジュリアスは苛立ちを押しやり忠告をやめた。神出鬼没のこれを追い出しても、すぐ戻ってくる。

取り上げたくともできやしない。

少なくともアルベルティーナに害がない以上、余計な敵意を煽りたくない。

「……失礼、大人げない行動をしました」

「いいのよ。でも、次からは優しくしてあげてね」

それは無理だ。ジュリアスはすぐさま思ったが笑みを浮かべて誤魔化した。

「重くありませんか？」

「全然。ほら、ジュリアスも抱っこしてみて」

そう言うとアルベルティーナが隣に座っていたジュリアスの膝にハニーを置いた。

その時、ジュリアスの大腿骨《だいたいこつ》か骨盤、もしかしたら筋や筋肉かもしれないがミヂともミシともつかない鈍い音を発した気がした。

「……っ⁉」

「ごめんなさい、もしかして動物を抱っこするのは苦手だった？」

「イ、イエ……は、はい、そうです」

ジュリアスの引きつった顔に気づいたアルベルティーナが、置きかけたハニーを自分の膝に戻した。ちょっと置かれかけただけなのに、膝というか太腿《ふともも》というか下半身が砕けるかと思ったジュリアスである。咄嗟にそういうことにした。

人間としての形を失うかと思った。冷や汗がドッと出かかったが、誤魔化すように一瞬だけ激痛の走った脚に触れる。

まだ強張った筋肉や軋《きし》みを上げる骨格が現実だと訴えている。

再びアルベルティーナの胸と膝に体を預けて微睡《まどろ》むハニー。自分の手では届きにくい背中や頭頂部を撫でられて気持ちいいのか、キュルキュルと甘えた声を出している。もっともっととねだっている。

そんなハニーに甘く蕩《とろ》ける慈愛の眼差《まなざ》しを注ぐアルベルティーナは、重さや苦しさを感じていないようだ。ハニーの大きさなら赤子くらいの重さは感じていいはずなのに、まるで子猫かぬいぐるみくらいの重さしか感じてないような雰囲気がある。

ますますハニーとチャッピーに摩訶《まか》不思議を通り越してうすら寒い疑惑が浮上する。らしくもなくぎこちない態度になってしまった。

「ミカエリスも戻ってこないわね。華々しい戦果を収めていると聞きますが、あまりに長いと心配ですわ。わたくしとしては無事戻ってきてくれれば何よりなのですが」

「アルベル様のアミュレットもあるから大丈夫ですよ」

「そうかしら、肝心な時には発動しなかったみたい」

そう言って自嘲するアルベルティーナ。

ジュリアスとしては心臓を貫かれても無事だったこともあり、かなり強力なお守りだと思っている。

しかし、それを伝えれば実父が自分を殺そうとしたことも話さねばならぬとなれば口を噤《つぐ》まなければならない。そうでなければ嘘《うそ》をつくしかない。それでも、命の危険があったと聞けばアルベルティーナとしては穏やかな気持ちではいられないだろう。

アルベルティーナとしては最愛の父を守れなかったという不甲斐なさしかないのだろう。

だが、グレイルの時は不運が重なりすぎただけだ。アルベルティーナのお守りはけして低能なものではない。大枚叩《はた》いてもいい出来である。

「ですが、小競り合いも落ち着きましたし、二月もすれば後始末も区切りがついて戻るでしょう。功績も素晴らしいです。きっとミカエリス様のお帰りは盛大に歓迎されながらの凱旋《がいせん》となるでしょう」

「では主役のミカエリスはきっと忙しくなるわね、会ってもらえる時間はあるでしょうか」

感心半分、寂しげ半分にいうアルベルティーナだが、ミカエリスは睡眠時間を削り仮病を使ってでも来るだろう。

ジュリアスの大事な姫君はあの真面目な幼馴染《おさななじみ》を尊敬しているといっていい。聖人君子の如《ごと》き人柄の騎士だと信じ込んでいる。

だが、高位貴族の当主である彼がそれだけのはずはない。善良なだけではやっていけない。

色々な人間が言い寄ってくるし、縁談もしつこいくらいくる。

それを難なく躱《かわ》し、婚約者も作らずにいる。

当然、その原因こと長年の初恋の相手であるアルベルティーナへの入れ込みようは相当深い。

帰ってきたその日にでも国王へ報告をした足でこちらに来る可能性も十分ある。

「そう心配しなくても大丈夫ですよ」

アルベルティーナが杞憂しなくとも、帰れる目途《めど》がたったら触れと共に訪問の打診が来るだろう。

あれだけ筆まめだったミカエリスからの便りも戦場に行って途絶えている。

それだけ戦場へ真剣に向き合っているのだろう。恐らく、徹底的に叩いてさっさと戻るために突き詰めて計画を立てているのだ。

半端な叩き方をして燻りを残したら面倒である。

「アルベル様、久々に私が紅茶を淹《い》れましょう。丁度、商会から頼んでいた茶葉が届いております。新しい銘柄ですが、お好みかと思うので」

「まあ」

アルベルティーナの声が明るくなったことに釣られ、ジュリアスの表情も和らぐ。

養子縁組による社交界への顔つなぎ、事業の進行と忙しくてしばらくやっていなかった。

使用人でないのでやる必要はないが、自分の淹れた紅茶が大好きなアルベルティーナのためであれば嫌ではない。

――後日、マクシミリアン侯爵家に一通の手紙が届く。アルベルティーナからの送金連絡だ。

一家は沸き立った――それが地獄への招待状とも知らずに。


その日届いた一通の手紙に、マクシミリアン侯爵は飛び跳ねて喜んだ。

待ちに待ったアルベルティーナからの手紙だったからだ。

謹慎になり酒と水煙草《シーシャ》でずっと管を巻いてぐちぐちと恨み言を言い続けていた姿に反省など見られなかった。使用人たちはそう思いつつも、機嫌を損ねて当たられたくないので黙っている。

不摂生により急激に太り、もとより見栄えの良くなかった外見はさらに悪くなった。

顔はすっかりむくみ目の周りは落ちくぼんだ中で、目だけがぎょろぎょろと欲に血走って不気味だった。無精髭《ぶしょうひげ》を剃《そ》るのすら忘れ、食べこぼしとワイン染みのついたクラバットのままぼよんぼよんと肉を揺らして無様な踊りをしていた。

「やった！　事業の話が来たぞ！　やっとアルベルティーナ様も我々を認めてくださった！」

見たことのないような巨額が事業資金としてオーエンの手元に来ると有頂天になっていた。

あくまでアルベルティーナの物であるが、それをすっかり忘れている。

まだ見ぬ大金に完全に目が眩《くら》んでいた。

「ハハハ！　これで見返すことができる！　茶会？　晩餐会《ばんさんかい》？　いや、いっそのこと連日連夜のパーティでも開くか!?」

それくらい余裕でできる資金だが、これはかなり大規模な事業資金——といっても、アルベルティーナにとってはそれほど大きな部類ではない事業のほんの一部だ。

しかし、没落気味のマクシミリアン侯爵家にしてみれば目の玉が飛び出るような額だ。

「人を集めねばな。招待客に侮られぬように屋敷を改装して……玄関にホーンブルの剥製でも飾るか？　いっそドラゴンのほうがいいか？　だとしたら、相応《ふさわ》しく玄関、いや、屋敷も建て直しが先だろう。調度品と馬車も新しくしたいな。いっそ厩舎ごと取り換えるか。私も当主に相応しい装いと使用人の数を揃《そろ》えなくては——」

それは事業に必要なのか。横領ではないのだろうか。

従者の一人はそう思ったが、賢明にも口を噤んでいた。

癇癪《かんしゃく》持ちのオーエンに下手な忠告を言えば、文句だけではなく物も飛んでくる。

その後、会計士が紹介されたオーエンは必要な資金はその者を通じて、進捗とともに報告するようにと言伝《ことづて》をされた。

オーエンはヴァンを窘《たしな》めていた時の態度はどこへいったのやら。凄《すさ》まじい勢いで散財を始めた。

社交のための費用だといって王都の一等地に大きな敷地を屋敷ごと購入した。

毎日のように茶会だの夜会だのと開き、人を集めて盛大に散財した。

ローズブランドの最新の調度品に服に宝石を買い、それをすべて必要経費だと言った。

夫とほぼ同時に侯爵夫人も散財を始めた。

新しいドレスを何着も日替わりで買い求め、半年分の生活費に当たるような宝石もポンポンと買い漁《あさ》るようになった。

贅沢《ぜいたく》というのは際限がなく、調度品も凝り出すと輸入品の高級絨毯だの骨董《こっとう》品や調度品、美容品だのも集めだした。

最初は少しだったが、だんだんと箍《たが》が外れて事業の話もせずバカ騒ぎをするだけの享楽三昧である。

金払いも良かったので使用人たちは何も言わなかったが、そのまま娼婦《しょうふ》のいる夜の店にふらりと団体で出かけることもあった。

そして高級娼館を貸し切ってどんちゃんパーティをはじめ、二次会三次会とはしごする。

そのメンバーにはアルベルティーナに熱を上げていたヴァンもいた。なんでも、高級娼婦の中に気に入りができて通い詰めているそうだ。

金に物を言わせてゴリ押せば会えるため、アルベルティーナより簡単に面会できる。

だが、相変わらず粗暴な言動で暴力沙汰を起こしていくつもの娼館を出禁になっている。

今のお気に入りの娼婦の店は、金払いさえよければ後ろ暗くても受け入れるような、だがかなり値の張る場所だ。

金をバラまいて得たモテ期。ヴァンは空前絶後に持て囃《はや》されて天狗《てんぐ》になっている。

当然、こんな乱痴気騒ぎばかり起こせば噂にならないほうがおかしい。

それでも彼らは止まらなかった。家長たるオーエンは、完全に自分の優位性に胡坐をかいていた。

（いくら強気に見せても、世間知らずの姫君ではあれが精一杯の抵抗だったのだろう。使っても使っても金が尽きん！　ハハハ、王太女サマサマだな！　殿下がヴァンと結婚すればもっと贅沢できる……！　大臣、いや、宰相になれるかもしれん！　戦場なんて野蛮な場所は私には似合わんからな！）

彼が酔ったのは酒か権力か。

その勝利の美酒だと思って飲み干した葡萄《ぶどう》酒が、どんな毒を持っているか考えもしなかったのだ。

マクシミリアン家の豪遊と横暴ぶりは王城にすら届いた。

その品のない言動に眉を顰《ひそ》める者は多かった。どうやって王太女殿下を騙《だま》したのだという噂でもちきりになっている。

国王ラウゼスの耳にもそれは入っていた。もともと、要注意人物として様子は見ていた。あまり構ってやれないが可愛がっている義娘の周囲にたびたび現れては狼藉《ろうぜき》を繰り返していたと聞く。

はっきり言って、心証は最悪といっていい。

ラウゼスにしてみれば、義娘に集る悪い虫以外の何物でもない。

そんな折、当のアルベルティーナがラウゼスに内密に会いたいと先触れを出してきた。

嫌な予感しかしない。

「では、マクシミリアン侯爵家嫡男のヴァンを王配候補へあげたいと？」

「……ええ」

その表情は浮かないものだ。

しかしすぐ取り繕われた。顔は笑っている。微笑んではいるが、作り笑いだ。

ラウゼスがアルベルティーナの本当の笑みを知らなければ騙されそうな上手な表情だった。

剣技大会の会場の貴賓室で、グレイルの話をした時の笑みはとても愛らしかった。

グレイルが天使だと臆面なく言っていたが、その通りの見ているほうが幸せになる、満ち足りた花咲くような笑顔だったのだ。

不自然なアルベルティーナを眺めながらも、ラウゼスは声を上げてその話を棄却はしなかった。

腹の中では結論が出ていたが、そのどこか悲しそうな目を見て事情を察したのだ。

良い相手ができたなどと、とてもではないが言祝《ことほ》ぎをかけられる様子ではない。

「良かろう。一度話は預からせてもらう」

「お願いいたします」

そういって優雅にカーテシーを披露する義娘。

いつ見てもその所作も雰囲気も優美で典雅だ。まさに貴婦人というべき姫君だ。

ラウゼスはほとんど手もつけられず残った紅茶と焼き菓子に息を吐く。甘い物は好物だと聞いていたし、好みの銘柄の紅茶も押さえたはずだ。

愛娘《まなむすめ》の話となると饒舌《じょうぜつ》になる今は亡き家臣から聞いたから違いないはずだ。

少し背もたれに身を預け考え、信用ある配下にとあることを調べさせた。

数日後、アルベルティーナの元に「ヴァン・フォン・マクシミリアンは王配に値する器ではない」とかなり却下寄りの保留という返事が来た。

アルベルティーナからの申し出によりマクシミリアン侯爵家の王配候補への相談を行った。あまりの素行の悪さに温和な国王ラウゼスや、元老会すら大反対してその話は一瞬で立ち消えになった。

理由の一つにポーター子爵家の令嬢との婚約を白紙に戻していないのもあっただろう。破棄でも白紙撤回でも、それなりの手続きは必要なのだ。

しかも、マクシミリアンは多額の負債を抱え、ポーター家から持参金を前借りしている状態である。それを清算した形跡もなく、交渉にすら手をつけていないようであった。

踏み倒そうという魂胆だろう。

そうでなければ、アルベルティーナから出させるつもりとしか思えない。

いずれにせよ、アルベルティーナや王家に泥を塗るのは明白だ。

ラウゼスは念のためヴァンの装飾品にサンディスライトがないか調べさせたが、なかった。その代わりに、アルベルティーナから貰った事業資金で買い漁った成金じみた趣味の悪い貴金属は多くあったらしい。もはやため息と頭痛しかない。

やや辛辣なほどの却下をしたラウゼスの判断は程なくしてヴァユ離宮に届けられた。

その手紙に安堵したアルベルティーナである。

だが、逆に真っ青になって飛び上がったのはマクシミリアン侯爵家だった。

国王直々にヴァンだけでなく、オーエンも素行が悪いとお達しが来たのだ。このような男に王太女でもある義娘をやることも、隣に立たせることもできないとはっきりと忠告されたのだ。

王籍に属す気があるなら、それなりの品位が求められる。

そうでなければ、黙らせるほどの力が必要だ。

一番は両方を兼ね備えていることだが、マクシミリアン家はどちらもない。

元老会からもこのような人間を王族に迎え入れを看過することはできないとの判断があったのだが、そこは黙っていたラウゼスだ。

追い詰められすぎた人間はろくな事をしないと知っていたからだ。

大慌てで何か実績を出そうとするオーエン。だが、つけられた会計士から衝撃の通告があった。

「もう資金がありません。王太女殿下からいただいたものは底をついております。未払いの請求が来ておりますが、こちらで払いませんのでそちらに回します」

マクシミリアン侯爵家の税収の数倍の金額の請求書が、オーエンに回されてきたのだ。

中には酒に酔っていたのか見覚えのない請求もあった。

だが、ダントツに多かったのは夜の店――歓楽街でも、特に花街関連だった。それを見た侯爵夫人はカンカンに怒って実家に帰ってしまった。

その際に、さり気にドレスと宝石類はきっちり回収していった。

今まで、散々一緒に贅沢をしてきたのに今更そっぽを向いて知らないふりをし出したのだ。離縁まで求められたが、当然認めない。何せ、請求書の中にはたくさんのドレスや貴族御用達《ごようたし》の高級ジュエリー店の品もあったのだ。

「ふざけるな！　お前だって散々使い込んだだろう！」

「買っていいっていったのは貴方でしょう！」

妻の実家に乗り込んで、醜い罪の擦《なす》りつけ合いが始まった。

大醜聞の気配に周囲が面白がっていることなど知らずに、罵り合いを起こすようになった。

両親の離婚の危機だというのに、ヴァンは入れ込んでいた娼婦の元へと通い詰めていた。

なんでも長いブルネットと緑の瞳をした大層美しい女性だという。人気の高級娼婦に手玉に取られに体よく絞り取られている馬鹿なお坊ちゃんとヴァンはもっぱらの評判である。

ヴァンの婚約者はまだカルラのまま。ポーター家とも切れていないのに、すっかり高級娼婦に入れ込んでいた。相当貢いでおり、若い女性に人気のブティックからの請求書が多数ある。

オーエンは多少の火遊びも男の甲斐性だと思っているが、これは完全に手のつけられない山火事になっている。

色々な知り合いや金貸し、癪であるが一応ヴァンの婚約者のポーター家にも融資や資金援助を頼んだがなしのつぶてだった。

金を湯水のように使っていた時はたくさんいた『友人』たちも一斉にそっぽを向いた。

最後の砦《とりで》であるアルベルティーナに追加の資金の申し出をしたが、会計士から全く進んでいない事業の様子を聞いて援助は打ち切りになった。

周囲からは王太女殿下からラティッチェ公爵家の分家という立場を盾に事業をもぎ取ったものの、

大コケしたと失笑の的になったマクシミリアン家。

散々事業を寄越せと強請っておいて、いざ渡せば惨憺《さんたん》たる有様である。

報告を聞いた元エリート従僕にして現公爵子息のジュリアスは優雅にカップを傾けて微笑んだ。

「言った通りになったでしょう？」

「え、ええ……その、あっという間ですわね」

ジュリアスの仕掛けた罠《わな》にかかったマクシミリアン侯爵家は見事に身持ちを崩した。

それはもう悉《ことごと》く引っかかった。

一度覚えた贅沢癖は抜けず、以前の生活に戻れないようだ。まだ借金を重ね続けている模様。相当あくどいところからも借りているらしく、利息が借りた金を上回るのは時間の問題と言えよう。

せっかく一等地に建てた豪邸は差し押さえ寸前だという。

「下拵《したごしら》えはしましたが、見事に毟《むし》り取られて料理されましたね」

無駄遣いを知っていた会計士は、わざと何も言わなかった。

淡々と言われるがままに資金を出していき、底をつくように仕向けた。いくつもぼったくりのようなものもあったのもそのまま放置した。

そして、どれだけマクシミリアン侯爵が無能かをありのままに示す領収書がついた費用を計算した各種の帳簿と提出したのだ。

それを見たクリフトフもガンダルフも軽く引くくらい遊び惚《ほう》けていた。

だが、アルベルティーナから貰った事業資金で酒と女と買い物と賭博に使い込んだことに、じわじわとマントル奥深いマグマの如き怒りがせり上がってくる。

何一つ身になっていない。悪評だけが残った。

随分高い手切れ金になったとアルベルティーナまで嗤う輩もいるが、当然それは承知の上だ。

むしろ、ここから挽回《ばんかい》するのも作戦のうちである。

怒り狂う義家族を横目で見ながら、ジュリアスは誰にもばれないようにほくそ笑む。

「でも、本来この事業に割り振られる資金の半分になってしまったわ」

「問題なく。私がちゃんと引き継ぎますので」

申し訳なさそうに眉をハの字にするアルベルティーナ。そのこめかみにキスを贈るジュリアスは鼻歌でも歌いそうなほど上機嫌だ。

「私が言い出したのです。喜んでお受けいたしますので、どうぞお申しつけください。恙《つつが》なく完遂させて見せますよ」

これはジュリアスが仕組んだもの。

片手間に奈落に続く穴へ、背を押した。

アルベルティーナも少し案は出したが、ここまでマクシミリアン家が素寒貧《すかんぴん》になるように仕向けたのはジュリアスだ。

こてんと首をジュリアスの肩に預けながらも、マクシミリアン侯爵家を押さえつけに成功したことには安堵したアルベルティーナ。

そして苦笑気味に「敵に回したくないわ」と呟《つぶや》く。

敵も何もジュリアスはアルベルティーナだけの味方だ。

二か月前――ヴァユの離宮に泊まっていた時に、ジュリアスから提案があったのだ。

「手紙といえば、マクシミリアン侯爵家ですが」

その言葉に、アルベルティーナの空気がピンと張ったのが分かった。

何事もなかったようににこりと笑っているが、完璧すぎて作り笑いだとよくわかる。

アルベルティーナが普段浮かべる笑みはふわふわとした柔らかい、花がほころぶようなものだ。それをよく知るジュリアスにしてみれば、ぎこちなくて不自然極まりない。

生来の美貌を形だけを模した笑み。隙のない貴族の笑み。

見惚《みと》れてしまいそうな笑みだが、ジュリアスの腹の底にはちりちりと焦がすような激情が渦巻いた。

それをひっそりと押しやり、いつも通りに振る舞う。

マクシミリアン侯爵家を疎みながらも気にかけなければならないアルベルティーナ。

それを面白く思わないはずもないジュリアス。

幾度としてアルベルティーナを怯《おび》えさせ、痛めつけた人間を当然許すはずもない。

分からないことはあっても、ある程度の予想はできる。一線を越えない程度に牽制《けんせい》を掛けたのだ。

「王配に推挙なさるなら、さっさとなさってください。建前だけでも整えて黙らせておけばいいでしょう」

「……いつまでも置いてはおけないものね」

「ええ。そして却下されるよう仕向けるんです」

「…………え？」

目を見開いたアルベルティーナに畳みかけるように、ジュリアスは言葉を吹き込む。

あの程度の連中が、足掻《あが》いたところで手が届かないのだと。

「いくら貴女《あなた》が熱烈に望まれても、そもそも奴らは才なし・財なし・派閥なし。辛《かろ》うじて侯爵家という格があったとしても、アルベル様の隣に並ぶにはあまりに足りなすぎる。零落した貧乏侯爵家が何の功績なしに王配に？　そんなに単純な椅子取りゲームではないのです」

「そう上手《うま》く行くかしら」

「行かせるのですよ。少なくとも喪が明けるまでは猶予はあります。スキャンダルがないならば作ればいい。高い場所にいるのならば、失脚させ汚名の泥につからせればいいのです」

「……それなら、わたくしにも考えがあります」

意外なことにアルベルティーナから意見が上がった。

アルベルティーナもやられっぱなしになるつもりはなく、結ばされた契約の穴を探していた。

そこにはヴァンを婚約者候補に推すとはあったが、妨害については言及されていない。他に推薦者を作ってはいけないとも——そもそも、アルベルティーナに王配決定権はないのだ。

ジュリアスはアルベルティーナからの申し出に興味がわいている。

誰かを陥れるような真似がこのお人好しにできるものかとタカをくくっていたが、面白そうなので促した。

「お聞きしても？」

「あの家は、わたくしに金子の他に事業や領地の権限をたびたび要求してくるの」

予想はしていたが、改めて聞くと気持ちがいいものではない。

アルベルティーナは言わないが、不敬ととられるようなセンスのない口説きをしたのも知っている。

「恥知らずな」

「でも、マクシミリアン家は正直裕福ではないわ。領地も特産品もあるけど、それを上手く使いこなせていないようなの。調べてみたのだけれど、鉱山はあるし農耕地としても悪くないと言えますわ。多分、商売が得意ではないのね。事業なんて任せたら計画が倒れてしまうわ」

その通りだ。目のつけ所は悪くない。他にも粗を探せばごまんとあるが、マクシミリアンの経営の焦げつき方はかなり逼迫《ひっぱく》している。

金は大好きな癖に、振り回される典型だ。浪費ばかりで貯まらない。財産が身につかないタイプである。

「だからあえて事業を一部渡します。少し多めの資金と共に」

「潰すと？」

「ええ、でも渡す資金は半分ほどよ」

そう言って示したのは小さな事業。

あくまでアルベルティーナにとっては、と注釈はつく。

「マクシミリアン親子は調子に乗るでしょうね」

「ええ、そして莫大な資金を得たマクシミリアン侯爵は湯水のようにその潤沢な資金を使うでしょうね。ベラに頼んで取り寄せて、マクシミリアン領の税収や支出の内訳を見せてもらったの。酷いものよ……わたくしでも、絶対こんなことしない。随分杜撰よ。災害をはじめスタンピードや飢饉《ききん》で税収が落ち込んでも修正していない。大豊作の年も直していないわ。何十年も変わらないの。物価の上昇とか景気とか考えていないわね。役人も変わっていないし、監査も入れていない。ここまで酷いと、買収や中抜きされている可能性だってある。よほど経営に興味がなくて、丸投げしているのですわ」

お父様ならこんないい加減な仕事しないわ、とアルベルティーナは赤い唇を噛む。

アルベルティーナの地頭は悪くない。むしろ優秀といっていいからこそ、マクシミリアン侯爵家の資産管理や運営の杜撰さが良く分かったのだろう。

しわ寄せがきている領民や、一生懸命働いている職人や労働者を慮《おもんぱか》ったのかもしれない。

眉根を寄せたジュリアスは「切れてしまいますよ」と顎を引いて止めさせる。

「失敗すると分かっていて預けるのですか？」

「ええそう。すぐにわたくしに泣きついて、追加を求めるでしょうね」

「なるほど」

悪くない考えだ。だが、少し詰めが甘い。

ジュリアスはアルベルティーナほど優しくも甘くもない。だから、あの下種にそこまで施してやるつもりはない。甘い汁を啜《すす》った以上の地獄を味わわせてやりたいと思っていた。

ジュリアスはにっこりと深い笑みを浮かべて、どこか頑《かたく》なで強張ったアルベルティーナに囁《ささや》いた。まるで蜜のように甘く、毒のように痺《しび》れるような蠱惑《こわく》をもって誘惑した。

「ならば、一度に資金を渡してください。残りでこの私が事業を完璧にやり遂げて見せますよ」

アルベルティーナからの事業資金――それも公務資金を散財に使い込んで、しかも半分も使っておいて全く事業が進展していなければ責任者から降ろされても文句は言われないはずだ。

何に使ったと蓋を開ければ豪遊三昧だ。これでは追加資金の要求などできはしないだろう。

アルベルティーナとしても断る理由になる。

大金は人を狂わせる。贅沢と賭博は人の金銭感覚を壊すのに何よりも効果がある。

ましてや、自分が苦労して得たものではなければ一層壊れやすい。

ジュリアスは社交界に積極的に顔を出しながら、人脈を築いていた。当然噂話を多く耳にするし、悪評が事欠かない横暴なヴァンやマクシミリアン侯爵家を調べるのは容易《たやす》かった。

マクシミリアン侯爵夫妻の好みそうな商品を取り扱う商人を積極的に持ち上げるよう差し向け、賭博好きの遊び上手な人間に夜会やお茶会の招待状を握らせた。もちろん、賭博場ではある程度の接待はさせ、ギャンブルにのめり込むよう仕向けた。

アルベルティーナに会えずイラついているヴァンには、アルベルティーナに似通った特徴のある高級娼婦のいる娼館へと足を運ぶようにした。娼婦はのぼせ上がりやすい男の扱いに長《た》けている。ヴァンのような単純な男は見事に貢ぎまくり、そこら中に借金やツケをしていた。

マクシミリアン侯爵が買ったあの豪邸。広くなった敷地で大量の使用人を雇った。それによりジュリアスの息のかかった使用人たちが入ったし、商人たちも出入りするようになった。

あの愚鈍な貴族の動向は手に取るように分かっていた。

結果、たった二か月でマクシミリアン侯爵一族は失墜した。

ほんの一瞬の栄華と共に一層落ちていった――。


ジュリアスへ「怖い人」といいながら安心し切った様子で身を預けるアルベルティーナ。

少しは肩の荷が下りただろうか。表情は柔らかい。

不安、恐怖、寂しさを感じた時、アルベルティーナはそれを埋めるように誰かにすり寄る癖がある。

ただし、それはごく一部の信頼している人に限るという注釈はつくが。

アンナは女性であり華奢だからか、身を預けない。重いだろうと遠慮が働くのだろう。

だが、アンナにしか頼まない世話もあり信頼の深さはどのメイドたちとも一線を画している。

恐らく長年グレイルやキシュタリアが猫可愛がりのようなスキンシップをしてきたからだろう。

ジュリアスも幼い頃からのお守り役でもあったし、落ち着くのだ。

甘ったるい眼差しでアルベルティーナをあやすジュリアス。

そんな義弟を見て黙りこくっているクリフトフ。いつもなら邪魔をするがそれどころではなかった。

クリフトフは一見単純ながらも綿密に計算された罠に寒気がした。家督は残っている。あの愚かなオーエン・フォン・マクシミリアンなら再起できると勘違いしそうなギリギリの地獄に沈めた手腕に舌を巻いていた。

謝罪の前に恥の上塗りを重ねた一族がアルベルティーナと懇意になるなど、もう周りが許さない。

今までデカい顔をしていたのだから、さらに引きずり落としにかかる連中も湧いてくるだろう。

それらの相手をしていれば、こちらに顔を出せないはずだ。

オーエンがアルベルティーナを脅しに使っているモノが金銭価値のある品なら、隠れて質に出す可能性がある。あの愚か者のことだから、あとで取り戻せばいいなどと高をくくっていそうである。

そうでなければ、何かしらを使ってアルベルティーナに接触をして援助を強請にくる。だが、ここまで失墜したマクシミリアン侯爵家に手を貸す者は出てこないだろう。

ジュリアスはアルベルティーナを甘やかしながら、思考を巡らせる。

(あとはキシュタリア様の調べがどこまで進んでいるか、ですね)

だが、アルベルティーナがマクシミリアン侯爵家を語る時の表情はまだ硬い。あれは許していない。

それが憎悪でも、あの連中を気にかけることは面白くない。

(まだ、終わっていない。連中の脅しのネタが判明していない)

だからこそ、アルベルティーナは安心し切ってはいない。

これ以上、アルベルティーナに爪痕を残す真似などさせてやるものか。

ジュリアスは得意の紅茶を振る舞いながら、さらなる策をいくつか考えていた。

六章　姫殿下、画策す

ジュリアスは頭がいいことは知っていた。

ですが、わたくしのお金ドブにぽいぽいしちゃうも同然な捨て身作戦から、ここまでマクシミリアン侯爵家から毟《むし》り取ってくるなんて。

幸い、マクシミリアン侯爵家の散財したお買い物はローズブランドのものも多かったから何割かはこっちの懐に入ったともいえるかもしれない。

なんでも、御屋敷もローズブランドのデザイナーフルオーダータイプの注文住宅で事業資金の四割は吹っ飛んだらしい。調度品をはじめ馬車から寝具、壁紙などすべてローズブランドで揃《そろ》えたという。

事業資金で何をしているのかしら、マクシミリアン侯爵は。どう考えても横領ですわ。

前世でもミュージシャンやアーティストで急激に有名になったり宝くじで億万長者になったりして身を持ち崩す方はいました。

突如手に入れた巨万の富に金銭感覚が狂うのですわ。

大きなお金を手にし、ちょっとくらい横領するんじゃないかと思ったら、全部遊興費に使用したようなものですわ。マクシミリアン侯爵曰《いわ》く社交費用だそうですが、それで契約の一つも結んでいないのでは散財以外の何でもないですわ。

事業を渡したことでマクシミリアン侯爵家は静かになりました。

わたくしではなくジュリアスが手を下したようなものね……。

わたくしはジュリアスに汚れ役を押しつけるために引き立てているわけではない。

だけど、幼い頃からわたくしの世話し続けている彼はわたくしをよく見ている。そして聡明だからこそ先回りして障害も敵も取り除いてしまう。それが仕事でもあったから。

……でも、あの男は愚かで強欲。諦めないでしょうね。お父様を持っている以上、いくらでも強気で出てくるわ。

まだ油断はできないでしょう。

取り返したら、死んだほうがマシな目に遭わせてやりますわ。

上っ面だけでも従順な振りをして、唯々諾々《いいだくだく》と従う振りをしておいたほうがいいでしょう。

そうすれば、あの男たちはより一層馬脚を現しやすくなるはず。

しばらくは大人しくしているしかないでしょう。内輪もめ真っ最中と聞きますし。

お陰で幾度か行った叡智《えいち》の塔の王宮魔術師たちの会合にも邪魔が入らず、スムーズにメギル風邪の研究を約束できました。

ただ、なぜか二度とあの塔にはわたくしは入れてもらえませんでしたわ。

その手前の待合室（とても清潔で綺麗《きれい》）で待っていることに。

なんでも工事中だそうですが……そりゃ、鼠《ねずみ》や蝙蝠《こうもり》には少し驚きましたけれど。

わたくしを診察にくるヴァニア卿《きょう》ですが、わたくしの見つけた古文書や遺跡の書物にだいぶ興味津々のようで往診の頻度が増しました。

正直な方です。

「姫様あああ！　なんで私にも教えてくれないのですかぁあああ！」

ですが、それをどこからか聞きつけたカルマン女史が号泣しながら自分も研究メンバーに入りたいと泣きついてきました。

おいおいと人目もはばからず泣き崩れ、わたくしの足に縋《すが》りつかんばかりです。

わたくしの先生である方を邪険にすることもできません。というより、これ以上騒いだらベラとパトリシア伯母様の笑顔が怖いことになりそうですわ。

仕方ないので、別に見つけた赤っ恥フルコースこと賢者様の黒歴史をお渡しすることにしました。

とりあえず「この書物ですが、スズキ・タロー様の物ではないかと思っていますの」といえば、内容が何であれ嘘《うそ》ではないので……。

カルマン女史の喜びように罪悪感を覚えましたが、そっと胸に沈めておきます。

そんな悲しい真実を知らないカルマン女史はスキップする勢いでルンルンとそれを持ち帰りました。

それに書いてあるのは賢者様のだらしない女性関係や、妻のガチな嫉妬や子供たちの複雑な感情と冷遇の反抗期の哀切ですわ。

それを渡して数日後、ヴァニア卿は診察という名の新しい発見はないかという催促にきました。

あの遺跡の中？　慣れればただの部屋に近いですが、一応わたくししか入れないことになっていますし……あまり頻繁には行けないとは言ってはあるのですが。

「えー、でも姫殿下。この前、女教師に何か渡していたよね？」

「普通の本でしてよ」

「遺跡から出た時点で重要文化財です～。それが古代魔術でも、風俗的なものでも、お菓子のレシピでも超絶レアな古文書扱いになるんですぅ～」

「まあ、拗《す》ねないでくださいな」

唇を尖《とが》らせて拗ねているヴァニア卿。

燐光《りんこう》を帯びたような緑の瞳が疑わし気に細められ、こちらを見ています。

この方はわたくしをねっとりと見ないから嫌いじゃない。どうも殿方には『異性』や『金蔓《かねづる》』として見られやすいので辟易《へきえき》していました。

他者から見ればわたくしの肩書と外見は魅力的なのでしょう。もっと巧《うま》く使いこなさないと。

「研究の方は進んでいまして？」

「恙《つつが》なく。問題なさすぎなくらいでーす。びっくりするくらい今のところ姫様の予想が当たっている」

「それは良かったですわ」

何とか微笑《ほほえ》んで話を流そうとしますが、ヴァニア卿のじっとりとした目は誤魔化されないといっておりますわ。

仕方なく、目を伏せて答えます。彼は必要な協力者。あまりに不信感を抱かれても困ります。とても探られたくないことがお腹《なか》いっぱいなのです。

ジュリアスにもくれぐれも持ち手のカードは大事に切れと釘《くぎ》を刺されています……。

本当に大事なカードを切る時は、ジュリアスたちにもできるだけ伝えたほうがいいでしょう。

ヴァニア卿にすべてを語ることはできない。ですが、真っ赤な嘘を伝えるのは気が引けます。

「遺跡にはまた入りたいとは思いますが、内密にしていることなの。調査はしたいし、もっと探すつもりではあります。わたくしの立場上、あまり長い時間もぐれなくて……」

「だろうね。慎重に行ったほうがいいですよ～、きっと今までも何人も行って戻れなくなっているだろうし～、何かあって救出隊を編成しても、入れないってオチが濃厚ですからねぇ」

怖いことを言わないで欲しいですわ。ですが、遺跡に行くことにあまり良い顔をしないレイヴンとジュリアスを見れば、うすうすそんな気がしてはいました。

過去にこの離宮というか、王城自体でも王族の行方不明者が出た記録があります。

悪魔にかどわかされた、妖精に連れていかれたという噂《うわさ》がまことしやかにあります。

中には隠し通路から遺跡に入ってサックリやられていたりするのでしょうか……通り道には遺体らしきものはありませんでしたが。

「さすがに陛下には頼めないからお願いね～」

ヘラリとしつつ結構酷《ひど》いお願いをなさるヴァニア卿。

ですが、彼が主導となってメギル風邪の研究をしてくださる以上は大切な協力者ですわ。

「立場上、あまり表立って探せないの」

「知ってるよぉ、でもさーあの文献連番でしょ？　背表紙には一番ってナンバリングがあるけど、あの書き方は他に類似議題をいくつか書いたことを前提で作成されている。僕が行ければ探しに行くけどできない以上は殿下に協力を仰ぐしかないし～」

「解《わか》りましたわ……でも最近アンナもジュリアスも休め休めと目を光らせているのよね」

「ああ、殿下のとこのメイドも旦那《だんな》様候補も本当に殿下大好き人間大集合って感じだよねぇ。他のところと違ってガチ切れ案件多いから超怖い～。往診でもラティッチェもフォルトゥナも公子の嫉妬の視線すっごいし～」

「それは……代わりにお詫《わ》びしますわ。心配性なの」

「いや？　何も言わないし当たってこないよ？　表面上は穏やかで鷹揚《おうよう》に接してくれますよぉ？　でも魔力が微細に尖るからねぇ。相当嫉妬深いよ、あの二人？　ミカエリス伯も入れれば三人？」

どこで面識があったのかは謎ですが、どういうことだってばよですわ。

魔力が微細に尖るって……わたくしも結構敏感なほうだとは思いますが、あの三人がそんな攻撃的な様子を見せた？　いえ、態度には出てはいないということですわよね。

とてもややこしいですわ。

「姫殿下、そのうち三人のうちどれかに刺されるんじゃない～？　話が違うって！　もしくは心中とか！　アッハハハ～！」

ヴァニア卿はケラケラと笑っておりますが、そう考えると学園で複数の男性を侍らせまくっていた推定ヒロインことレナリア嬢のことを言えませんわね、わたくし。

男女の青春、レナリア嬢の場合は平然と複数の関係を持ち不貞行為をしていたから性春というべき感じでした。

わたくしも傍から見れば一緒よね。

「あの三人ならわたくし、刺されて一緒に死んでもよろしくてよ」

それくらいの覚悟はとっくにしている。

だからこそ、その言葉はあまりにも自然に出ました。

高い声で笑っていたヴァニア卿がぴたりと止まる。目を真ん丸にして、まじまじとこちらを見てきます。

「ワォ、きょーれつ。意外と姫殿下ってグレイル様似？」

「ふふ、お父様に似ていると言われるのは嬉《うれ》しいわ」

わたくしが彼らに要求したのはそれだけ理不尽で危険なことです。

いくら優秀でも若い三人を権謀術数の渦中、それも未曾有の混戦乱戦の中に身投げしろと言ったのですから。

その癖、わたくしは一人を選ばず三人に求めた。傲慢で強欲だ。

「で、本命は～？」

「秘密よ」

本命は常に一人、わたくしはお父様のためだけに。

お父様の眠りを汚した連中を一人残らずあぶり出して、惨めで酷い最期を与えてやりたい。

ずたずたのボロボロになりながら、絶望だらけの中でぐちゃぐちゃに壊してやりたい。

『幸せに』とお父様は願ってくださったけれど、お父様がいない時点でそれはあり得ないのです。

ならば、わたくしはやりたいことをやる。それが善からぬことでも構うものか。もうすでに善悪の問題ではないの。完全な私情と私怨だと分かっていても止まらない。

かつてラティお義母様《かあ》に語ったわたくしの夢は、夢物語だけで終わった。

お父様に似た男性と結婚するという、子供じみた願い。

お父様のように優しくて、強くて、愛情深く、一途《いちず》な方と共に、お父様に祝福された結婚をする。

もうあり得ない未来絵図。

結婚で終わりではないけれど、子供の描く将来の夢としては平凡でありきたりな部類でしょう。

だから、マクシミリアン侯爵とヴァンにはもっと苦しんでもらわなくては。

あまりに早く夭折したお父様――その安らかな眠りを邪魔した大罪人。

陛下が許しても、ラティお義母様やクリスお母様、キシュタリアが許しても、神様が許しても、お父様がお許しになってもわたくしは許さない。絶対に許さないし許せない。

恐らく、この怒りは彼らが死んでもなくなることはないだろう。

自分の醜さに失望しながらも、この感情がなくなりはしないのです。

復讐《ふくしゅう》は何も生まないなんて綺麗事。

心臓から全身を焼くような憎悪を持て余し、罰せられる愚か者に諂《へつら》い従う屈辱を飲み込むくらいなら反抗する。

最愛のお父様だけでなく自分にとって幸せの象徴だった場所を汚されると分かっていれば、なおのこと止まる理由なんてありはしないの。


真っ白な褥《しとね》に体を横たえると、魔石のランプの光を調整したアンナがこちらを向いた。

少しだけ毛布を引いて、しっかりと顎の下付近まで持ち上げる。シーツのしわや枕の上に広がった黒髪を整えるとこちらにわたくしを見た。

茶色の瞳は優しく細められ、静かで落ち着いた声が下りる。

アンナの笑顔が好き。優しくて、安心する。お父様とは少し違う。ラティお義母様に少し似ていて、キシュタリアやジュリアスにも少し似た温かさ。

「おやすみなさいませ、アルベル様」

「ええ、おやすみなさい。今日もありがとう、アンナ」

「もったいないお言葉です。良くお休みになってください」

一礼したアンナが退室する。そして、その足音が遠ざかっていった。

結界魔法の応用で大体の位置は把握できる。よく響く呼び鈴が聞こえる隣室にはメイドが何人か待機している。世間話に花が咲いているようだ。

うーん、この様子だとちょっとした音だと気づかないわね。

「レイヴン、いるかしら？」

小声で言うと、いちおうは魔力で感知したあたりからするりと暗闇に浮き上がる長身の青年。うーん、もう少年とは言えないほどの外見。

本当に、以前の小ぢんまりと愛らしいサイズから雨季のタケノコも真っ青な育ちっぷりですわ……またちょっと伸びた？

手招きすると猫みたいに静かな足取りで近づいてくる。

足音も気配も薄く、その真っ黒な姿もあって暗闇や影が動いているよう。

「遺跡に行くわ。護衛をして」

「お休みください」

「一時間だけよ」

「最近の姫様は夜更かしが多いです」

「四十五分」

「社交はしていませんが、公務の一環で色々な方に手紙を認めて呼びかけなさってますよね」

「同じ文章よ？　手書きではありますが……三十分！」

「……そのあと、部屋で夜更かしするのでしょう」

読まれていましたわ。もう、どうしてそんなに疑り深くなってしまいましたの。レイヴンったら。

「解ったわ。遺跡から帰った後、今日はすぐ寝ます。それで手を打ちましょう」

心なし肩を落としたレイヴンは頷《うなず》いた。というより、項垂《うなだ》れた？

可愛《かわい》いレイヴンに迷惑をかけてしまうのは心が痛みます。我儘《わがまま》を言って申し訳ない。

じっくり二十秒ほど黙った後「……解りました」と了承してくださいました。レイヴンから疑いの眼差《まなざ》しが刺さっているのは気のせいですわ。

粘り勝ちですわ。

「ありがとう、レイヴン」

「皆が心配しておりますので、何か変調がありましたら部屋に戻ります」

そこはきっちり釘を刺されてしまいましたわ。

てきぱきとクローゼットから暖かそうなガウンコートとブーツを持ってくる。

「カーディガンとスリッパでよくなくて？」

誰もいないのですから、そこまできっちりしなくてもと思いましたがレイヴンは頑《かたく》なに首を縦に振ってくれません。

「カーディガンは薄すぎます。スリッパは転倒の恐れがあるので却下です」

きっぱりと言い切るレイヴンに迷いはない。これはまた手厳しいですわ。

わたくし、そんなに信用できないのかしら？

その、ちょっと体力や運動神経に自信はないですし？　ちょっと疲れるとすぐ寝込んじゃうような気がしますが……。

何とかレイヴンと一緒に宮殿の地下にある遺跡部分まで潜ります。

手元の魔石ランタン以外には明かりはなく、陰鬱で冷えた空気が漂っています。何か心霊的なものが出てきそうな気がしますわね。

渡り人以外でヴァニア卿をはじめとした王宮魔術師たちを釣れるような素敵な人参を探さなくては。その人参でキリキリ働いていただくのですわ！

わたくしが有効利用できなくてもジュリアスが上手《うま》く役立ててくれるかもしれません。

あの後、問い詰められはしませんが、隠し通路からの遺跡探索は心配性な周りから禁止令が出てしまえば出入りも難しくなってしまいます。

ヴァニア卿は古文書をできるだけ独り占めしたそうにしているので、口は堅いでしょう。本来の『キミコイ』ではカイン・ドルイットのライバルキャラでしたが味方であれば心強いです。

カインルート以外では問題児ではない方なので、カインがヒロインと結ばれて魔法使いとして活躍し、成長しない呪いが解けなければ劣等感もないはずです。

正規ルートではヒール役同士共闘というのは、わたくしがモブだったら胸熱展開でしょう。ですが当事者としては綱渡りの気分ですわ。

そういえば、レナリア……いえ、あの転生者？　憑依《ひょうい》者かしら？　指名手配されていると聞いてはいますが、どうなったのでしょう。

逃げ出してからの行方は知れていない。

悪役令嬢の『アルベルティーナ』は最後の最期までヒロイン絶対殺すヒールでした。

でも『アルベルティーナ』と違ってレナリアは財力も後ろ盾も人脈も心許《こころもと》ないはず……わたくしをまだ狙っているなんてことはない、はずですわよね？

そこがあの少女の分からないところですわ。

脱獄できたというのに、わざわざわたくしのいるラティッチェ本邸に賊を引き連れてやってきたトチ狂った娘である。

あの場にお父様がいたら視界に入った瞬間に首を刎《は》ねるか、跡形もなく消し炭にしていたでしょう。

まだ狙っているという説が捨てきれないのが怖いところだ。

謁見の間にあのような悍《おぞ》ましい魔物をけしかけたのです。わたくしを殺すために、王や王妃や王子までいたあの場所に、だ。

この国の元首と重鎮揃い踏みの場所に、態々あのような化け物となったカインを仕向けるなんて国を敵に回しているようなものです。

「アルベル様、お時間です」

考えながら作業をしていたのであっという間でした。

持っていけそうな本を持ち帰ろうとすると、隣から伸びたレイヴンの手がてきぱきと大きな箱に入れて布を被《かぶ》せ、荷崩れしないように紐《ひも》で縛ると背負った。

結構な量だったけれど素早い荷づくりでした。

レイヴンはわたくしに早く寝室に戻って欲しいらしく、その状態でさらにわたくしを薄手のブランケットに包んで抱えるとスタコラと淀《よど》みない足取りで戻ってしまいました。

一瞬の早業でした……。

「わたくし歩けますわ」

「なりません。夜は床の石から冷えています」

ブーツを履いていますのに、と反抗するように足を揺らしますが黙殺されました。

部屋に着くとやっと下ろしてくれました。

「荷物はいかがいたしましょう？」

「クローゼットに」

「他の侍女にもばれてしまいます。アンナ様以外には目に触れさせないほうがいいかと存じます。姫様は御衣装の新調も少なく、増やすことがないので些細《ささい》な変化でも目立ちます」

レイヴンがやんわりと否定する。

でも、わたくしはお茶会や夜会もしなければ、改まった儀式や行事に参加することもありません。意識高い系貴族と称して一度着たドレスや宝石はお気に入り以外二度と身につけないなんて方もいるようですが……うちの王族にいないといいのですが。

何はともあれ、わたくしの衣装棚は喪中の黒ドレスばかり。シルバーや紺の大人しい色合いの物は何着かあります。晴れ着として着られそうなのもありますわ。

ドレスといえば会ったこともないどこかの御令息たちからドレスや宝石が贈られてきたこともありますわ。恐ろしくなってアンナやベラにお返しするようにしましたが。

そういえば、ヴァンからもありましたわね。下品なほど真っ赤なビビッドレッドと安っぽいくらい真っ青なネオンブルーのドレス。握り拳ほどあるごろごろと品のないカットと大きさばかりでぱっとしない輝きのネックレスやブローチ。

しかもドレスは首や肩は剥《む》き出し、胸元は半ばまで出ているような大変破廉恥な品が……赤いドレスのほうは足の付け根までありそうなスリットが入ってました。

やたら体の線を強調するデザインで際どい露出に、シュミーズのように薄っぺらい生地。

一瞬だけしか見ていませんでしたが、あれはわたくしだけでなくメイドや護衛たちすら戦慄して凍りつきましたわ。

思わず「わたくし、いつ娼婦になったのかしら」と呟いてしまえば、今まで見たことのないほど機敏な動きでメイドたちが動きました。特にフィルレイアが箱の蓋を衣装の上に叩きつけ、すごい速度で包装リボンを荷づくり紐にしてぎゅうぎゅうに縛り窓から投げていました。

可愛いだけの仕事ができないメイドといわれていたフィルレイアでしたが、あの時ばかりは英雄張りに拍手喝采されていました。

同時にあの衣装を贈ってきたヴァンには「ふざけんな死ね！」という空気が流れていました。

ちなみにアンナは火打石を持っていました。

もちろんドレスは返品……というより、時期的にあれはわたくしの事業資金。それであんなものを買っていましたの？　頭も趣味も悪くてよ。

「姫様？」

「あ、ごめんなさい。しまう場所ですわよね……」

わたくしが取り出せるような場所……私室や書斎もありますが、そこには他の本が入っております。

公共事業やローズ商会の事業、様々な資料も入っています。

この量を入れると考えるといささか心許ない……。

考えていると足元に何かがすり寄ってきた。

「ぴぃ……？」

寝ぼけ眼のチャッピーです。普段はぱっちりとした目がほとんど下りた状態で、首がゆらゆらしています。それに合わせて、お腹のファスナーの金具もプラプラしています。

そこで思いついた。

「チャッピー、お腹のポッケをちょっと借りていいかしら？」

「ぴー……？」

「ごめんね。眠いわよね」

寒いだろうと抱き上げると、ぐいぐいと顔をわたくしに押しつけて甘える仕草を見せるのが可愛い。ハニーのちょっとツンなところも可愛いけど、チャッピーの全面に甘えたところもとても可愛い。思わず表情が緩んで、額にキスをする。

眠気にとろとろになったチャッピーの目は、それでも睡魔に抗《あらが》おうとしています。

それを見ていたレイヴンが複雑そうな顔をしていたとは露知らず。

（そんな風に可愛がるからジュリアス様たちが嫉妬するんです）

などと思っていたことなど知りませんでした。

もちもちほっぺたを堪能していると、ようやく徐々に覚醒してきたらしいチャッピー。ぴきゃぴきゃと笑うような鳴き声と共に頬ずりを返してきた。

「姫様……入るんですか？　確かによく物を入れていますが」

「どれくらいかは試してみないと何とも言い難いところですが……」

レイヴンが疑わし気にチャッピーを見ています。

チャッピーはもしかして吊《つ》るされるのではないかと怯えているのか、わたくしにぴたりとくっついて離れません。

そういえば、アンナに怒られた後にレイヴンがお仕置きとして高い場所に縛っていましたものね……でも懲りないチャッピーはすぐに似たようなことをしてまたキツイお仕置きを受けてしまうのです。

お陰で、最近のチャッピーはアンナの怒りの重低音で名を呼ばれると、すぐさま謝罪体勢になるよう……これが躾《しつけ》？　怒りの点呼に馳《は》せ参じようとして転ぶ姿が五体投地に見える今日この頃ですわ。

チャッピーはクラッシャー属性持ちのドジっ子なのでハニーよりも怒られる姿をよく見ます……。

でも、まったく学ばないというわけではないのです！　ちゃんと、ちょっとずつ！　牛歩というより蝸牛《かたつむり》の歩みですが覚えているのですわ！

半信半疑のままレイヴンは持ってきた本を一冊手に取ります。

「チャッピー、これを預けたいの。わたくしが出してって言ったら、出してくださいな。他の人には絶対にダメよ？」

「ぴぁ？」

「ちゃんとできたら、そうね……明日は一緒にお庭でお茶をしましょう。クッキーもキャンディもケーキもチョコレートもいーっぱい用意するわ。スコーンとジャムやクリーム、蜂蜜も素敵でしょう？」

お茶会といっても紅茶よりもミルクやホットチョコレートや蜂蜜多めのレモネードが好きなチャッピー。甘党なのよね。

魔法の言葉のようにチャッピーの大好きなおやつを伝えるときらきらと目を輝かせています。

「ぴゃっ！」

一生懸命、全身でやるとアピールしてくるチャッピー。

短い手足をうごうごと振って、大きな目を輝かせている。

良かったですわ。

……別に理由をつけてチャッピーを可愛がりたかったとかいうわけではないですわ。

チャッピーはレイヴンから本を受け取ると一冊、また一冊とお腹のファスナーにしまっていきます。

重量法則も物理法則も無視した代物だとは知ってはいますが、どれくらい入るのでしょうか？　マジックバッグなどで似たような機能はありますが、かなり高価なものと聞きます。

じっと様子を見ている間にもするすると入っていきます。ほんとに異次元ポケットみたいですわね。

数分後には、持ってきた荷物が全部なくなりました。

「ぴぁ！」

エッヘンといわんばかりに胸を張るチャッピーをいっぱい褒めて抱きしめます。

「すごいわ、チャッピー！」

掲げてくるくる回っているとレイヴンは足がもつれる前に止めてくれました……目がぐるぐるですわ。チャッピーもぐるぐるですわ。

レイヴンは最初の疑惑の眼差しから警戒気味の目になっているような？　レイヴンまでチャッピーを虐《いじ》めませんわよね？　視線がちょっと鋭いような……？

思わず庇《かば》ってチャッピーをぎゅっと抱きしめる。

「姫様」

「はい」

「……最初からそれを連れて行けばよかったのでは？」

その通りですわ。運ぶ手間も省けますし、なんなら地下遺跡の本棚の中身ごっそり持って行けたかもしれませんわ。

そのあと、部屋でじっくり選別したほうが楽ですわ。

遺跡の中は暗いしちょっと埃《ほこり》っぽくて寒くてほんのりじめっとしています。

夜中だと不気味な雰囲気がマシマシですわ。一人で行くのは躊躇《ためら》われるくらいです。通路の奥からアンデッドや魑魅魍魎《ちみもうりょう》が現れてもおかしくない冥界オーラ。

一仕事終え、ぷぅぷぅとわたくしの腕の中で寝息を立てるチャッピー。

基本、夜中はすぐにおねむになる子です。日中は護衛も使用人も周囲に多いので、行動するなら深夜が一番適しているでしょう。最悪、寝ているチャッピーのポッケに捻《ね》じ込むのでしょうか。

チャッピーは事後承諾でもおやつで許してくれそうですわね。

翌日のティータイムはレイヴンからもらった薔薇《ばら》を愛《め》でながらとなりました。

お庭でと思ったのですが、あいにくの霧雨です。ガゼボやテラスでも良いですけれど、それだと護衛やメイドたちが濡《ぬ》れてしまいます。

離宮の温室は立派な施設といっていいほどの大きさがあります。以前に蕾《つぼみ》が付いたといっていた虹薔薇は真っ白なのですが光の差し込み具合で虹色に光ります。

虹薔薇は蕾がついて咲くまでがまた長く、病気や虫にも狙われやすい。色とりどりの花が咲くのは珍しいそうですが、白はさらに稀少らしいです。

白の中に様々な色合いが少しずつ混じり、真珠を溶かし込んだシャボン玉のような透明感のある花弁はとても綺麗。

感嘆のため息が出るほど美しい。

今を精一杯生き、咲き誇る花に心が穏やかな気持ちになります。

その中の一際大輪の虹薔薇は特に見頃で、少し明るめの温室で一際輝いております。

庭師の御老人ことアグラヴェインはラティッチェに仕えてくれている古参の使用人の一人です。

腰痛持ちだとおっしゃっていたのですが、弟子庭師の青年が持てないほどの大斧《おおおの》を振り回していたような気もします。レナリアが我が家を強襲した時ですわね。

そういえば、実家の温室はどうなったのでしょうか。

「それでしたら、生きていた苗や木々はこの温室に運び込んでいますよ。ラティッチェの温室は大破しましたし。あそこでは姫様のハーブや果実類を育てていたのです。新鮮で良いものを姫様にご用意したいですから」

なるほど。だからアンナの用意してくれるハーブティーは変わらず美味《おい》しいのですね。

見えないところに尽力してくれる人たちに感謝で頭が下がる思いです。

「まあ、嬉しいこと。ありがとう」

言葉の労《ねぎら》いだけではなく、何か別の形でも庭師たちを労《いた》わりたいところです。

アンナに伝えると「では、今日は姫様のお言葉をお伝えし、使用人たちに御馳走《ごちそう》を出すようにしましょう」と笑みを浮かべて頷いた。

「アグラおじいさんには腰痛に良い軟膏《なんこう》をお願いできる？　傷ついた薔薇をここまで育ててくださったのですもの。領地の御屋敷から運ぶのも大変でしたでしょう」

「いえ、あれは偽装腰痛の疑惑があるので火酒のほうが良いでしょう」

「火酒？」

「燃えるほど度数の高い酒です。北で作られる蒸留酒などが有名ですね。傭兵《ようへい》や冒険者では好んで飲む者も多いですが、貴族にはあまり知られていないかと」

前の世界でいうウォッカのようなものでしょうか。

度数が高いのはスピリタスなどが有名ですわよね。

「まあ、お酒がお好きなのね。では良いものを樽《たる》で贈りましょう。お酒だけでは味気ないわね。おつまみはチーズやハム……燻製《くんせい》もいいかしら？　長く楽しめるように少し保存が効くのが良いわよね」

あたりめなんかは前の世界で好きでしたが、サンディスは内陸国なのお魚をはじめ魚介類はあまり食べられないの。なんでも毒のあるお魚が多いそうですわ。食べる種類も少なくて、基本は火を通して食べるのです。

恐らく、こちらの基準でお刺身やカルパッチョはゲテモノ部類でしょう……。

海の魚はほぼなし、川魚ばかりです。

鯛《たい》や鮪《まぐろ》なんかまったくお目にかかっていません。

ラティッチェの食卓では普通にお魚のポワレやムニエルが並んでいましたが、珍しいようですわ。

干物でもそれっぽくできますが鰹節《かつおぶし》が欲しい。鰹節があれば和風出汁《だし》ができるのに。

お父様は豆腐が好きだったし、他の和風のお料理も好きそう。

ブイヨンも良いのですが、和風出汁があれば料理の深みも幅も大きく広がります。

美味しいものができたら、お父様に食べていただくのがとても楽しみでした。

鰹節が難しいなら、他に魚類で出汁をとるとなると煮干しや魚骨が無難かしら。煮干しはカタクチ鰯《いわし》がメジャーでしたし、鯛の骨のお出汁も美味しいですがそもそもいるのかしら？

イワシも鯛も海魚ですわよね。うーん……。

口慣れないものはどうしても違和感や不快な臭いを感じやすくなります。美味というより異物感が強くなりがちですわ。

人へ贈るものを考える時間は楽しい。

何が好きだろうか。喜んでくれるだろうか。楽しんでもらえるだろうか。そんなことを考えながら、いつも選んでいます。

そういえば、贈り物をするのが減っていますわ。前はローズ商会の新製品を色々と作ってはプレゼントしていました。

できるだけ日常に役に立つ実用品といいますか、持て余すことのないものを考えていました。

あの三人には指輪を渡しましたが、あれは契約のようなものですし……。

一般的に世の女性は、恋人や婚約者や夫に何を贈っているのでしょうか。恋愛経験ゼロ、人見知りボッチにはちょっとわからない。

相談できるのは……うん、アンナだけだわ。贈る相手に相談するのもおかしいし、レイヴンはちょっとその手のことにはお鈍ちゃんそう。

一応、この婚約のことは極めて内々のことなのだから大っぴらにできない。

つまり、大それたものを職人に頼むこともできない。素材を取り寄せるために商人などを呼び寄せても注目を浴びてしまうかもしれない。

わたくしは良くも悪くも注目されているはずです。

色々考えた結果、わたくしは刺繍《ししゅう》をすることにしました。貴族子女の嗜《たしな》みですわ。

普通に趣味としてポピュラーですし、不自然でないはず。

ハンカチやタイにワンポイント入れて贈るのですわ。

THE定番。

過去にお父様やキシュタリアに贈ったことがある何番煎じという感じのことですが……できれば危

険な場所に向かうことの多い彼らにアミュレットを作ってあげたいです。

しかし、わたくしの結界魔法は相変わらず不調。魔力は動かせるのに、カタチにできない。

そのうち治るとどこかで楽観視していた。

ままならないものですわ。

七章　グレグルミーの砦

ミカエリスはグレグルミー地方の要塞を拠点としていた。

グレグルミー地方は非常に肥沃というわけではないが、それなり土地も広く過去は鉄鉱石なども山から産出されていた。今では廃坑となっている。老朽化した鉱山は落盤事故も多数あったのだ。今住んでいるのは野生動物や魔物くらいである。

数年に一回くらいはゴブリンやオークが群れで巣を構えるが、爆発系の衝撃を放てばかなり大きな崩落が起きるので問題はない。一気に埋もれて一網打尽だ。

ゴユラン国に近いグレグルミーは、亜人や獣人も多く住んでいた。

ゴユランの奴隷制度から逃げ出た者たちが集落を作ったのが始まりであり、彼らの一部は人間を強烈に憎悪している。

そして、もともと住んでいるグレグルミーの住人たちを追い出してこのあたり一帯を自分の住処《すみか》にしようと時折蜂起するのだ。

しかし、人数は少ないので最初は勢いがあってもすぐに瓦解する。持久力に乏しく、しばらくすると足場の悪い山間に逃げ込んでゲリラ戦に持ち込もうとすることが多い。

あちらも正面から戦うのは分が悪いと分かっているのだろう。

盗賊紛《まが》いのことをして物資をくすね、畑から食料をくすね、隠れてコソコソやっている。

サンディスには奴隷制度がないため、ゴユランから逃げ出した奴隷がサンディスで冒険者や平民として生計を立てるのは珍しくない。

奴隷たちが反乱を起こし一斉に脱走すると、真っ先に身の隠し場所になるのはサンディスである。

ゴユランは奴隷を返還しろと言ってくるが、犯罪歴がない場合は普通に冒険者登録可能だし、真っ当に働いて市民権を得た後ではそれは通用しなくなる。

奴隷との識別は奴隷印と呼ばれる焼き印や、拘束具がついているかだ。

サンディスの民は犯罪奴隷に対しては白い目で見るが、一般奴隷はそれほどではない。元奴隷だったのか、くらいである。

別にサンディスが攻め込んで奴隷を奪い取ったわけではないので、正直サンディスとしてもそっちの監督不行届だろうとしか言いようがない。

奴隷たちはある程度生活が安定すると、焼き印を刺青《いれずみ》や別の焼き印を上乗せして消すことや、拘束具の破壊に集中する。もし奴隷商がやってきて従属権を行使すれば非常に厄介だ。精神的に屈服させられている者たち、焼き印や拘束具に魔力がある場合だと、その後逃げ出すのが非常に困難になる。

だが、ごく一部――今いるグレグルミーの敵勢のように社会に溶け込み安穏を求めるより、奴隷として辱められた怒りを武力で訴える連中も一定数いる。

彼らはゴユランで反抗するのは難しいし、仲間や助力を集めるのも難しいと分かっている。だから、生活しやすいサンディスを隠れ蓑《みの》にしつつ、その土地を奪おうと画策しているのだ。

正直巻き込まれているサンディス側としては非常に迷惑だ。

それを捕縛後にゴユランに返還せず、自国の犯罪者として扱うのは温情以外の何ものでもない。

だが、今回はそこにさらに厄介なことが起こった。

なんと、犬猿の仲であるはずのゴユランと元奴隷、そして山林に隠れ住んでいた亜人や獣人たちが手を組んだのだ。

脱走奴隷たちや亜人、獣人たちが手を組むことは正直珍しくない。

だが、ゴユラン国と組むのは極めて異例の事態である。

ゲリラ戦が得意で身体能力や五感の鋭い獣人たち。亜人の中にはエルフやダークエルフのように魔力が高いものもいる。

それに数というものをゴユランの兵が補えば厄介だった。

今まで奇襲しかできなかったが、策の幅も広がっている。

(上級魔法使いに匹敵するエルフたちも少数ではあるがあの中にいるだろう。知恵者であるセルケー族がいたこともある。厄介だな……そもそも陛下が無辜《むこ》の存在を締めつけたくないのは解《わか》るが、こういった暴力に訴える輩《やから》が結託すると非常に脅威だ)

何度も追い払ってきたが、今回は特にしつこい。

小競り合いは少しずつ燻《くすぶ》り、大きくなって紛争になりつつある。以前、アルベルティーナが危惧していた通り、開戦へと向かっている気配がする。

一応、表面上は国家間で戦争はないことにはなっている。

ミカエリスたちの年代で戦争を知る人間はほぼいない。知っていて、親や祖父母の世代だろう。

指揮官になるなら知っておけとグレイルに連れ回されたことがあった。真実の戦場を知らなければ、ミカエリスの精神は早々に疲弊して揺さぶられ尽くしていたことだろう。

訓練とは違う緊迫感。魔法で燃え上がる人間の臭い。絶望と痛みに叫ぶ同胞。散った仲間に上がる慟哭《どうこく》。人を殺す罪悪感と恐怖。いつ来るか分からない、死の恐怖。

(上級魔法使いが五人……否、二人でもいれば戦況は容易《たやす》く変えられる。ずっと要請を出しているというのに、一人も来ない。どうしても戦況を引き延ばしたいようだな)

その間にもサンディスの兵は危機に瀕し、危険に晒《さら》されているのに上層部は暢気《のんき》なものだ。

ガンダルフも精一杯回しているが、元帥は今まで敵対していたラティッチェ公爵がやっていた。その対立派閥のトップといえるフォルトゥナ公爵家がいきなりその場に躍り出ても、まだ反発勢力があるのだろう。掌握に時間がかかるのは致し方ない。

だが、それ以上に妨害が多いのが元老会の息がかかった貴族たちだ。

あれこれと注文をつけてミカエリスを都合のいいように戦場を行き来させている。

せめて物資が滞らないようにとしっかり生命線といえる部分は掴《つか》んでいるあたり、ガンダルフも優先順位が分かっているのだろう。兵糧は内部意識に強く影響が出る。

だが、増援要請はなかなか通らない。

できれば戦場慣れした第一師団から第三師団に属している魔法使いが望ましい。実践訓練を積んだ彼らはグレイルに心酔している者が多い。

元老会からでもガンダルフからでも派遣要請を嫌がりそうだ。

現在、敵兵力は森の中に潜んでおり事態は膠着《こうちゃく》している。

何度かこちらに攻め入ろうとしたことはあったが、砦《とりで》を崩すには火力が足らないと気づいたらしい。だが引く気はなくいつもこちらを睨《にら》んでいるので油断ならない。

現にミカエリスがいなくなると頻繁にちょっかいをかけてくる。

そのたびに呼び戻されるのはうんざりしていた。グレグルミー辺境伯は小競り合いが多い土地だが、本人は全く指揮官向きではない人物だった。

フォルコ・フォン・グレグルミーは無能というわけではない。戦況はともかく、空気を読むのには長《た》けているといえた。

だが、少々癖のある人で特に多彩というわけではないが漁夫の利をかっさらい、何となく自分の都合の良いように強引に押す傾向がある。そして、それをやって怒らない人間を選んでいる。

まだ若造といっていい部類のミカエリスなどやりやすいだろう。

最近、ミカエリスが強く出ないのをいいことに面倒を地味に押しつけてくる。

哨戒《しょうかい》に出ると、ついでに魔物や害獣を狩ってきてくれと頼んでくる。食料の備蓄は余力を持ちたいため、魔猪《まちょ》の類《たぐい》は仕留めていた。

それ以外にも憂鬱の種はある。

「ミカエリス様、お疲れ様です」

うっとりと見惚《みと》れるのも隠そうとせず、まるで新妻のようにミカエリスへ勝手に侍ってくる少女。

赤茶の緩く波打つ髪を肩口で切り揃《そろ》えた彼女の名は、メリル・フォン・グレグルミー。

このあたりは砂漠地帯の多いゴユランと隣接しておりやや乾燥している。そのせいか、髪もパサついて癖毛も相まってすぐ絡まると愚痴っていたことがあった。

大きな胡桃《くるみ》色のぱっちりとした目と、小さな鼻に散ったそばかすが愛嬌《あいきょう》となっている。

柔らかなクリームイエローを基調とした大人しげなエンパイアドレス。肩から胸元にかけてフリルで薔薇《ばら》を模しており、清楚《せいそ》で可愛《かわい》らしい仕上がりだ。

現在十五の彼女は、ちょうど婚約者を探している。高位貴族ならいてもおかしくないのだが、魔物も蛮族も敵襲も多いグレグルミーは厄介事がどうしても多い。きたがる婿はあまりいないのだ。

土地も広いが肥沃ではないため、パッとした特産物もない。

だが、国境沿いということもありゴユランとの国交も緊張はあるが断絶はしていないため、商売をしに来るものが多い。

恐らく、ゴユランからの交易品を軽んじることもありグレグルミーは巧《うま》くいっていないのだろう。

確かにゴユランはしつこくここ一帯の土地を狙っているが、それはそれ、これはこれ。割り切らなければならない。

「哨戒は終わったとお聞きします。良かったら一緒にお茶でもいかがですか？」

「いえ、これから報告を聞いてまとめなければならないので」

ミカエリスがするりと躱《かわ》すと、若干悲し気に表情を曇らせた。

断られるとは思っていなかったようだ。

「で、ですがそれならば後でもできますでしょう？　お仕事ばかりではないですか！　たまには休息も必要ですわ！」

ミカエリスは思う。だったら放っておいてくれ。

自分のペース配分があるし、仕事の流れというものである。

見聞きした者の記憶が鮮明なうちに報告を聞いてまとめて、王都へ報告をしなければならないのだ。

メリルはたびたび顔を出してはあれこれ世話を焼こうとする。

だが、ミカエリスは従者も小姓もついているし、そもそも茶を淹《い》れるのも自分でしたほうがマシとすら思っている。

自分が女性に好かれやすい外見であることを知っている。

伯爵家ではあるがドミトリアス家は非常に裕福で、肥沃な領地には特産物が多い。

未婚であり婚約者もいないことから、デビュタントからマダムまで幅広い秋波を受けている。

様々な家から縁談の申し入れや、社交場への招待状を受け取る。

それだけではない。ミカエリスは茶会や夜会などのパーティで幾度となく嵌《は》められかけたことや、一服盛られかけたことがある。

正直、信用ならない相手の用意した飲食物に口をつけたくないのが本音であった。

ましてや、メリルは解《わか》りやすくミカエリスに懸想しているのが見て取れた。

「ではグレグルミー辺境伯令嬢、失礼いたします」

「そんな他人行儀になさらないで！　わたくし、貴方《あなた》と仲良くなりたいの！」

辞退の言葉を遮り、ますます寄ってくるメリル。

頭痛がする思いで振り返ると、目をウルウルとさせて見上げてくる。まるで祈るように手を胸の前で組んでいる。

(失敗したな……一度だけとしつこく頼み込んでくるから付き合ったが)

さすがに妹とさして年齢の変わらない少女を泣かすのは気が引けて、部下がいる状態で茶席についたことがある。

それで分かったことは、メリルが派手な外見に惹《ひ》かれているということだ。美貌の伯爵というブランド品に目が眩《くら》んでいる。

ミカエリスの鮮やかな赤毛は珍しい部類だ。くすんだものやメリルのような赤茶は珍しくないが、真紅といっていいようなこの色は父と妹しか見たことがない。

祖父まで遡るとすでに白髪がかなり入っており、色が抜けているのが多い。

この鮮やかな色は悪目立ちもするが、記憶に残りやすくもある。

昔は派手すぎて嫌いだったが、幼馴染《おさななじみ》の少女が目を輝かせて褒めるのであまり気にならなくなった。

幼き日に、妹の髪を丁寧に梳《くしけず》り「とても綺麗《きれい》ね」とまるで宝物を見つけたように大事にリボンを結っていた。それもあってか、自分と同じように赤毛を好んでいなかった妹は一転して自分のチャームポイントだと自信を持つようになった。

それまで少しでも地味になるようにおさげくらいしかしなかったのが、色々と髪型を楽しむようになった。

ミカエリスはため息を飲み込み、自分に縋《すが》るような視線を向けるメリルを見る。

もともとミカエリスは目を引く容色を持つ反面、女性があまり得意でない。

自分が相手を楽しませる上辺の称賛やウィットにとんだジョークを得意とせず、武骨で堅物なのをよく知っていた。事業の話や領地の話といった経営や商談では口は滑らかに回るが、女性との他愛《たわい》のない会話をしろと言われればぎこちなくなる。

メリルにドミトリアス領の特産物の話をしても首を傾《かし》げるだけだろう。自領のことでさえ覚えていない始末だ。

彼女は婿を取る前提で、貴族当主としての教育を受けていない。

一人娘でそれはどうかと思うが、一般的に可愛らしいとえる部類だからイケると、父であるグレグルミー辺境伯が甘く見た結果がこれである。

売れ残りとなった半端な甘ったれ令嬢は、必死に婚活中である。

そしてそのメリルに勝手に白馬の王子様認定されたミカエリスはいい迷惑だ。

「ね？　ちょっとだけですわ！」

揺れる赤茶の髪の緩やかなうねり方、華奢《きゃしゃ》な体型と身長、時折出るやや子供っぽい仕草とおっとりとした喋《しゃべ》り方。

ミカエリスが彼女に甘い判断を下してしまったのは、逢《あ》えない幻影を見たからだ。

最初はここまで強引ではなかったし、淡い憧憬程度だった、模造品にもなり得ないメリルといても虚《むな》しいし、苛《いら》立ちが募るだけだと分かっていた。

「失礼いたします」

一礼をして去っていった。

周りには一夜の恋といってちょっとした火遊びをするのもいるが、ミカエリスにそんな気はない。

そっとに胸元に手をやって確かめる。押えると、チェーンを通した指輪の凹凸が僅かに感じ取れた。

サンディス王国では男性の装飾品は珍しくない。

指輪もネックレスやイヤリング、イヤーカフスなどの耳飾りやネックレスなども。

特に貴族や騎士は験担ぎや、先祖代々の物など風習的に持ち歩く背景が多くある。

妻や恋人の装飾品や髪を一房入れたものをお守りにするというのも一時期流行《はや》ったので、女性ものですらあまり訝《いぶか》しがられない。

それでもひっそりと首にかけて、わざわざ服の下にしまうのはそれだけ大事であり、まだ誰かに自慢したいより見せたくないという気持ちが強いからだった。

独占欲である。自分一人であの深緑と白銀を密《ひそ》やかに愛《め》でたかった。

深夜の執務室で、早朝の寝台で、誰の気配もない中で眺めるのがこそばゆく心地よかった。

彼女から願いを託された証《あかし》だった。信頼と信用を勝ち取ったという。

喜びから心が緩んでいたのかもしれない。

アルベルティーナを振り向かせるのに必死で頑《かたく》なに縁談を拒んでいた頃はこんなへまをしなかった。

気づけば一度の茶会だけで、婚約しましたと言わんばかりの顔をするメリルに付き纏《まと》われている。

念のため、このあたりでは茶席につくとそういう意味になる風習でもあるのかと聞いてみたら、使用人の女性は首を大きく横に振っていた。

グレグルミー辺境伯夫妻は娘にまたとない良縁だと思い、軽く窘《たしな》めるが本気で止める気配はない。

ミカエリスは兵を率いる長としての立場もある。

女性にうつつを抜かしている場合でないし、そんな指揮官では部下に示しがつかない。

ミカエリスは特に成果を上げているほうだが、まだ若手でありやっかみも受けやすい。余計な反感を買うことはなるべくしたくない。

英雄色好むという言葉もあるが、ミカエリスは量より質だ。唯一が手に入れば、その他の有象無象など要らない。

グレイルと交わした約束が、小骨のように喉に引っかかる。

アルベルティーナを振り向かせること、そしてグレイルから一本取ること。

両方果たせたとは言えないが、必要とされた。戦友という意味のパートナーに近い申し出で、夫にと求められた。

幼い日に誓った。グレイル亡き今、その約束は傍から見ればあってないものだろう。

だが、ミカエリスは諦めていない。グレイルは魔法使いとしても剣士としても、サンディス最強であった。

サンディスにこの人ありといわれた一角の人物。いるだけで周囲の国に牽制《けんせい》できる。

ならばミカエリスはグレイルと同じように国の盾にして鉾《ほこ》となり、並ぶほどの存在になりたい。将来を考えるのであれば、自分の権力や影響力がそのままアルベルティーナを守る力となる。

ミカエリスだってただ従順に出兵命令に従っているわけではない。

一部の貴族は、グレイルが消えたのをいいことに好き放題をし始めている。そこで割を食っているところに恩を売り、人脈と貸しを作って回っている。

グレグルミー伯爵家もその一つにすぎないが、メリルは諦めない。

執務室で書類と向き合えば差し入れと称して茶菓子や軽食を持ってくる。

あとで食べると言って追い出して、そのまま部下や小姓に横流しした。

「本当にいいんですか？」

「ああ、温かいうちに食べたほうがいいだろうしな」

この前は焼きたてのパイを持ってきた。

甘いものなどなかなか食べられない下働きの少年は、そばかすの浮いた顔に喜びを隠しきれない。目を輝かせている。

ミカエリスは信用していない異性からの贈り物は恐怖心や不信感がある。受け付けないのだ。

かといって捨てるのはやや良心に呵責《かしゃく》を覚える。

嬉《うれ》しそうに食べてくれる処分先があるのなら、胸も痛まない。

「良かったなぁ、ビーン」

「うん！」

部下の騎士がビーンの手に持った温かいパイを見て、声をかける。

始終顔を綻ばせて、頭を大きくぺこりと下げて退室するビーン。たたた、と嬉しそうに足音も軽やかである。

「……ご令嬢は帰ったか？」

「ええ、大分ごねましたが。軍議だって言っているんですがね」

ミカエリスは窓枠に突っ伏したくなった。ここは砦であって婚活の場ではない。

グレグルミー辺境伯の本宅はここことは別にあるのだが、メリルは使用人たちと貴賓室の一角を占拠している。本宅には一家で泊まれる広さがあるが、貴賓室のほうが豪奢な調度品だからだろう。

まだ高貴な来賓がないからいいものの、いつまでもいられたら困る。

態度にはなるべく出さず、つっけんどんにはならないようにはしているが執務室には機密事項もあり来てほしくない。

最初は生暖かい視線で見守っていた者もいたが、こちらの事情も考えずあちこちフラフラ現れるメリルに苛立つ兵も出てきた。

「いやぁ、メルル嬢しつこいですねぇ。色男はつらいってやつですか」

「メリル嬢だ。最近は厨房《ちゅうぼう》を占拠して荒らしている報告も出ている」

「……えー、じゃあ、あのパイって」

「兵糧の小麦とバターと砂糖。保存食の果物の甘露煮か干し肉にする予定だった肉を使ったんだろう」

僅かな冷やかしムードが一変して沈んだ。

戦場において甘味類は非常に貴重だ。カッチカチの干し肉はともかく、鮮度の高い肉類も在庫を厳しく見極めて使っている。

まだそれなりに余裕があるが、無計画に勝手に横から使われたらたまらない。

せっかく配分を考えて消費している意味がなくなってしまう。

ローズ商会からきたスミレや薔薇の砂糖漬けは長期保存できる。女性陣がたまの贅沢《ぜいたく》と少しずつ惜しみながら食べている。

ちなみにチョコレートクッキーは開けたその日に瞬殺された。試食として開けた一箱だったが、五《ご》臓六腑《ぞうろっぷ》に染みわたると言わんばかりに噛《か》み締める姿はちょっと異様だった。今後、熾烈《しれつ》な争奪戦が行われることは確定したといえる。

ミカエリスが行った遠征先には必ずラティッチェからの応援物資が来る。

アルベルティーナからの手紙には、戦場でも質の良い食事を摂《と》れるようにと携帯食を作っているとあった。まだ完成していないから、その代わりにと保存が長くできる食糧が送られてくる。

数ある物資の中でも甘露煮の類は御馳走ランキングのトップだ。

美食の女王アルベルティーナ監修の品だから不味《まず》いわけがない。

恐らくあのパイも美味しいだろう。少なくとも中身は。

だからといって食べる気になるかはまた別の話。

ミカエリスは小食でも偏食でもない。体格も良いし好き嫌いも少ない方である。甘いものも嫌いではない。でも、一番好きなパイはラティッチェ公爵邸で出されたものだ。

定番のアップルパイもそうだが、ミートパイのほうが好きだ。

ラティッチェ特製ミートパイはやや粗い挽肉《ひきにく》に微塵《みじん》切りの玉ねぎとマッシュルーム。味つけは塩と胡椒《こしょう》とローズマリーにナツメグ。隠し味にケチャップを一匙《ひとさじ》。

アップルパイはゴロゴロとした果肉の食感が残るカスタード入りのアップルパイと、林檎《りんご》ジャムをたっぷり詰めた二種類がある。

生食には向かない酸っぱい赤林檎を惜しみなく使い、白い果肉が鮮やかな黄金《こがね》色になるまで煮る。芳醇《ほうじゅん》で爽やかな香りが届くと、幼い頃は皆で覗《のぞ》きに行ったものだ。

おやつ時にはジュリアスの淹れた薫り高い紅茶と共に、サクサクなパイ生地とシャキシャキな食感と蕩《とろ》ける舌触りに舌鼓を打っていた。

生で食べるときつい林檎の酸味も火を通すと和らいで爽やかなほど良い酸味となった。

妹のジブリールも大好物で、淑女のマナーを忘れてかぶりついていた。

口にパイの欠片《かけら》をつけたジブリールの口を、ハンカチでそっと拭うアルベルティーナ。

きょとんとするジブリールに、笑みを漏らしながら少し羨ましそうなキシュタリア。

幸福な時間だった。

「……会いたい」

小さいため息に掻《か》き消されそうな小さな声は、誰にも聞き咎《とが》められることはなかった。

軍議を終え、鍛錬をこなし軽く汗を流した。

ミカエリスは軽くのつもりだったが、それに付き合った周りは泥まみれ、汗まみれである。まとめて半ば強制に風呂場に追い立てられた。

どんな鍛錬もグレイルの地獄の扱《しご》きに比べれば他愛なしといったレベルである。

何せ、グレイルは「終わりだ」と言って気が緩みかけたところに、頭蓋をめがけて突きが飛んでくることがある。

そのあと治療は施されるのだが、気が緩んでいてもすぐに対応できるようにしろと何度か食らった。

逆にミカエリスも終わりの合図の後に仕返しとばかりに仕掛けたことがある。

鞘《さや》で打ち据えられるのは良いほうで、見向きもされず顔を踏みつけられることもあれば、鳩尾《みぞおち》に血反吐《ちへど》が出るような蹴りを食らったこともある。

トドメに「動きが荒い。気配がうるさい。とにかく汚い」と扱《こ》き下ろされた。

見るに堪えない一撃だとある意味太鼓判を押された。屈辱以上に激しい羞恥を覚えた。

卑怯《ひきょう》な手を使ったのに完全に読まれていたうえ、怒りではなく憐憫《れんびん》すら含む呆《あき》れ交じりの感想を述べられたのだ。

まだ、手合わせ時間内に仕掛けるほうが加減もされていた。

鍛錬や手合わせ中は、一本取るどころかマントの端を掴むことすらできない。

ちなみにアルベルティーナの「つかまえた」だの「だーれだ」などと児戯のような問いかけや悪戯《いたずら》には激甘に引っかかっている。

アルベルティーナの気配に気づくと、魔王モードがＯＦＦになるから露骨である。

小さなアルベルティーナが届くように、そっと屈《かが》むこともしばしばだ。

愛娘《まなむすめ》が相手とならば喜んで悪戯されている節すらあった。

そんなこと他がやれば良くて手首が飛ばされるか、腕がへし折られる。

グレイルに弟子入り願い素っ気なく断られることは珍しくない。幼い頃門前払いを食らっている人間を何十、何百と目にしたことがある。これだけ抜きんでた武人を師と仰げ、手解きを受けられるだけミカエリスは見込みがあるほうだ。

普通はそこまで激しい鍛錬はしないそうだが、なまじ昔から剣の才能が突出していたこともありミカエリスは無茶苦茶に扱かれていた。

キシュタリアも剣はそこそこだが、魔法の訓練で扱かれていた。

お陰でミカエリスもキシュタリアも国で有数の剣と魔法の使い手と有望視されている。

他の人間がパワハラ紛いの稽古をつけてこようとしても難なく跳ね返せる。

だが、グレイルの訓練や稽古の内容を他で話すと同情され、引かれる。

グレイルは嫌がらせのつもりなくただスパルタなだけである。

悪意も悪気もなく、ナチュラル鬼畜教官系の指導がデフォルトなのだ。

今となっては懐かしい——懐かしいか？　むしろちょっとまだトラウマ？　疑問を覚えるがそれでも今のミカエリスの糧になっているのは事実である。

ふう、とミカエリスはため息をつく。

軽く現実逃避をしていた。

今、ミカエリスは私室の——寝室の前にいる。

だが、そこで奇妙なことに気づいたのだ。人の気配がする。

よくよく観察してみれば、ドアの中から漂うややけぶるような纏わりつく匂いにも気づいた。

独特の蜜のような匂いは麝香《じゃこう》に少し似ていたが、僅かに既視感のあるような気がする。どこで嗅いだか解らないが、なんとなくミカエリスは嫌な気配を感じていた。

腕を組み、抑えきれない苛立ちに首を捻《ひね》って、少し年季が入った木製の扉を睨む。

（ついに強硬手段に出たか）

品性を疑うというか、人間性を疑う行動に打って出たことに失望と苦々しい決意が固まった。

女性に手荒なことはしたくないし、アルベルティーナが粗暴な言動をする男を毛嫌いしているのを知っている。心に落ちる影から恐怖と嫌悪の対象になっているのだ。

（食べ物を貰《もら》わず正解だったな。何を仕込まれているのか分かったものではない）

ビーンは何も言っていなかったし、他に下げ渡した相手も変わった様子はなかったからおかしなものはなかったのだろう。

少なくとも、味や目に見えた形には。

おまじないなどと称して、血液や髪を入れるのが一時期流行った。

学園にいた時、色々とプレゼントを貰うことはあった。その一つでキシュタリアがとある令嬢からいただいたチョコレートのホールケーキをクラスメイトに「大きくて一人ではとても食べきれない」という名目で分け合う——ただし、貰った本人は微塵も食べる気はない——ということがたびたびあった。

既製品でもキシュタリアはアルベルティーナやジブリールといった親しく、信頼できる相手からのものでないと食べない。女性は特に。

食欲旺盛でカロリーに飢えていた青少年たちは、嬉々《きき》としてケーキを切り分けたところ、中から糸を引く何かが出てきた。

最初は首を傾げた。チョコレートやクリームがべたつくことはある。ケーキにジャムやフルーツソースが塗られているのは珍しくない。

だが、それはやけに細く長く均一でやけに丈夫そうだった。

糸にしては細い、線のような何か。うっかり入ったにしては多すぎる。

訝しんで、行儀悪いと分かりつつフォークやナイフでチョコレートケーキの中をほじった。

そこから出てきたのは人間の毛髪という、恋の隠し味だった。

キシュタリアは冷めた顔で「やっぱり」と言っていたが、食べ盛りの男子学生たちの三大欲求が消えうせて嗚咽に変わるほどの大恐慌となった。

ケーキを解す過程で、欠片を食べていたとある伯爵の次男坊など泣きながら吐いていた。

それで貰い物を食べるのをやめればいいものを、彼らはそのあともキシュタリアからの横流し品をせっせと解体しながら食べていた。

曰《いわ》く「ものすごくドキドキしてたまらない」とのことだ。スリルが癖になると。

だが、彼らが試しているのは恐怖のサドンデスに近い。何かあったらメンタルが粉砕される。

その向こう見ずといえるヤバすぎる肝試しに、キシュタリアどころかジュリアスすら引いていた。ミスリルを超えるオリハルコンハートの持ち主でも、命知らずの馬鹿は時に恐ろしく見えるらしい。

とまあ、そういったこともありミカエリスも食べ物には特に警戒していた。

レナリアの使った愛の妙薬のように、徐々に危険性を増すものや、遅効性の中毒性の高い薬物だってあるのだ。

(しかし、休みたいのに面倒だな。女性騎士でも呼んで追い出してもらうか?)

どんな格好でいるか分かったものではない。

これは催淫香の一種だろう。生れたままの姿で寝台に横たわっていたら、それを目にしただけでミカエリスの責任問題に発展する。

やり方はどうあれ、メリルは未婚の貴族令嬢だ。

彼女がミカエリスに誘われたと吹聴して泣きついたら余計に厄介だ。

いずれにせよ、部屋に何が仕込まれているか分かったものではない。

進んで罠《わな》にかかりに行く義理もないのだ。

「おや、ドミトリアス伯。いかがなされましたか?」

踵《きびす》を返そうとしたところで、ミカエリスに声をかけたのは傭兵《ようへい》上がりの騎士、ガストン・ウォールである。

背はミカエリスより高く、筋骨隆々としているのが鎧《よろい》の上からでもよくわかる。てかてかとした油を刷いたような禿頭《とくとう》に太い眉とぎょろりと大きな目、鷲鼻《わしばな》の下に髭《ひげ》をたくわえている。大きな口に豪快な笑みがよく似合う。

声が響き顔のどのパーツも主張がいちいちデカくて鬱陶しい。粗暴だと言われることもあるが人柄はけして悪くない。

竹を割ったような豪放磊落《らいらく》な気の良い男で、友人は多いしグレグルミー辺境伯からも信頼が厚い。

グレグルミーの村を襲った魔物を撃退したことによって、十数年前に騎士候として辺境伯家に召し抱えられたと聞いたことがある。

戦下手なグレグルミーが何とか持ちこたえたのは、彼の勇猛さと指揮官能力の高さ故だ。

職務に実直であり、今日も夜警をしていたのだろう。彼は辺境伯令嬢のメリルがいるのもあり、積極的に警備にあたっている。

その前向きな姿勢は士気向上に一役買っているし、どこか狸《たぬき》を思わせるグレグルミー辺境伯より印象はよい。

「私の執務室に何者かが侵入したようで――」

「なんと！　このガストンがひっ捕らえてやります!!」

玉に瑕《きず》なのは、ちょっとフットワークが軽すぎることだろう。

ちゃんと止めれば止まるし、人の意見にも耳を傾ける素直さもある。

ミカエリスがすべてを口にする前に、ガストンはドアノブに手をかけて素早く明かりをつけた。

ドアの蝶番《ちょうつがい》が少しイヤな音を立てるくらいドカーンと開け放ち、隠密も糞《くそ》もない勇んだ足取りでドカドカと入室した。

「ここをどなたの部屋と心得る！　ドミトリアス伯爵家がご当主ミカエリス様のお部屋であるぞ！　不届き者めが、いざ尋常に居直れぇ‼」

背中に負った、斬るというより打撃に向いていそうな大剣を掲げるガストン。

廊下では、開け放った衝撃で煙が渦巻く。せき込むほどの香の匂いが充満する。口にハンカチを当てたミカエリスは窓を開けて避難していた。

「我こそはグレグルミー辺境伯の騎士、ガストン・ウォ……」

部屋の中でガストンの勢いが一気に萎れる。

きっと、部屋の中の『侵入者』はガストンにとって思いがけない人物で、予想外の姿を晒していたのだろう。

「メリルさ――」

「キャアアアアアアアアア！」

甲高い悲鳴が、静かな砦の夜を震わせた。

うら若い乙女の悲鳴に、騎士たちも兵たちも一気に身構える。

ましてや深夜といっていい時間帯。その悲鳴はよく響いた。

警戒も露《あらわ》に顔を引き締め、それぞれが武具を身につけて各自の持ち場へ駆け込む。

ただ無駄に現場に集まればいいわけではない。人が多すぎれば混乱が生まれ、身動きの取れないどん詰まりになるだけだ。

逃げようとした際、その道を塞いで足止めをするのも重要だ。

俄《にわ》かに砦は騒がしくなり、そこかしこから指示が飛んで軍靴が砦の石床を震わせる。

駆けつけた者たちが見たものは湯気が出そうなほど真っ赤になって蹲《うずくま》るガストンと、ドアを背に腕を組んでいるミカエリスだった。

禿頭も相まってガストンは茹蛸《ゆでだこ》のようであった。始終落ち着きなくわたわたとしているし、落ち着いたと思ったらまた一人劇のように騒ぎ出す。

それを憐憫に近い目で見下ろすミカエリスの両極端さに、周囲は目を白黒させる。

「いやはや、どうなさったのですかな⁉」

やけにニコニコとした陽気なグレグルミー辺境伯に、ミカエリスは内心「この狸親父《おやじ》め」と悪態をつきながらも表面上はおくびにも出さない。

「実は私の部屋に誰かがいたようでして」

「ほうほう！　それはそれは！」

続きが聞きたいと言わんばかりのフォルコがずいずいとミカエリスのほうへ寄ってくる。

なるほど、この男もやはり共犯かと失望が滲《にじ》むがそれを出さず、苦い感情を飲み込む。

「気配がしたので入る前に怪しんでいたところ、ガストン殿が先行してくれたのです。どうやら貴殿のご息女がいたようだ。それも、あられもない姿でいらっしゃったようで……お可哀想《かわいそう》に」

こんなことがあってはまともな縁談を望めまいと言外に伝えると、先に入ったのが伯爵のミカエリスではなく、一代騎士のガストンだと気づいたフォルコ。

期待に緩み切った顔から一気に青ざめた。

しかも、周囲にはたくさんの野次馬という名の兵や騎士らが集っている。

ガストンののぼせ切ったような真っ赤な顔が、それが事実だと容赦なく裏付けている。ミカエリスは困惑していますと言わんばかりの苦笑のまま、物憂げに視線を落とす。

すると、ミカエリスの後ろの扉が凄《すさ》まじい勢いで叩《たた》かれる。

「何故ここにガストンが来るの!? ミカエリス様は!? どうしてあの方が来ないの！ ねえ！ 私は伯爵夫人になるの！ 第一夫人として王都に住むの！ こんな田舎じゃなくて、王都へ行くのよ!!」

泣きじゃくり、半狂乱のメリルの声はびりびりと響いた。

婿を貰って田舎の辺境伯夫人をするより、タウンハウスを持って王都で伯爵夫人になりたい。

メリルにとっては、蛮族と砂まみれの故郷は愛着より辟易《へきえき》とした感情が強かった。

華やかに賑《にぎ》わった都会へ行きたいとずっと思っていたのだ。

家も裕福と言えず、魔法も使えず、あまり頭の良くないメリルは学園にすら入学できなかった。貴族としての資格はあったが、卒業までの学力と学費を天秤《てんびん》にかけた結果だった。

その代わり、令嬢が通う別の女学院に行くことになった。そこも貴族子女の経歴の箔《はく》付けとしては優良といえるところだからだ。

社交場に出るにも流行のドレスを纏えず、壁の花になりがちだった。

そんな様々な鬱憤が爆発した。

ざわついた空気を切り裂く、慟哭のような絶叫であった。

メリルは意図せず自分の価値を暴落させた。婚約者でもない男と寝室で、夜更けに会った。

それがミカエリスの部屋である前に、メリル自ら相手はガストンだと自供してしまったのだ。そして、目的がミカエリスを嵌めることだとも。

気が動転していたのもあるだろうが、いくらここが辺境地の砦であろうと誤魔化せない。

レディには貞淑が求められる。婚姻後も、跡継ぎが生まれるまでは求められる。

メリルの貴婦人としての価値はもうない。

ふしだらで貞淑でない娘の烙印《らくいん》が押された。

相手が貴族であり、その夫人として納まるならまだ何とかなった。だが、相手が下級貴族でもないガストンでは醜聞は免《まぬか》れないだろう。

呆然《ぼうぜん》と立ち尽くすフォルコと、泣き叫ぶメリルの声がこだまする。

自分で仕掛けておいて、失敗した時のことを考えていないのが、勝負師としても貴族としても二流である。博打をするなら、保険をもって然《しか》るべきだろう。

ミカエリスは小さく嘆息し、場を仕切るために手を叩く。

「グレグルミー辺境伯は今からご令嬢と、ガストン殿と今後について話も必要だろう。皆の者！　持ち場がある者は戻り、ない者は休め！　夜更かしをしても警邏《けいら》に穴は空けられないからな！」

それを合図に、みな興味津々そうな顔を浮かべながらも散り散りになっていく。

そんな中で残った小姓は、ミカエリスの顔を窺《うかが》う。

「あの、ミカエリス様はどちらにお休みになられますか？」

「私は仮眠室で休む。女性の使用人にグレグルミー嬢を頼むように呼んできてくれ」

「畏《かしこ》まりました。お着替えをお持ちしますね」

翌日、ガストンはグレグルミー辺境伯家に婿入りするという話でもちきりになっていた。

一代のみの騎士候から一気に貴族の仲間入りだ。

砦の兵や騎士たちは、メリルが必死になってミカエリスにアピールをしていたのは当然知っている。

同時に、それにミカエリスが少なからず煩わされ、砦の中を荒らされていたことも。

財ある伯爵家との縁が最悪に破綻した。それを理解したフォルコは目に見えて落ち込んでいたし、メリルに至ってはずっと泣きっぱなしだった。幼子のように始終泣いていた。

そもそも一人娘のメリルが婿を取らず、伯爵夫人など難しい。ミカエリスは伯爵であるが、うだつの上がらない辺境伯よりもよほど影響力が多い。婿入りには無理がある。

ミカエリスの両親の前に、ジブリールが怒り狂うだろう。

アルベルティーナではなくそんなつまらない女に引っかかったのかと、烈火のごとく爆発する姿が目に浮かぶ。

ガストンが必死にメリルを宥《なだ》めようとするが、一層泣き喚《わめ》くだけで逆効果だった。

巻き込まれたガストンには申し訳ないが、それ以外は自業自得である。

ガストンにはお詫びを込めて、グレグルミー家にはちょっとした意趣返しに多めの祝いの品を贈ることにした。

ミカエリスだけでなく、周りだってあの時のグレグルミー一家の思惑が分かっただろう。

いい機会だと任務を切り上げることにした。

引き継ぎに困らぬよう書類も仕上げ、いつでも王都に戻る準備はできていた。

いい加減、領地の執務も滞っているだろう。父のガイアスに頼んではいたが、正直ミカエリスよりも不器用なため少し不安が残る。

また、ミカエリスの代になり大きく拡大した事業も多数ある。

ドミトリアス領の保養所についてはガイアスのほうが詳しいが、領地の運営全般はミカエリスのほうが上手《うま》いしよく分かっている。

（……陞爵《しょうしゃく》の話、侯爵か辺境伯か……そろそろ返事をせねばならないな）

また一歩、相応《ふさわ》しい相手として近づける。

胸に下げたリングに唇を落とし、ミカエリスは知らず笑みが浮かぶのだった。

八章　思わぬ再会

あれからもメリルはまだ諦め悪くミカエリスに縋《すが》る視線を送っていたが、ミカエリスは流した。

一度でも甘い対応をしてしまうとメリルはつけ上がるタイプなのは、身に染みている。

フォルコも日和見なところがあるし、隙あらばちょっかいをかけてくる可能性がある。

ガストンは降ってわいた縁談に割と乗り気のようだ。でも一生懸命に声をかけても、メリルはかなりつっけんどんだ。

逆玉の輿《こし》なのは確かである。メリルは歴《れっき》とした貴族籍であるし、容姿も可憐《かれん》である。少々おつむは微妙なところはあるが、愛嬌《あいきょう》があるタイプだ——いささか子供っぽく我儘《わがまま》なところが目につくが。

執務室に向かうと来客があると小姓のビーンが伝えてくる。

出された名前に、少し瞠目《どうもく》する。

「——討伐遠征に引っ張りだこと聞いたんだがな。ラティッチェ公爵子息殿？」

「だからここまでこられたんだよ。ドミトリアス伯爵家当主殿」

おざなりなノックとほぼ同時に開いた応接室。

山吹色のコーデュロイが黒檀《こくたん》の褐色の木肌に映える来客用のソファの後ろに立っているのは、埃除《ほこりよ》けのマントを纏《まと》ったキシュタリアだった。

まだテーブルに紅茶も茶菓子も出ていないところを見ると、それほど待たせていないだろう。

窓から外から景色を見ていたようだ。さして珍しいものがあるとは思えないが、咎《とが》めることでもないのでミカエリスは座るように促す。

使用人が近づくと手慣れた様子でマントを預けるキシュタリア。

ゆったりとソファに座り、長い脚を組む。その仕草はグレイルに似ていた。

用意された紅茶は、王宮やラティッチェ公爵家で出される品に比べれば大分味は落ちるだろう。

サーブの終わった使用人を視線だけで退席させる。

幼馴染《おさななじみ》がティーカップを優雅に傾ける姿を眺めながら、ミカエリスも紅茶に手を伸ばす。

「世間話をしに来たわけではないのだろう。何かわかったのか？」

「まぁね、父様の墓へご挨拶しに行ったよ」

「……入ったのか？」

「ああ、よくやってくれたよ。セバスは」

キシュタリアは静かに視線を紅茶の水面に落とす。

愛想のいい笑みで毒を言葉と共に叩《たた》き込む、令息の皮を被《かぶ》った悪童。それがミカエリスの知るキシュタリアだ。

随分歯切れが悪い。違和感は確信に変わり、ようやくミカエリスは気づいた。

酷《ひど》く機嫌が悪いのだ。

ミカエリスの前ですら素を出せなくなるほど、腹の底からが煮えくり返っている。

優雅で人当たりの良い『公爵令息』の皮を被らねばならぬほど、今のキシュタリアの感情は激しいのだ。

「何があった」

誤魔化さずに聞いたほうが早い。

いずれは知ることだし、早めに吐き出させたほうが気持ちの整理が早いだろう。

ミカエリスは臆さずに聞けば、アクアブルーの瞳に凄絶な光が宿った。

「父様はご不在だったよ」

困ったように眉を下げるキシュタリア。

美しい微苦笑。整えられすぎた笑みは、無理をしていたアルベルティーナを思い出す。

一拍置いてその意味を理解したミカエリスは心臓を強く叩かれたような衝撃を受ける。

だが、キシュタリアから視線は外さず必死に平静を保つ。

キシュタリアは語り出した——ラティッチェの霊廟《れいびょう》に近い地域の討伐に向かった際、隠れて訪れたことを。


依頼された魔物や呪いの残党の討伐はさして難しくなかった。

カインやグレイルの変異した魔物に比べれば、どれもこれも動物に毛の生えたようなもの。

群れを見つけ、その中枢たるリーダー格を始末すれば一気に魔物や獣の指揮など瓦解する。

そもそも、キシュタリアは膨大な魔力による殲滅《せんめつ》が得意だ。

リーダーの近くには護衛だったりサブリーダーであったりする、戦力や位の高い存在が多くいる。それらをいっぺんに焼き払ってしまえばほぼ完了だ。

面倒な時など、群れごと数十数百という数を始末したこともあった。

魔物や獣の死体は素材や食料となる。だが、いちいちそんなことに構っていられるほどキシュタリアも暇ではない。

多少荒っぽいことは承知だったが、無為に兵を消費する気もなかった。

ほとんどの討伐はキシュタリアが大部分を削り、負傷して疲弊しきった残党を配下が払っていくような形だった。

最初こそ、指揮官が若造のキシュタリアであることに不安の目を向ける者も多かったが、数日もしないうちに畏怖と信頼の眼差《まなざ》しに変わった。

手の平を返して露骨な媚《こび》を売り、娘や姉妹を紹介しようとする者もいたが忙しいからと断った。決して嘘《うそ》でもなく、討伐遠征中ですら救援を求める声が多かった。

それだけ国内の魔物の討伐をグレイルが回していたということであり、いなくなった弊害が出ているといえる。

ガンダルフの軍部掌握を元老会が邪魔をし、ここぞとばかりに国内予算を縮小しようとしているのだ。恐らく、押さえていたグレイルがいなくなり戦争をしたがっているのだろう。ゴユランが不審な動きをしていることが、より一層拍車をかけていた。

だが、戦争資金をかき集めるとしたら、それこそ元帥たるガンダルフの領分である。

（父様がいなくなったのをいいことに、軍部にまで手をつけようとしているんだろう）

ガンダルフとてそう易々《やすやす》と引き渡す気はない。

元老会は不安定なラティッチェ公爵家に変わりアルベルティーナの後ろ盾であるガンダルフの勢力を削ぎたいのだろう。力が弱くなれば、アルベルティーナ自身にも手を伸ばすことは明白。

この遠征はキシュタリアの実力を示すだけでなく、ガンダルフが元老会を相手取りやすくするためでもある。

今まではグレイルという強烈な才能がラティッチェ家に君臨しており、王家、元老会、四大公爵家のバランスを取っていた。

王家は脆弱《ぜいじゃく》だ。半分元老会に飲み込まれているようなもの。そして、元老会の影響は貴族にも大きく、四大公爵家にも忍び寄っている。

キシュタリア専属の使用人や護衛は基本ラティッチェの忠実で信頼できる僕《しもべ》で固めていた。そうでないと、何をされるか分かったものではない。

相変わらず周りはすり寄りながら裏で何を考えているのやら。

子獅子《こじし》と侮るか、若き獅子と認めるか。キシュタリアはキシュタリアで相手を観察していた。

この激動に飲み込まれる藻屑《もくず》になる気はない。

（かといって、墓荒らしは気が進まないな……）

夜中に抜け出し、部下を影武者にして霊廟へと向かった。

一番良い馬を潰す勢いで使っても二時間かかった。夜明けまでに戻り、明日の遠征には再び立てるようにしておかねばならない。徹夜も覚悟だ。

忍び込むことも考えたが、警邏《けいら》している墓守を捕まえて案内をするように言った。

背後から襲い組み敷いたが、墓守の青年は相手がキシュタリアだと気づけばすぐさま恭順を示した。

「お待ちしておりました、若様。セバス様よりお伺いしております。このまま案内いたします」

腰に下げていた剣を地面に置き、膝をついて首を垂れる。

墓守の青年は夜闇に溶け込むようなマントに黒衣と黒く染めた軽装の鎧《よろい》を身につけていた。

戦える者なのだろうと、十分に察せられた——そして、実際に戦闘になったのは一度や二度ではないのだろう。直した形跡や細かい傷が武具に残っている。

「構わん。敵意がないというなら、案内しろ。……しかし黒いな」

「墓泥棒は夜が多いですからね。ランプの光がなければ敵も姿を捕らえるにも一苦労です——それこそ、私たちのようなものでなければ」

そう言ってブレスレットを取るとぴょこんとした三角耳を見せてきた。

彼は獣人であり特に夜目の利く種族だという。

一人のところで油断を誘い、圧倒的な身体能力でねじ伏せる。強化魔法を使わない限り、力勝負で人間が勝つのは難しいだろう。

水路にかかった石造りの橋の下。潜った先で案内されたのは、霊廟に直結する隠し通路だった。一見すると排水設備の点検通路にしか見えない。

頑強で地味な鉄扉から続く薄暗く細い道。複雑な経路に、何重にもある鍵や仕掛け。

道すがら墓守は喋《しゃべ》り続けた。

「国やサンディス王家よりラティッチェ公爵に忠誠を誓っております故。奴隷制度がないとはいえ、獣人を見下し嫌う者は少なくありません。閣下は能力と忠誠さえ示せば、出自は問わない方でした。それに、どれほど救われたことか」

魔力の高さを買われて引き取られたキシュタリアにも、その気持ちに理解ができた。

安全な場所がなく今日のパンすら事欠く日々というのは、身心を摩耗させる。

疎まれ、蔑まれ、化け物扱いされ——金で売り飛ばされた。実家に良い思い出はほとんどない。

（ま、そこで母様も僕も『魔王』に拾われて、『天使』に会えたんだけどね）

グレイルは厳しい人だが、成果や成長を見せる人間は評価する。

人より優れた感覚を持つ獣人を墓守に採用するとは思い切った人事だ。グレイルらしいとも言える。

「閣下の葬儀は国葬ということもあり、我々は棺《ひつぎ》に近寄ることさえできませんでした。霊廟を開けて、閉めるだけ。閣下の棺をお納めしたという報告のみで、実際はその様子を確認することすら叶《かな》わず終わりました。……その中に、分家らしき男が紛れておりました。私は鼻が利くので、覚えております。月命日の時に暴れていた男です。たしかオーレン？　いえ、オーエンという男です」

キシュタリアは「やはりか」という気持ちがますます高まる。

オーエン・フォン・マクシミリアン。アルベルティーナを脅している分家のマクシミリアン侯爵家の当主だ。

靴音すら響く狭い通路。墓守の声は水路の靴音と水音に紛れ、傍《そば》にいるキシュタリア以外には聞こえないだろう。

墓守は行き止まりの数メートル手前まで行くと、たくさんの鍵のついたチェーンを取り出し、鍵穴ではなく模様のような凹凸に差し込んで回した。

(なんというか、陰険なくらい引っかけが多いな)

副葬品に宝飾品も多くあるとはいえ、厳重だ。一人で忍び込もうと思わないで正解だった。

ある程度の侵入者対策は想定していたが、ここまで来ると罠《わな》の見本市や伏魔殿ではなかろうか。

「こちらです、若様。段差がありますので、足元にはお気をつけて」

「ああ」

キシュタリアを気遣いながらも、墓守は淀《よど》みない足取りで進む。

キシュタリアの目には心許《こころもと》ないくらいのランプの光だが、獣人の彼には十分なのだろう。

奈落にでも続きそうな深淵《しんえん》のような闇が下へ下へと繋がっている。曲がりくねった階段を進む。水路に近いせいかひやりとした湿気を含んだ空気を感じる。

引き戸を開けると、やっと広い場所へ着いた。

そこは空気が違った。点々と輝く魔石の明かり。一つ一つが鳥籠を模した瀟洒《しょうしゃ》で統一的なデザインになっている。

目を凝らせば壁にあるタイル画、垂れ幕に双頭の黒鷲《わし》が堂々たる絢爛《けんらん》さで施されている。剣と錫杖《しゃくじょう》が交差し、双頭の鷲の鋭い視線が勇猛さと叡智《えいち》を示すようだった。

ラティッチェ家の紋章だ。

「ここが霊廟……」

中に入るのは初めてだった。

ラティッチェの歴史と栄華を示すように荘厳な作りだ。

隠し通路の暗闇とは打って変わった白い大理石の床や壁。天鵞絨《ビロード》に金糸や銀糸を惜しみなく使ったタペストリーや旗が飾ってある。

薄暗い中でもランプの明かりにきらきらと反射している。

歴代の当主や夫人らが埋葬されているらしい墓石は年代ごとに並んでいるようだ。当主の墓石は大きく、夫人や子供たちらしきものは小さめだ。

ラティッチェでは万が一にでもアンデッドになれば不名誉なので、火葬を推奨されている。稀《まれ》に家族の死が受け入れきれない者や、恨みを持った者が遺体を暴いたという事例がある。

また、小集落の共同墓地などの管理が甘いところなどは死霊を扱う魔法の研究材料にするために暴いたという事例や、特殊な魔物の影響や瘴気《しょうき》によるアンデッドの発生もあった。

（父様の遺体は聖炎で焼かれる手はずになっている……今はまだ、棺のままあるはず）

奥に入っていくと、墓標に刻まれた年代がだんだんと今に近づいてくる。

前当主はまだ亡くなっておらず、早くに当主をグレイルに譲った。前ラティッチェ公爵夫妻は遠くの鄙《ひな》びた領地を治める形で安楽生活をしているらしい。

キシュタリアは一度も会ったことがないのだ。

前当主はグレイルとは違う意味で浮世離れしており、田舎暮らしを満喫しているらしい。誕生日プレゼントは姉弟分け隔てなく送られてくるので嫌われてはいないはずだ。

かといって、迂闊《うかつ》に頼れるほど人となりを知るわけではない。

靴音が静かに響く中、キシュタリアは自分の体が強張《こわば》るのを感じた。

頭の奥がガンガンと痛くなるような、胃の底から炙《あぶ》られるような焦燥感が纏わりついて離れない。

不愉快な胸騒ぎがズクズクと燻《くすぶ》り広がり、全身を覆い尽くそうとする気配がした。

「明かりを貸してくれ」

霊廟についた明かりは、ここに眠る者たちのためにかささやかだ。霊廟自体は仄暗《ほのぐら》く闇が濃い。

「はっ」

短い返事と共に、ランプが渡される。

それでも、闇に慣れたキシュタリアの目には不十分な明かりだ。

逸《はや》る鼓動を胸の上から撫で、呼吸を整えて進む。

絨毯《じゅうたん》の上に安置された、黒い棺があった。

『グレイル・フォン・ラティッチェ　ここに眠る』

グランドピアノを思わせるつるりとした滑らかな漆黒の上に、黄金でつづられた文字。

それを見た瞬間、キシュタリアは自分の顔がぐしゃりと歪《ゆが》むのが分かった。

脳が、体の芯が、感情が沸騰して爆発する。

ランプや魔石の明かりが不自然な瞬きを起こし、音を立ててひび割れていく。激情に煽《あお》られた魔力が、その場に激しく渦巻いた。

キシュタリアの異変に気づいた墓守が怪訝《けげん》そうに見つめる。

「若さ――」

墓守が声をかけるより早くキシュタリアは黒い棺に駆け寄り、乱暴に蓋を掴《つか》んだ。

驚愕《きょうがく》で手から落とされたランプが壊れそうなほど大きな音を立てた。

「若様!? 何をなさるのです！」

「棺が違う！ 父様は呪い対策に聖水晶の棺に入っているはずだ！ こんな在り来たりな黒い棺になんて入ってないはずだ！」

墓守も意味が分かったのか、顔色を変えて棺に駆け寄る。

蓋はしっかりと釘《くぎ》で打ちつけられているのか、キシュタリアが引っ張ってもびくともしない。

爪を立て、指と腕が痛むほど強く全力で引き剥がそうとするが、棺は頑強だった。立てた爪が痛みを訴える。力任せに引っ張ると棺が浮くだけだし、魔法だと中の物ごと破壊しかねない。

人一人分の重さはあるが、その中身には疑いしか生まれなかった。

「若様、この棺は壊しても!?」

「構うか！ 中の確認が先だ！」

墓守はキシュタリアの許可を得ると、薄板を裂く勢いで音を立てて蓋を開けた。

蓋の内側にたっぷりと打ちつけられた釘がびっしりと棺の形に添ってあった。

これを作った人間は絶対に開けられたくなかったのだろう。

開いた瞬間、鼻を突く凝った腐臭が漂った。生き物が腐った臭いだ。そこには半分白骨化した遺体があった。

骨と皮と腐った肉が張りついたような、半分ミイラ化したようなもの。

頭髪や身長や身につけた服はグレイルのものに似ていた——幸い虫は湧いていなかった。

半分崩れかけた顔をランプで照らし、キシュタリアは目を凝らす。

「……父様じゃない‼」

副葬品どころか、遺体すらなかった。

吐き捨てるように言ったキシュタリアに、獣人の墓守は僅かに鼻を鳴らす。

キシュタリアでも鼻を顰《しか》めるほどの死臭と腐臭だ。獣人にはさらに辛《つら》いだろうと思ったが、彼は何かを見極めようとしているようだ。

「これは……僅かにゴユラン原産の水煙草《シーシャ》と……何か混ざった匂いがします。よくある既製品ではなく、色々とブレンドをしていたのでしょう。少なくとも数年間は常用していた者かと」

「ありえない。父様は煙草の類《たぐい》は嫌っていた」

アルベルティーナを慮《おもんぱか》って、臭い移りなどの残り香すら寄せつけなかった。

エチケットとして香水は使用していたが、かなり薄くつけていた。

敏感な人間は煙草だけでなく、強い香水だけで気分を悪くする。ましてや、煙草類は吸い続けると心身に悪影響を及ぼすものも多い。

そのため、グレイルは何か月前からアポを取っていた来客すら、何か強い臭気を纏っている相手は追い返していた。アルベルティーナと会う予定のある時は特に厳しかった。

どうしても会わなくてはならない時は魔法を使い洗浄するか、別宅などで着替えて湯あみをする徹底ぶりである。

キシュタリアには死臭と腐臭しか感じないが、獣人の鋭い嗅覚は誤魔化せなかったようだ。

「……若様、閣下はどこへ……」

正気の沙汰ではない。

遺体を盗むなんて――まともな考えを持つ人間のすることではない。

呆然《ぼうぜん》と途方に暮れたように呟《つぶや》く墓守に、キシュタリアは「分っている」と短く答えるのみだ。

「だが、今は言えない。お前たちは何も知らない振りをして墓守を続けろ。いいか、他言無用だ。恐らく奴らは一周忌には遺体を戻して素知らぬ顔をするつもりだ」

「取り返さないのですか⁉」

「取り返すに決まっている。だが、倫理観が疑わしい連中を相手取るんだ。半端な追い詰め方をしても、証拠となる父様の遺体を始末しようとするかもしれない。確実に仕留められる時に動かなければ、父様は戻ってこない可能性が高い。適当な墓荒らしや、こちらの不手際や自作自演だとでっちあげる恥知らずがいておかしくないからな」

残念なことに、平気でやりそうなのがいる。自衛だけでなく、グレイルを目の敵にしている人間も多いのだ。キシュタリアは墓守に念押しして口止めをすると、棺を戻した。

どこの誰とも知れない遺体を父の名のある棺の中に入れるのは不快だった。

「いいか、お前たちは絶対に霊廟を守れ。くれぐれも連中に、僕がこの秘密を知ったことを気づかせるな」

「仰せのままに、若様」

今はまだその時ではない。

キシュタリアの言葉に粛々と首を垂れる墓守。

だが、内心は腹立たしさが渦巻いているのだろう。自分の任された領域で、こんな不作法極まりないことをされたのだ。

墓守は、この仕事に誇りを持っているのが態度の端々から感じる。グレイルへの忠誠も厚いので、その感情は一入《ひとしお》だろう。

当然、キシュタリアも穏やかでいられるはずもない。

しかし、それらの激情を飲み込まねば成せることも成せぬ。

「……他は荒らしていないだろうな」

遺体も副葬品もごっそりなくなっていたのだ、ありえない話ではない。

見渡してみたものの霊廟内部に初めて足を踏み入れたキシュタリアには、変化など解《わか》るはずもない。

ラティッチェの霊廟は墓参り用の墓石は上にもあるが、実際に遺体や遺骨が安置されるのは廟内だ。

金銭的価値のある貴重品もあるため賊防止でそういう形になったのだろう。

内部に入れる者はほんの一握り。

キシュタリアはダンジョンや遺跡には潜ったことがあるが、地下墳墓などに入ったのは初めてだ。

基本は一つの部屋を夫婦で並ぶように仕切られているようだ。

妻を複数持った当主や、幼い頃に夭折した子供のいる夫婦は三つ以上の墓が並んでいる。

この部屋にも墓石に宝石のついたネックレスがかけられているのもある。グレイルの棺のあった場所の隣の墓だ。

広い霊廟の中でもグレイルの次に新しそうな墓は、アルベルティーナの実母クリスティーナのもの。動物が好きな人だったのか、犬や猫の石細工で飾られている。その中に、飾り気のない小さな石があった。

「そちらはクリスティーナ様と共にお亡くなりになった、お子様の分でございます」

「子供……!?」

墓守から齎《もたら》された情報に、キシュタリアは愕然とする。

思わず膝をついてまじまじと見れば、それは丸い墓石であった。小さいがラティッチェを表す双頭の鷲の意匠が刻まれている。

驚愕から素早く立ち直ったキシュタリアは頭をすぐさま切り替えた。魔王の義父と社交界の親切ぶった跳梁跋扈《ちょうりょうばっこ》で鍛えられた精神力は度重なる衝撃にも耐えきった。

驚いた。だが、同時におかしくもないと思い直す。

クリスティーナはグレイルの寵愛《ちょうあい》を受けた唯一の妻だ。

当時五歳のアルベルティーナしか子供がいなかったとなると、継嗣を設けようと考えてもおかしくない。年齢的にも無理ではない。

クリスティーナはアルベルティーナを産んでいるのだから、不妊ではなかったはずだ。体調を考慮し、母体が整うまで間を置いていたというのであれば、十分あり得る話である。

世の中には、男児を望んで第二、第三と妻を娶《めと》るか妾《めかけ》を囲う人間もいる。

だが、今までグレイルに他の子供がいたなど、そんな話一度も聞いたことがなかった。恐らく、アルベルティーナも知らぬことだろう。

「はい、アルベルティーナお嬢様……いえ、殿下が誘拐された際には身籠《みご》っておられたそうなのです」

「……このことを知っているのは？」

何ということだろう。

死産の原因には、アルベルティーナの誘拐が絡んでいるのではないだろうか。精神的なストレスが、流産の原因になることもある。

あくまで可能性だ。だが、死期が被っている。

グレイルは微塵《みじん》もそんな様子は見せなかった。

貴族の噂《うわさ》にも聞いたことがないし、使用人たちからも聞いたことがない。

妻の死と待望の二人目の子供の死。唯一残った娘は、誘拐で心がズタボロにされた。

グレイルの『王家』に対する嫌悪の理由はさらに深かったのだ。

「閣下と……主治医とセバス様くらいかと。我々もクリスティーナ様が埋葬される際に知ったので。身籠られて日も浅く、メイドすら知らぬ可能性も……ご遺体の入った棺も随分小さなものでしたから」

少なくとも外見で分かるほどの周期ではなかったのだろう。

王家主催のお茶会に出るくらいだから、体調にも大きな変化が起きる前だったのかもしれない。かなりの妊娠初期だったと推測できる。

キシュタリアには弟妹がいなかったし、周囲に妊婦などいない。

人間の妊娠期間は六か月から十か月。

魔力のない、もしくは少ない子供は十か月くらいだ。魔力の強い子供は早く生まれる傾向がある。

墓守も詳しくは知らないのか、それ以上の情報は得られなかった。

だが、十年以上前のことを覚えているのだから、かなり長く墓守をやっているのだろう。

「……次のクリスティーナ様の命日には、花を一つ増やすよ」

「ありがとうございます。……グレイル様以外は一人も手向けた方はおられぬのです」

名前すら与えられる前に、母親と流れた命。

小さく祈りを捧《ささ》げ、覚悟を新たにするキシュタリア。

だが、引っかかる。何故《なぜ》、グレイルは王家を憎悪してもラウゼスは憎まないのだろう。

（……ラウゼス陛下はご存じない。もしくは謀《たばか》られたか、利用された側だから？）

人柄だけではないだろう。

誘拐事件は、当時の大臣の一人が起こしたものといわれている。ラウゼスは裏切られた側であり、腹心であったはずの犯人に一切恩赦を与えなかったと聞く。

今更ながらに、ただそれだけなのかと疑問が残る。

あの事件には、もっと根深いものがあるのではないだろうか。

キシュタリアは霊廟の外まで墓守に見送られた。

念のためセバスの失踪した場所まで行ったが、壊れた馬車の残骸が残っているだけだった。

あれから幾度となく雨風があり、獣に漁《あさ》られたのだろう。賊なども漁ったのかもしれない。収穫はゼロといっていい。

(お前がいないことが惜しいよ、セバス)

その存在のありがたさを噛《か》み締める。

渦巻く激情をやり過ごし、顔を上げた。

ここで立ち止まれば、さらに失うことになる。

(誘拐事件はタブー視されている。調べるには時間がかかる。まずは父様が先だ)

感傷に浸れる時間はあまりなく、キシュタリアは討伐隊に戻るべく馬を走らせた。

その後、何食わぬ顔をして部隊に加わり討伐を終えた。そして、ちょうど討伐先にミカエリスがいるグレグルミーの砦《とりで》まで近かったので足を延ばしたのだ。

迷いも悲しみも振り払うように馬を飛ばす。

いつの間にか分厚くなった雲が月を隠し、新月のような暗さになる。

湿気を含んだ風が吹き始め、冷たい雨が降りしきり——泣けないキシュタリアの代わりに、頬を濡《ぬ》らしているようだった。

キシュタリアの目に涙はない。
魔王と同じ色の瞳が、強い覚悟を秘めて煌《きら》めいていた。

特別書き下ろしSTORY　こだわりのパジャマ

ジュリアスはヴァユの離宮を訪ねていた。

アルベルティーナと執務の推進と、細部の確認をしに来たのである。

これは建前であり本当の理由は、アルベルティーナの様子見である。少し目を離すと無理をするので、ジュリアスも目を光らせている。

アンナも目を光らせているが、溺愛する主人から懇願されると折れてしまう時もある。

そんな時、しっかりと言い聞かせるのもジュリアスの仕事だ。

アルベルティーナの書斎は、上質だがシンプルで機能性を重視している。

執務用の机に向かって座っているアルベルティーナは、待たせているジュリアスに申し訳なさそうに眉を下げた。

「ごめんなさいね。あと少しで終わるから」

「いえ、お気になさらず」

笑みを浮かべ、言葉では否定するが胸中は穏やかではない。

（喪中な上、半分療養中のようなものなのに）

多少サボっても罰は当たるまい。いっそ、取り巻きと管を巻いている妃《きさき》たちにやらせればいいと思っているジュリアスである。

さりげなくアルベルティーナの執務室を見回す。また余計な仕事を背負い込んでいないかのチェックは念入りだ。

ふと机に置いてある一冊の本が目に留まる。他の書類や資料とは毛色が違うのだ。

アルベルティーナもちょうど終わったらしく、筆を置いていた。

「そちらの本は？」

「本？　ああ、これは布のカタログよ。デザインは決まっているのだけれど、肌触りや吸湿性も考慮したいから取り寄せたの」

ジュリアスの問いに答えながら、アルベルティーナは「見てみる？」とカタログを差し出した。

受け取って表紙をめくると小さな布が貼りつけられ、色や質感が分かるようになっている。

「絹ではなく、これは綿素材ですか？　ドレス用ではないのでしょうか？」

貴婦人のドレスは基本絹だ。その質も値段も、産地や工房によってピンキリである。アルベルティーナの纏《まと》う布は最上級の中でも絞りに絞った一握りだ。

だが、カタログのサンプルはどれも色合いがシンプルで柄物にも刺繍《ししゅう》の施しがほとんどない。

「パジャマよ。寝間着は豪華さより、着心地でしょう？」

「なるほど。しかし、何故《なぜ》布から？」

アルベルティーナの服はローズブランドのオートクチュールが基本だ。今のネグリジェに不満でもあるのだろうか。

「これはレイヴン用よ。あの子ったら、いらないって言うんだもの！　成長期なんだからちゃんと寝なきゃ。良質な睡眠は良質な寝具からよ」

やや拗《す》ねたようにむくれるアルベルティーナだが、ジュリアスは静かに凍りついた。笑顔も固まる。

「何故アルベルティーナ様が、レイヴンの寝間着を？」

その声がほんのり震えていた。嫉妬で怒鳴り散らさないように必死だからだ。

「あの子、わたくしをずっと護衛してくれているでしょう？　休息はちゃんと取りなさいと言っているのに屋外泊するとか、バルコニーの外でいいとか言うのよ？　わたくしの寝室の近くに余っている部屋があるから、そこで寝るように言ったのよ。ほら、あのメルヘンピンクのお部屋。なのに、レイヴンったらベッドじゃなくって隅っこで寝ているし、ずっと仕事着のままなのよ」

レイヴンは騎士とは違い、表立ってではなく影から護衛をしている。

そもそも寝ずの番は当たり前だし、長期護衛のための休み方だって熟知している。ベッドで熟睡していたらいざという時、即座に動けないだろう。

アルベルティーナは善意で部屋を提供しているのだ。それが私室の中でも寝室の真横なのはとにかくいただけない。護衛への気遣いはありがたいことだ、だが、それは別として非公式の場だろうが男女の部屋割りには気遣うべきである。

――と諭せばいいものの、ジュリアスの口から出たのは冷めた言葉だった。

「別にいいじゃないですか。もう無駄にでかいんですから、寝なくて」

「駄目よ。まだまだ若いんだから、伸びしろはいっぱいあるわ」

レイヴンを休ませたいアルベルティーナに、嫉妬が燻《くすぶ》るジュリアスは渋面である。

そもそも、ジュリアスでさえ服を貰《もら》ったことがないのに、何でレイヴンが先に貰うのだろうか。

「あれ以上大きくなったら邪魔ですよ」

「頑張っている子になんてこと言うの。どうしてジュリアスはレイヴンにそんなに厳しいの？」

ぷんすかしているアルベルティーナに、むすっとしたジュリアスが投げやりに返事をする。

とにかく気に食わない。アルベルティーナのレイヴンへの配慮は、弟妹や部下に対するものであると分かっていても感情が納得しない。

ジュリアス自身も散々目をかけてもらっているが、それでもレイヴンを可愛《かわい》がるのが嫌なのだ。

そんな状況の中、アンナがティーセットを持ってきた。

基本いつでも主人の味方のアンナを見つけたアルベルティーナは、縋《すが》るように話を振った。

「アンナも思いませんか？　ジュリアスはレイヴンに厳しすぎですわ」

アンナは一瞬だけ、ジュリアスを見る。そして、含むように仄《ほの》かに口角を上げた気がした。

「厳しいんじゃなくて、狭量な男の醜い嫉妬です。姫様のせいではありません」

ぴしゃりとジュリアスの心を言い当てたアンナ。容赦ない一刀両断だ。基本ジュリアスには手心がはるか彼方であるアンナはこの状況を面白がっている。

ギッスギスな空気を楽しんでいた。

実は今も隠れて護衛中のレイヴンのほうがひやひやしていたくらいである。

アンナの言い草にさすがのジュリアスも表情が歪《ゆが》みかけるが、持ち前の根性で立て直した。

一方アルベルティーナは、ただでさえ大きな目を見開いている。きょとんとして小首を傾《かし》げる。

「しっと？」

「はい。汚い嫉妬です」

心なしか『きたない』ではなく『きったない』と強調された気がする。ジュリアスの男心――否、恋心をばい菌やバッチイもの扱いだ。

「なんで？」

アルベルティーナは本当に理解できないと言わんばかりに、眉を顰《ひそ》めている。花の種を蒔《ま》いたらタケノコが出てきたような顔をしている。

「真面目に頑張っているいい子を労《ねぎら》うのも主人の仕事でしょう？　レイヴンのどこに怠慢があるのかしら……お仕事に誠実で取り組んでいるのに、どうしてジュリアスが嫉妬するの？」

そりゃあ、ジュリアスがアルベルティーナに恋をしているからである。

再三含んで言い聞かせて、アプローチを重ねたと言うのにこの朴念仁っぷりだ。

頭に疑問符を乱舞させているアルベルティーナ。筋金入りの恋愛音痴は知っていたものの、この仕打ちは酷《ひど》い。ジュリアスが無言で頭を抱えている。

一方、アンナは今すぐにでも高笑いを上げたかった。それか腹を抱えて転げ回りたかった。

「あ！　分かったわ！　ジュリアスもパジャマが欲しいのね？　任せてくださいな。着心地抜群の、安眠熟睡できるのを仕立てて差し上げます！」

手を叩《たた》いて、妙案とばかりのアルベルティーナ。方向性は間違っていないが、そこに行くまでの思考の過程が間違っていた。

ジュリアスは主人からの褒美ではなく、異性への贈り物としての一着が欲しいのである。そんでもって、弟扱いでも異性に先を越されたくないのだ。

「せっかくだから、レイヴンとお揃《そろ》いで――」

「絶対嫌です。それならいらないです。やめてください。怒りますよ」

それだけはアウトだ。

曲者ジュリアスであっても、それだけは譲れない。

何が悲しくて記念すべき一着を、後輩とペアルックにしなければならないのか。

ジュリアスは建前もオブラートも床に叩きつけて拒絶の意を表明した。

「え？　そう？　可愛いのに」

ちょっと、いや、かなり残念そうなアルベルティーナ。しょんぼりとした姿に一瞬胸が痛んだが、気になる言葉がこぼれていた。

「可愛いってなんですか？」

「せっかくのルームウェアだから、とびきり可愛くしたの。猫耳フード付きで、取り外し可能よ。デザインとの相性だと、ふわもこ素材が一押しなのだけど、冬場はともかく夏場とかの暖かいシーズンには向かないのよね」

ぱっと出されたスケッチブック。ゆったりしたシルエットの中、頭頂部に燦然《さんぜん》と存在する三角耳。

にこにことしたアルベルティーナの顔には一切の悪意も悪戯《いたずら》心も浮かんでいない。

本当に、本心から可愛くて素敵だと思っているのだ。

だが、それを着用予定の相手はアルベルティーナより年下であっても、ジュリアスを超える高身長。しかもマッチョ寄りである。

一瞬だけ想像してしまった。その衝撃にジュリアスは怒りも落胆も吹き飛び、脱力感に見舞われる。

（レイヴンは拒絶……しない。するわけない。ある意味アルベル様と並ぶ朴念仁だ。贈られれば疑問を持たずに着るだろう）

ジュリアスの心の乱高下を知らず、アルベルティーナはふんすと満足げだ。

そして、爆弾発言を投下した。

「ちなみに、わたくしもこのふわもこルームウェアを持っていましてよ。レイヴンは黒が落ち着くと言うので、黒予定です。わたくしはクリーム色です」

表情を取り繕うのも忘れたジュリアスはがばりと顔を上げる。

ドヤッと胸を張っているアルベルティーナは、自分の発言がどれだけジュリアスを振り回しているか気づいていない。自他ともに認めるエリート従僕は、かつてないほど情緒不安定になっている。

ジュリアスがたった一言欲しいと望めば、アルベルティーナは仕立ててくれるだろう。

だが、アルベルティーナとのお揃いはイコールでレイヴンともお揃いだ。

しかも、デザインは超絶ラブリー仕様だ。これは女子供といった、ごく限られた者にのみ許されたお召し物である。

もちろん、ジュリアスの偏見だ。

サンディス王国にアニマルデザインに性別や年齢指定はない――着用時に必要な覚悟とか精神力は別として。

「どうしますか、ジュリアス？　今なら自分で生地も選べますわ」

ジュリアスの大事な姫君は善意で決断を迫ってくる。

ああ、その笑顔がなんて愛くるしい。

その日、ジュリアスがどんな決断をしたのか――それは彼ら以外知らないこと。

あとがき

一年ぶりくらいでしょうか？　藤森フクロウです。

『転生したら悪役令嬢だったので引きニートになります』第五巻、手に取っていただきありがとうございます。

今回もたくさんの方々のご助力賜りまして出すことができました。応援してくださり感謝いたします。

本編シリアスなので、書き下ろしはほのぼの＆コメディです。

きっとアルベルにも幸せな日が戻ってくるはず……はず。頑張れ幼馴染トリオ！

次巻までしばらくお別れと言いたいところですが、小説家になろうで連載中の『梟と番様』が書籍化になりまして、興味を持っていただければ幸いです。

ではまたお会いできる日を楽しみにしています！

転生《てんせい》したら悪役令嬢《あくやくれいじょう》だったので引《ひ》きニートになります5
～大切《たいせつ》なものを守《まも》るためなら悪女《あくじょ》になってみせます～

2024年7月5日　初版発行

初出……「転生したら悪役令嬢だったので引きニートになります」
小説投稿サイト「小説家になろう」で掲載

著者　藤森フクロウ

イラスト　八美☆わん

発行者　野内雅宏

発行所　株式会社一迅社
〒160-0022 東京都新宿区新宿3-1-13 京王新宿追分ビル5F
電話　03-5312-7432（編集）
電話　03-5312-6150（販売）
発売元：株式会社講談社（講談社・一迅社）

印刷所・製本　大日本印刷株式会社
ＤＴＰ　株式会社三協美術

装幀　ムシカゴグラフィクス

ISBN978-4-7580-9622-5

Printed in JAPAN

おたよりの宛て先

〒160-0022 東京都新宿区新宿3-1-13 京王新宿追分ビル5F
株式会社一迅社　ノベル編集部
藤森《ふじもり》フクロウ 先生・八《はち》美《び》☆《す》わん 先生